Le Secret De Ribby

Cathy McGough

Stratford Living Publishing

CE QUE DISENT LES LECTEURS...

US :

"Toute l'histoire est parfois douce, mais la plupart du temps, elle est terrifiante. L'auteur a une façon intéressante de raconter une histoire et a rendu ce livre très divertissant."

"Tout comme Bernheimer, le style de narration de McGough pourrait ne pas convenir à tout le monde. Il faut une bonne dose de suspension de l'incrédulité pour accepter la présence d'Angela et plusieurs événements et situations de l'intrigue. Je pense que l'effort en vaut la peine. J'ai hâte d'explorer d'autres œuvres de cet auteur."

"Une lecture agréable et dérangeante qui a tenu la promesse d'être un thriller domestique psychologique."

"Un thriller sombre et psychologique qui vous tiendra en haleine et vous refuserez de le poser jusqu'à ce que vous ayez atteint la fin !"

"Waouh ! Quelle aventure que celle-là ! La façon dont ce récit est raconté te laissera te demander ce qui vient de t'arriver."

"C'est une histoire d'horreur pour femmes psycho-biddy à part entière, racontée avec un humour pince-sans-rire."

ROYAUME-UNI :

"Ribby détient tellement de secrets. Une histoire adorable mais triste."

"Le secret de Ribby est à la fois intéressant et agréable, tout en étant dérangeant à bien des niveaux, et vaut vraiment la peine d'être lu."

"Bien écrit avec des personnages convaincants et un voyage intriguant".

Table des matières

"Mes secrets crient à haute voix.

Je n'ai pas besoin de langue.

Mon cœur garde la porte ouverte,

Mes portes sont largement ouvertes."

Theodore Roethke

Pour les amis imaginaires et ceux qui en ont besoin

POÈME: À LA SURFACE

Miroir,
Tu me renvoies
moi avec le licenciement
Écrit sur moi
sur moi
est une incertitude
l'incertitude couleur chair.
Miroir ,
tu te moques
la perfection
Avec ce refrain
réflexion
Et le
le résultat est toujours le même
Dans ton
cadre : Je reste inchangé.

Écrit
entre les lignes
Déguisé
poétiquement
Inévitablement
caractéristiques
S'écoulent
de façon inharmonieuse.
Miroir : I
adhère à ce que je vois
Car je suis
toi, d'un bout à l'autre
Mais parfois
réflexion
J'aimerais que
Je te ressemble.

Prologue

L ORSQU'IL S'EST ÉLANCÉ VERS elle, la clé qu'elle tenait s'est enfoncée directement dans son orbite. Il a hurlé puis gémi lorsque son aine s'est connectée à son genou. Elle a grimacé en entendant le bruit de claquement lorsqu'elle a retiré la clé de son œil. Alors que le sang coulait sur son visage, il sanglotait et se roulait en se tenant l'aine. Elle a enfoncé la clé dans le côté de son cou, se connectant à une artère. Le sang a jailli comme l'eau d'un tuyau de pompier.

Elle s'éloigna de quelques pas du corps et plongea ses orteils dans l'eau. Elle lui jeta un coup d'œil de temps en temps. Jusqu'à ce qu'il cesse de bouger. Elle est revenue en arrière et a écouté pour voir s'il était mort : c'était le cas. Enfin. Elle l'a fait rouler, comme un sac de pommes de terre, de plus en plus profondément dans l'eau. À chaque poussée, le cadavre semblait de plus en plus léger.

Archimède avait raison.

Lorsqu'il fut aussi loin qu'elle pouvait le faire, elle nagea jusqu'au rivage, rassembla ses vêtements et se rhabilla.

Elle laissa ses affaires là où il les avait laissées.

Alors que le soleil du nouveau jour transformait le ciel en un rouge ardent, elle retourna dans l'eau.

Elle a scruté le rivage et n'a vu aucun signe de lui. Elle plongea la clé dans l'eau pour rincer le sang, puis rentra chez elle en sautillant. Après une longue douche, elle a dormi comme un bébé.

Chapitre 1

VOICI L'HISTOIRE D'UNE FEMME qui était trop gentille pour son propre bien : jusqu'à ce qu'elle ne le soit plus.

La journée de Ribby Balustrade commençait toujours de la même façon : sa mère menaçait de donner son petit déjeuner à leur Wolfhound Scamp si elle ne se dépêchait pas.

Ribby, dont la garde-robe se limitait aux vêtements d'occasion de sa mère, enfilait le muumuu à fleurs sur sa tête, chaussait ses sandales Jésus et se brossait les cheveux, ce qui ne prenait pas beaucoup de temps. Pourtant, il était rare qu'elle arrive à temps.

Martha Balustrade n'était pas le genre de mère qui s'en tenait à un horaire précis. Le petit déjeuner serait préparé. La nature et l'heure de la préparation étaient décidées le jour même.

Le gagnant de cette interminable débâcle dans la cuisine était Scamp.

"C'est bon, je n'ai pas faim de toute façon", mentait Ribby en tapotant le front du chien et en quittant la maison.

Ribby ne s'est pas attardée sur ces événements, son propre jour de la marmotte. Au lieu de cela, elle se dépêcha de traverser le parc jusqu'à la rue principale. L'abribus empestait l'urine et le café. Un jour comme aujourd'hui, elle était contente d'avoir manqué le petit déjeuner, car même maintenant, la puanteur la faisait vomir. Elle avait hâte d'aller travailler à la bibliothèque.

Lorsque le bus est arrivé, elle a montré sa carte Presto, puis s'est dirigée vers son siège habituel à l'arrière. Son estomac gargouille tandis que le bus roule, s'arrêtant de temps en temps pour prendre de nouveaux passagers. Arrivée au centre-ville de Toronto, elle sort du bus et se précipite dans le magasin du coin pour acheter une barre chocolatée, puis se rend à la bibliothèque.

Ribby était fière de ne jamais être en retard. On ne peut tout simplement pas être en retard si l'on travaille dans une bibliothèque. Si c'était le cas, des hordes de clients impatients encombreraient l'entrée. C'est ainsi qu'elle est entrée et qu'elle a vu la file d'attente exceptionnellement longue, M. Filchard en tête.

"Bonjour, Monsieur Filchard. Que puis-je faire pour vous ?"

"Bonjour, cher Ribby. Oh, que ferais-je sans vous ? Tous les autres sont toujours si occupés, occupés, occupés—mais vous, vous mon cher, vous trouvez toujours le temps d'aider un vieil homme."

"Je ne fais que mon travail", répond Ribby. "Maintenant, qu'est-ce que tu cherches aujourd'hui ?"

"Pourriez-vous vous approcher, s'il vous plaît ? C'est un livre plutôt grossier : Tropique du Cancer. Le connaissez-vous ?"

"Oui, Monsieur Filchard. C'est un classique."

"Vraiment ? J'ai entendu dire qu'il avait, oh peu importe ; si c'est un classique alors je n'ai plus besoin de chuchoter, n'est-ce pas ?".

"Non, il y a des livres bien plus controversés", sourit-elle en se souvenant du battage médiatique autour de Cinquante nuances de non-sens.

"Le problème, ma chère, c'est que je n'ai aucune idée de qui l'a écrit. Tu me connais, je viens de l'âge des ténèbres et je ne sais pas me servir de ces fichus ordinateurs." Il rit. "Pourrais-tu être un amour et chercher pour moi ?"

"C'est écrit par Henry Miller", dit-elle en cliquant sur la base de données. "Oui, il est disponible juste en haut dans le rayon des romans".

"Je vais d'abord jeter un coup d'œil. Henry Miller, dis-tu. Jamais entendu parler de lui !"

"Pour te dire la vérité, je n'ai pas été très impressionné quand je l'ai lu. Les critiques et les chroniqueurs pensaient qu'il était brillant en son temps. Il y a quelques passages grossiers."

"Merci, Ribby. Passe une bonne journée."

"De rien", dit-elle alors qu'il s'en va en trottinant.

Elle s'occupa seule des autres clients qui attendaient. Après avoir fini d'aider le dernier, elle rangea le comptoir.

Maintenant que tout était calme, Ribby se prépara une tasse de café et retourna à son bureau. Sur le chemin du retour, elle s'arrêta un instant pour écouter le bruit de l'eau. L'architecte de la bibliothèque, en utilisant la fontaine pour masquer les bruits extérieurs, avait été incitatif. Certaines villes fermaient leurs bibliothèques, mais Toronto était différente. Le bâtiment lui-même était un survivant. Même les pillages après la guerre de 1812 n'avaient pas brisé son esprit.

Elle prit une gorgée de café et resta un moment debout, jetant un coup d'œil aux escaliers. Ils avaient l'air cool, avec les gens qui montaient et descendaient, mais l'ascenseur était bien utile quand on en avait besoin.

Dans la cage d'escalier du haut, elle remarqua M. Filchard qui descendait. Presque arrivé en bas, il avait une main sur son livre et l'autre sur sa carte de bibliothèque. Elle s'arrêta et l'attendit. Il était un peu essoufflé.

"C'est sûr que je prendrai l'ascenseur la prochaine fois", a dit M. Filchard.

Ils se sont dirigés vers le bureau d'aide où Ribby a tamponné sa carte.

"Sale vieux !" Amanda, une collègue de travail, a chuchoté alors qu'il quittait le bâtiment. "Il me donne vraiment la chair de poule".

Ribby a ignoré ses commentaires. Elle a ramassé une brassée de livres, les a mis sur un chariot qu'elle a poussé dans l'ascenseur et est montée au troisième étage. Elle se déplaçait d'une étagère à l'autre en classant les livres. Alors qu'elle reclassait un livre près de la fenêtre, un éclair provenant de l'autre côté de la rue attira son attention. Un jeune homme d'une vingtaine d'années, vêtu de jean de la tête aux pieds, se dirigea vers elle. La lumière du soleil scintillait sur ses anneaux de nez et les chaînes qui les attachaient à ses oreilles. Ribby a continué à l'observer pendant qu'il montait les escaliers. Curieuse, elle se dépêcha de descendre au rez-de-chaussée.

La simple idée de le servir lui faisait battre le cœur. Elle n'avait jamais été aussi proche d'un type qui avait autant de trous dans la tête. Ribby était certain que d'autres avaient des trous déguisés—des blessures émotionnelles cachées au plus profond d'eux-mêmes. Comme Vincent Van Gogh qui utilisait sa douleur pour exprimer ses émotions. Le concept d'utiliser ton corps comme art l'effrayait et l'intriguait à la fois.

Elle est revenue à son bureau et l'a observé. Il se tenait dans l'entrée comme un petit garçon perdu. À quoi ressemble sa voix, se demanda-t-elle ?

Elle s'est positionnée derrière la section des acquisitions où elle a fait du rangement. Il n'avait pas bougé d'un pouce. Elle a toussé, puis s'est placée sous le panneau Aide/Information. Leurs regards se sont croisés.

"Puis-je vous aider ?" Ribby a demandé, les joues rougies et les paumes moites.

"Euh, oui, eh bien, je l'espère", a-t-il dit d'une voix forte.

"S'il te plaît, parle plus doucement", a-t-elle dit.

"Oh, d'accord, désolé. Je cherche un livre, mais je ne connais pas son nom."

"Tu sais qui l'a écrit ?"

"Non."

"Peux-tu me dire de quoi parle le livre ?"

"Ouaip, ouaip, ça je le sais, ça je le sais avec certitude. Ça parle de l'avenir. Eh bien, quand le type l'a écrit, c'était son avenir. Pour nous, c'est notre passé. Il y a Big Brother dedans. Pas l'émission de télévision, mais une autre sorte de Big Brother." Il rit de la façon intelligente dont il a lié le passé et le présent. Ribby rit aussi.

"Oh, tu parles de 1984 de George Orwell ?"

"Oui, c'est bien ça. Orwell. Excellent. Il est là ?"

"Un instant s'il vous plaît", dit Ribby en le tapant sur l'ordinateur. C'est fait, et Ribby part à sa recherche. Le jeune homme la suit.

Lorsqu'elle a eu le livre en main, ils sont retournés à la réception. Ribby a confirmé qu'il avait la pièce d'identité nécessaire et lui a délivré une carte de bibliothèque.

Une fois la transaction terminée, il a glissé la carte dans son portefeuil miteux. Il a remercié Ribby et s'est dirigé vers la sortie. Son jean bleu déchiré s'affaissait— comme l'état d'esprit de Ribby.

***

L E QUART DE TRAVAIL enfin terminé, Ribby s'est précipité hors du bâtiment. Tous les lundis, Ribby faisait du bénévolat à l'hôpital pour enfants. Elle dansait et chantait. Elle faisait tout ce qu'elle pouvait pour leur remonter le moral. Elle adorait les enfants et ils semblaient lui rendre la pareille. Chaque semaine, elle choisissait un enfant pour être le centre d'attention. Aujourd'hui, c'était le tour de Mikey Landers et elle ne devait pas être en retard.

Dans sa main gauche, Ribby portait son sac magique. Les enfants étaient toujours excités lorsqu'elle les laissait y plonger la main. Les articles à l'intérieur comprenaient : des costumes, des instruments de musique, de la peinture pour le visage, des ballons, des bibelots et du maquillage.

Lorsqu'elle est enfin arrivée dans le service des enfants, elle a sauté dans la chambre de Mikey. Ses parents étaient assis, un de chaque côté du lit, serrant les mains de leur fils dans un tas de doigts et de paumes. Ils essuyaient leurs larmes avec leurs mains libres. Mikey dormait, alors elle est partie discrètement.

Ribby essaya de ne pas penser à la tristesse qui planait dans l'air de la chambre de Mikey. Mikey et sa famille avaient traversé tant d'épreuves.

Elle a repoussé cette idée au fond de son esprit. Le rôle de Ribby était de remonter le moral des enfants et de leurs familles. Ils l'attendaient. Elle adopte son plus beau visage.

Billy et Janie Freeman poussèrent un cri lorsqu'ils aperçurent Ribby qui arrivait dans le couloir. "Elle est là ! Elle est là !" s'écrient-ils. Une vague d'allégresse a envahi le couloir. Les enfants et leurs familles formèrent un cercle autour d'elle dans la salle commune.

Ribby chanta un numéro qu'elle avait elle-même composé, intitulé Jump Like A Caribou, et joua du kazoo aux moments opportuns :

JUMP JUMP JUMP
COMME UN CARIBOU !

Ribby a démarré un train et les enfants qui pouvaient marcher sont tombés derrière elle.

JUMP JUMP JUMP
COMME UN CARIBOU

Le vieux train s'est terminé et Ribby a formé une ligne avec les enfants qui étaient en fauteuil roulant ou qui avaient des béquilles. Les enfants chantaient, faisaient des signes ou tapaient du pied. Toutes les actions possibles pour les aider à entrer dans la chanson et à faire du bruit.

SAUTEZ SAUTEZ SAUTEZ
COMME UN CARIBOU !

Lorsque la chanson s'est terminée, ils se sont écriés : "Encore ! Encore !"

La chanson était familière aux enfants car Ribby la chantait souvent en utilisant différents animaux comme le kangourou, le cacatoès, le cockapoo, et elle avait même une version qui incluait une visite au zoo. Ribby s'incline et entame directement un autre air. Elle aimait bien mélanger les choses. Les laisser deviner. Lorsque l'énergie de la salle s'est éteinte, elle a changé de cap, demandant des formes de ballons. Elle a chanté en tirant et en tordant les ballons pour leur donner la forme d'animaux. La demande la plus populaire était celle d'une mère caribou et de son petit, ce qui l'a occupée car c'était une tâche difficile.

Les enfants qui voulaient des ballons les ont eus et il est temps pour Ribby de partir. Elle commença à préparer son sac, juste au moment où Mikey Landers entra en grattant les roues de sa chaise. Sa mère le suivait à la traîne, ayant du mal à le rattraper. Mikey était fâché, elle l'a tout de suite vu. Elle alla vers lui, lui offrant un ballon animalier, la main tendue.

"Je, j'ai failli te rater, Ribby ! Tu aurais dû me réveiller. Tu avais promis de faire ton numéro depuis ma chambre cette semaine ! C'était mon tour !" Des larmes coulèrent sur ses joues tandis qu'il croisait les bras et refusait son offre de paix.

Abaissant sa main, elle s'est agenouillée pour être à son niveau et lui a dit : "Désolée, mon gars. Je suis si heureuse de te voir debout et en pleine forme maintenant," —she looked at his parents— "mais tu roupillais quand je suis passée kiddo. Je sais à quel point tu as besoin de ton sommeil de beauté ! Tu es en tête de liste pour la semaine prochaine, d'accord ?".

"Promis ?" Il décroise les bras.

"Croise mon cœur et espère mourir." Ribby souhaitait pouvoir reprendre ces mots et les avaler. S'il était possible d'échanger sa vie contre la sienne, elle l'aurait fait sur le champ, sans hésiter.

Mikey n'avait pas remarqué le faux-pas, et il tendit finalement la main pour accepter son cadeau.

Après qu'elle le lui a remis, Ribby lui a dit au revoir. En sortant de la pièce, elle a dit : "À la semaine prochaine, Rugrats !"

Ribby a retenu ses larmes jusqu'à ce qu'elle soit sortie du bâtiment. N'ayant pas de mouchoirs, elle a utilisé sa manche. Lorsqu'elle atteignit l'arrêt de bus, elle avait réussi à se calmer.

Chaque semaine, elle se promettait de ne pas pleurer. Les enfants devraient être dehors en train de jouer, de s'amuser. Ils ne devraient pas avoir à s'inquiéter d'être malades ou de mourir. Si elle pouvait leur ôter cette douleur... ne serait-ce que pour une courte période, alors cela valait la peine de faire un tour sur les montagnes russes émotionnelles.

***

L E BUS N'ARRIVERAIT PAS avant un quart d'heure. Elle s'est précipitée à l'épicerie du coin pour répondre à son estomac qui grogne. Salé ou sucré ? se dit-elle. Derrière le comptoir, elle aperçoit un assortiment de cigarettes. Curieuse, elle a demandé un paquet.

"Quelle sorte, madame ?"

Elle a jeté un coup d'œil à leurs noms. "Cools", dit-elle.

"Tu as déjà un briquet ?", a demandé le vendeur. Sans attendre la réponse, il a posé un paquet d'allumettes sur les Cools. "Les allumettes sont offertes par la maison", a-t-il dit alors que Ribby lui remettait l'argent. Ce dernier lui rendit la monnaie.

Le rictus soudain de l'employé, qui ressemblait à une grimace, l'a perturbée. Elle a filé à toute allure. De retour à l'arrêt de bus, elle déchire le paquet de cigarettes et en allume une. Elle inspira profondément, comme une actrice jouant un rôle. Ça avait l'air si facile dans les films. En réalité, il était difficile de ne pas vomir. Après la première bouffée, elle a soufflé la fumée et la détente l'a envahie.

Lorsque le bus est arrivé, elle a glissé le paquet dans son sac à main et a pris sa place habituelle à l'arrière. Elle s'est dit que ce serait très coquin de fumer une cigarette dans le bus de Stan.

Stan l'Homme était un peu nazi et un tyran réputé. Elle l'avait vu elle-même. Il criait après les enfants parce qu'ils mettaient leurs pieds sur les sièges. Il les jetait hors du bus par un froid glacial, comme s'ils avaient commis un meurtre ou quelque chose comme ça.

Une fois, une petite vieille avait ses sacs qui occupaient le siège à côté d'elle. Il a exigé qu'elle les enlève, même si personne n'avait besoin de ce siège. Quand elle n'a pas voulu obtempérer, il l'a jetée hors du bus.

Ribby se souvient encore de son visage de prune qui regardait vers le haut lorsque le bus a commencé à s'éloigner. La femme avait levé son majeur aussi haut que son petit corps pouvait le porter et avait crié : "Va te faire foutre !".

Ribby avait été tellement choquée par l'incident que, depuis ce jour, elle s'asseyait toujours à l'arrière du bus. Elle pouvait y être invisible. Elle pouvait observer comme une mouche sur le mur sans attirer l'attention sur elle. Elle ne voulait pas faire quoi que ce soit qui puisse énerver Stan l'homme.

Mais Stan ne pouvait pas tout voir. Comme l'homme qui se curait le nez et l'essuyait sur le siège. Elle l'a vu, mais pas Stan. Ribby a ri. Stan l'homme lui a jeté un coup d'œil dans le rétroviseur. Elle s'est arrêtée de rire. À quel point la capacité de Stan à conduire était-elle sûre ? Obsédé par ses passagers, c'est un miracle qu'il n'ait pas eu d'accident.

Ribby a fouillé dans son sac à main. Elle a envisagé de sortir une cigarette. Stan le remarquerait-il ? La jetterait-il hors du bus ? Il faisait nuit, et c'était trop loin pour rentrer à pied. Elle a fermé son sac à main. Elle s'est concentrée sur les étoiles par la fenêtre.

À la maison, elle a ouvert la porte et, immédiatement, des rires sont venus de la cuisine. Sa mère recevait souvent des messieurs. Ce soir-là n'était pas différent.

Tom Mitchell était assis en face de sa mère. Ribby fait un signe de tête en direction de Tom. Elle sent que les yeux de Tom la déshabillent. Il la regardait toujours de cette façon. Sa mère n'avait pas l'air de s'en préoccuper.

"Bonjour, Ribby", dit Tom. "C'est bon de te revoir."

Ribby a fermé le robinet, a pris une grande inspiration et a fait face à la table.

Sa mère attendit une réponse.

Tom aussi.

"Bien, alors", dit Tom en se levant. "Je ferais mieux d'y aller, Martha. J'ai été ravi de vous voir, comme toujours." Il a repoussé sa chaise et a incliné sa casquette de baseball dans sa direction.

Tom a fait un pas vers Ribby. "Et toi aussi Ribby—même si tu te crois trop haut placé pour dire bonjour au soupirant de ta mère, je t'aime bien quand même."

La mère de Ribby s'est mise à rire, d'un rire gras et bas du ventre. "Oh Tom, notre Ribby a peur de son ombre. Ce n'est pas grave. Je suis sûre qu'elle t'aime bien aussi." Elle se tourne vers sa fille. "N'est-ce pas, Ribby ? Tu aimes toujours mes garçons."

Ribby avala le verre d'eau d'un trait. Elle a fouillé dans son sac à main et a touché le paquet de cigarettes. Connaître un secret lui donnait un sentiment de puissance. Elle est allée dans le salon.

Tom et Martha chuchotaient dans l'entrée pendant qu'elle feuilletait un magazine. Elle s'est vite lassée des titres scandaleux et a pris la télécommande de la télévision et cliqué sur les chaînes. La porte d'entrée a claqué.

"J'aimerais que tu sois plus gentille avec mes amis", dit Martha en s'asseyant sur le canapé. "Après tout, nous avons besoin d'amis dans cette vie, et Tom a toujours été bon avec nous".

"Qu'est-ce qu'on mange, maman ?"

"J'ai eu de la compagnie tout l'après-midi. Pas le temps de préparer le dîner, ma fille, et je suis affamée", Martha se lèche les lèvres. "Absolument, totalement et complètement affamée".

"Commandons alors", dit Ribby. "Nous pouvons prendre du riz frit spécial, des pâtés impériaux et du poulet au citron à partager".

"Oui, ça me va", dit Martha en arrachant le scintillement de la télévision de la main de Ribby. Elle a pointé et cliqué, rapidement et furieusement.

"Je vais aller chez Mme Engle et sonner."

"Tu feras ça, ma fille, tu feras ça", dit Martha en se servant un verre de whisky. Elle y a versé un peu de soda. Elle a fouillé dans le mini-frigo et en a sorti le bac à glaçons. Elle y a placé deux cubes, a bu une gorgée et a soupiré.

Quand Ribby est revenu, Martha lui a dit. "Tu es une bonne fille, la plupart du temps". Martha a bu une autre gorgée plus longue. "Nous serions sans abri sans ton salaire pour payer l'hypothèque et mettre de la nourriture sur la table". Martha remue son verre avec son doigt. Les glaçons s'entrechoquent contre le verre.

Ribby s'agite un peu. Cette conversation la mettait toujours mal à l'aise.

Lorsque les publicités ont commencé, Martha a demandé : "Des signes de la nourriture ? Le whisky me ronge le ventre."

"Il a dit trente minutes, maman."

"Trente minutes, eh bien, par Dieu, trente minutes, c'est trop long d'attendre pour un peu de riz !". Martha abattit son poing gauche sur le bras du fauteuil. Son bras droit est resté en l'air pour préserver le caractère sacré de son verre de whisky.

"Je ne peux pas annuler maintenant. Reste assise et regarde ton programme, il sera là avant que tu t'en rendes compte."

Martha s'est affairée au bar pour ajouter du whisky et des glaçons. De retour sur le canapé, elle se résigna à attendre son dîner.

Au moins, elle n'avait pas à chanter pour cela, pensa Ribby avec un sourire en coin.

MARTHA A REGARDé LES chaînes. Ribby a attendu le livreur dans l'entrée.

Elle a fouillé dans son sac à main et en a sorti une cigarette. Elle la plaça sans l'allumer entre ses lèvres et regarda son reflet dans le miroir. Si ses cheveux n'étaient pas si neutres et son teint si délavé, elle aurait pu avoir l'air sophistiquée. Peut-être.

Surprise par la sonnerie de la porte, elle faillit laisser tomber sa cigarette.

Martha a crié : "Attrape ça, Ribby !"

Elle a glissé la cigarette dans son sac à main.

Bing-bong encore.

"Fille ? Ma fille ! Tu es là ?"

"Oui, maman, je vais chercher l'argent". Elle ouvre la porte.

"Bonsoir", a dit le livreur.

Il ne l'a pas reconnue, mais elle le connaissait. Le type de la bibliothèque avec des piercings et des tatouages.

"Ça fera 32,50 dollars", a-t-il dit.

Ribby lui tendit 35,00 dollars. Il avait l'air différent debout sous son porche. "Garde la monnaie", a-t-elle dit en fermant la porte, pensant toujours à lui.

"Il doit faire froid, Ribby !" dit Martha en lui arrachant le sac des mains et en se dirigeant vers la cuisine.

Ribby replaça son sac à main sur le crochet, notant mentalement de le monter à l'étage lorsqu'elle irait se coucher. Il ne faudrait pas que Martha trouve les cigarettes.

De retour dans le salon, ils mangèrent sur des plateaux de télévision. Le jeu télévisé favori Jeopardy ! a commencé.

Ribby et Martha étaient en rivalité chaque fois qu'ils regardaient le jeu. Celui qui connaissait la réponse en premier la criait.

"Qu'est-ce que New York ?", criait Ribby.

"Qu'est-ce que L.A. !" Martha a crié. Elle avait tort.

"Je te l'avais bien dit", dit Ribby. "Tout le monde le sait, maman."

Martha a tendu le bras à travers la table et a donné une gifle à sa fille. Le coup était si fort que le plateau de télévision et son contenu ont volé. La chaise de Ribby bascula en arrière et sa tête heurta la table basse avec un bruit sourd. Puis elle a heurté le sol avec un bruit sourd.

"Ça t'apprendra", dit Martha, "à manquer de respect. C'est ma maison. Qui es-tu pour me dire si j'ai tort ou raison !"

"Mais maman", chuchote Ribby. "Il a dit..."

"Je me fiche complètement de ce qu'il a dit. Maintenant, je vais me coucher. Fais-moi une tasse de thé—mon habituel—et fais-le monter."

"D'accord, maman", dit Ribby.

Ribby s'est rendue dans la zone du bar. Elle a ramassé la bouteille, est allée dans la cuisine et a mis la bouilloire à bouillir. Elle a mis un sachet de thé dans une tasse et a versé l'eau chaude au quart de la tasse. Une fois le thé infusé, elle ajoute une demi-tasse de Bourbon, puis deux cuillères à café de sucre.

En montant les escaliers, elle a décidé de faire quelque chose qui ne ressemble pas à Ribby.

Elle bougea sa langue à l'intérieur de sa bouche, recueillant de la salive et la laissant éclabousser ses joues. Quand elle en eut assez, elle cracha dans la tasse de sa mère.

Elle l'a observée à la surface, puis l'a remuée avant de la poser sur la table de nuit. Elle sourit en tirant le drap du dessus, puis les couvertures comme elle le faisait chaque soir.

Martha est sortie de la salle de bains. "Tu es une bonne fille parfois."

Ribby n'a rien dit. Elle a aidé sa mère à se déshabiller et à enfiler sa chemise de nuit. Les pieds de sa mère étaient froids. Ribby les a massés avec un peu d'huile avant de glisser ses pantoufles sur sa chair vieillie.

En sortant, Ribby a jeté un coup d'œil par-dessus son épaule. Martha a bu une gorgée de thé trafiqué, puis a soupiré.

Ribby se retint de rire jusqu'à ce qu'elle soit dans sa chambre.

Puis elle a ri si fort qu'elle a dû étouffer le son avec son oreiller.

Chapitre 2

LORSQU'ELLE S'EST RÉVEILLÉE, RIBBY s'est assise et a repensé à la nuit précédente. Elle rit en écoutant sa mère ci-dessous trépigner comme à son habitude.

"Le petit déjeuner sera prêt dans dix minutes", a appelé Martha.

Ribby réussit à bloquer la plus grande partie de l'appel. Toujours la même chose. Toujours la même chose.

"Je n'ai pas faim, maman", s'écrie Ribby en se brossant les cheveux. "En plus, je dois aller travailler tôt aujourd'hui".

Ribby a écouté sa mère la maudire. Elle passa une brosse dans ses cheveux en s'arrêtant brusquement lorsqu'un gloussement retentit en bas. Ce rire était inquiétant. Martha riait rarement le matin, sauf si l'un de ses beaux était de passage.

"À plus tard, maman !" dit Ribby en contournant la cuisine et en se dirigeant directement vers la porte. Une fois dehors, elle remarqua une camionnette avec un homme à l'intérieur, assis et attendant. Sur le côté de la camionnette, on pouvait lire le nom de l'entreprise : Greniers-R-Us.

Le mot "grenier" lui rappela la dernière fois qu'elle y était allée. Le simple fait d'y penser la faisait frissonner et trembler. Elle a neutralisé le souvenir, l'enfermant avec une clé dans la bibliothèque de son imagination.

Elle se dirigea vers l'arrêt de bus. Elle y arriva juste à temps. Elle est montée à bord et a regardé par la fenêtre le monde qui défilait devant elle dans le flou. Son estomac gargouille. Elle a de plus en plus faim. Elle a ignoré les fringales, voulant économiser chaque centime pour le voyage au centre commercial. C'était aujourd'hui qu'elle allait se faire plaisir.

Elle ouvre son sac à main. Le simple fait de sentir l'odeur du tabac atténua les grondements de son ventre.

Au travail, elle a accroché son manteau et mis son sac à main en sécurité.

Bien que ses collègues soient à leur poste, personne n'aide les clients qui attendent.

Ribby était l'assistante bibliothécaire la plus ancienne et pourtant elle n'avait aucune autorité.

Une fois de plus, Ribby s'est occupée seule des clients qui attendaient. La bibliothécaire en chef, Mme P. Wilkinson, ne semblait pas s'en apercevoir.

Pendant la pause déjeuner, Ribby a demandé à ses collègues où elles achetaient leurs vêtements. La plupart ont recommandé le grand magasin du centre commercial pour des marques de qualité à des prix abordables.

Ribby était de plus en plus excitée maintenant qu'elle savait où elle allait faire ses courses. Elle avait hâte de faire quelque chose qu'elle n'avait jamais fait auparavant.

Ribby Balustrade allait s'acheter une nouvelle robe.

✳✳✳

AU GRAND MAGASIN, RIBBY est resté un moment à l'extérieur et a jeté un coup d'œil aux fenêtres. Des bruits de voitures, de bus et de tramways résonnaient autour des bâtiments. Près de l'entrée, un musicien ambulant a commencé à gratter et à vocaliser. Une foule a commencé à se rassembler, se bousculant, certains portant des boissons chaudes et fumant des cigarettes. Il y avait tellement de bruit et de monde que tout ce qu'elle voulait, c'était entrer. A l'intérieur, dans le calme.

Elle franchit les portes tournantes et pendant une seconde, tout est calme. Puis son compartiment s'est ouvert et elle est sortie dans un autre type de chaos. Des clients brandissant des sacs, allant et venant. Et c'était grand, beaucoup d'étages. Des escaliers roulants remplis de gens montaient et descendaient. Des odeurs de friture, de pop-corn et de beignets adoucissaient l'air, provoquant une surcharge sensorielle.

"Puis-je vous aider ?", a demandé une dame au bureau d'information.

"Oui, les vêtements pour femmes, s'il vous plaît."

"Troisième étage", a-t-elle dit.

Le calme régnait dans l'escalator. Les voyageurs regardaient leurs téléphones. Elle s'est accrochée à la rampe.

Quand elle est arrivée au troisième étage, elle l'a repérée—la robe de ses rêves. Un petit numéro noir, comme l'appelaient les magazines de la bibliothèque, parfait pour les cocktails du soir et les événements spéciaux. Elle l'a regardée en pensant aux paroles d'un film sur le baseball. Elle a souri, changeant les mots en "Si vous l'achetez, les occasions de la porter viendront".

"Puis-je vous aider ?" a demandé une femme en tailleur élégant.

"Oui, vous pouvez. Je cherche à me faire plaisir. Je me suis dit qu'une robe noire, quelque chose de facile à porter et à entretenir ferait l'affaire. J'adore celle qui est sur le mannequin là-haut. Si vous l'avez à ma taille, j'aimerais l'essayer."

"Excellent choix", dit la femme. "Maintenant, laisse-moi voir, quelle taille fais-tu ? Douze ? Quatorze ?"

"Je, je ne sais pas."

"Tu fais du douze. D'habitude, je devine assez bien, mais au cas où, prenez un dix, un douze et un quatorze", suggère le commis. "Oh, et tu auras besoin d'une paire de chaussures noires, pour finir le look. Tu fais une taille 7 ?"

Surpris, Ribby répond : "Ces chaussures font une taille 7".

"Parfait alors. N'aie pas peur de venir quand tu seras prêt. Je sais à quel point cela peut être difficile quand on fait ses courses tout seul."

"Je, je vais le faire, merci", dit Ribby en refermant la porte du dressing.

Entourée de miroirs, Ribby pouvait se voir sous tous les angles pour la toute première fois alors que la robe terne de Martha tombait sur le sol.

Ribby a essayé la robe de taille 12. Avec son décolleté et ses plis aux hanches et à la taille, elle mettait vraiment sa silhouette en valeur. Elle savait déjà qu'elle voulait l'acheter, mais elle voulait quand même avoir un deuxième avis. Elle est sortie de la cabine d'essayage.

"Wow !" s'exclame la vendeuse. "Tu es superbe ! Mais là, laisse-moi faire une chose."

L'employée a disparu au coin de la rue mais est revenue en quelques secondes. "Laisse-moi mettre ceci dans tes cheveux, et ces fausses perles autour de ton cou. Je te jure, tu auras l'air d'un million de dollars !"

"J'ai l'air tellement glam !" Ribby se reconnaissait à peine.

"Tu es vraiment sensationnelle !"

"J'aimerais essayer quelques autres tenues." Elle se dirigea vers un présentoir, choisit un costume rouge deux pièces, un chemisier et un pantalon. Elle retourne dans le vestiaire. Le tailleur était magnifique, avec sa veste bien coupée et sa jupe assortie, et les chaussures qu'elle avait essayées avec la robe allaient parfaitement avec. Le chemisier lui allait mieux détaché que porté et le pantalon attirait trop l'attention sur ses fesses.

"Je vais prendre le costume, la robe, les chaussures et les perles", dit Ribby. "Combien ça coûte ? J'ai oublié de regarder."

Le commis a tout additionné. "Le coût total avant les taxes est de 760,00 $. Ce sera au comptant ou à crédit ?"

"Oh, c'est plus que ce à quoi je m'attendais", avoue Ribby.

"Pas d'inquiétude, pourquoi ne pas prendre la robe aujourd'hui et puis, revenir plus tard pour les chaussures et les accessoires. Tu peux aussi faire une demande de crédit en magasin. Je vérifierai que tu es admissible et tu obtiendras un crédit instantané."

"Je peux ?" demande Ribby. "Ce serait utile !"

Le commis a posé quelques questions à Ribby et elle s'est qualifiée pour une carte de crédit. Elle a acheté le lot. L'employé a tout emballé.

"Merci beaucoup. Vous avez été merveilleux !"

"Il n'y a pas de quoi."

Ribby a fêté cela avec une tasse de café et, comme la nuit tombait, s'est rendue à l'arrêt de bus. En chemin, elle a fumé une cigarette.

La camionnette d'Attics-R-Us était encore garée devant sa maison lorsqu'elle a tourné au coin de la rue.

Une fois à l'intérieur, Ribby est entrée dans la cuisine. Derrière la porte fermée, des bruits familiers d'ébats amoureux parvinrent à ses oreilles. Ce n'était pas la première fois qu'elle rentrait chez elle pour trouver sa mère avec l'un de ses maris. Le gars des Greniers-R-Us est là toute la journée ? Beurk. Ribby s'est retirée à l'étage.

Dans sa chambre, Ribby a compartimenté l'incident du rez-de-chaussée. Elle ne voulait pas que cela gâche sa journée.

Elle a mis sa nouvelle robe, ses chaussures et son collier de perles. Elle a fouillé dans son sac à main et en a sorti une cigarette. Avec celle-ci à la main, elle avait l'air encore plus sophistiquée. Elle a joué avec ses cheveux. Elle a testé l'apparence de ses cheveux relevés, puis rabattus.

À l'extérieur, la porte d'un véhicule s'est ouverte puis refermée. Ribby a jeté un coup d'œil par la fenêtre et a regardé la camionnette Attics-R-Us s'éloigner.

Quelques instants plus tard, les pas de sa mère ont retenti, et dans l'autre pièce, la douche s'est mise en marche.

Ribby a remis ses anciens vêtements. Pendant qu'elle se déshabillait, elle chassa de son esprit les pensées de sa mère et de son mari. Lorsqu'elle fut prête, elle descendit discrètement les escaliers sur la pointe des pieds, sortit par la porte et revint. Cette action a renforcé son cloisonnement pour cet incident, et cela l'aidera à l'avenir lorsqu'un incident similaire se produira. Avec la panoplie de messieurs de Martha, cette action était une tactique d'autopréservation.

Elle s'est servi une tasse de thé chaud et a remué le ragoût dans la mijoteuse, avant d'aller dans le salon pour regarder un peu la télévision.

Martha est descendue peu après et elles ont dîné ensemble. Une fois que sa mère s'est endormie sur le canapé, Ribby est montée dans sa chambre.

Après avoir lu pendant un moment, Ribby ferma les yeux et laissa libre cours à son imagination. Elle imaginait une maison à elle, au bord de l'eau. Elle imagina le salon avec un confortable siège d'amour et des chaises craquantes assorties. Au mur, derrière eux, des gravures de Van Gogh et de Monet. Des fleurs dans des vases. Elle s'imaginait rentrer du travail, mettre les pieds sur terre. Avoir le contrôle de la télévision.

La bulle a éclaté et la réalité s'est infiltrée.

Martha ne le permettrait jamais.

Ce qu'elle ne savait pas ne pouvait cependant pas lui faire de mal.

En plus de la carte de crédit qu'elle venait d'acquérir, Ribby participait au programme d'épargne du personnel de la bibliothèque provinciale ; elle avait donc quelques économies secrètes, mais n'y avait pas touché jusqu'à aujourd'hui.

Ribby a pensé à un article qu'elle avait lu dans le journal. C'était l'histoire vraie d'un homme qui avait eu deux vies différentes avec deux femmes différentes. Elle s'est demandé si elle pouvait reprendre cette idée et la faire sienne. Pourrait-elle se créer une nouvelle vie ?

Le sommeil vint, mais Ribby ne rêva pas. Au lieu de cela, elle a pris une décision.

Pour demain, elle donnerait naissance à une nouvelle version d'elle-même. Un ami imaginaire. Un alter ego.

Une partie d'elle-même, qui ferait des choses qu'elle avait trop peur de faire.

Une amie avec un beau nom : Angela.

Chapitre 3

SAMEDI MATIN. RIBBY A sauté du lit, excitée à l'idée de la journée qui l'attendait. Elle a plié sa robe noire, quelques collants et les a mis dans son sac à main. Ses talons ne rentreraient pas. Une paire de sandales devrait faire l'affaire.

Martha s'est assise à la table de la cuisine, la tête entre les mains. Elle est en mode gueule de bois. Le percolateur à café renifle et siffle derrière elle. Quand elle a vu Ribby, elle a gémi. Ribby avait déjà vu les signes d'un excès de whisky chez sa mère à plusieurs reprises. Elle se versa une tasse de café et remplit la tasse de sa mère. Les mains de Martha ont tremblé lorsqu'elle a bu une gorgée.

Ribby poursuivit son chemin dans le couloir et sortit sous le porche d'entrée où elle prit le journal. Elle retourna dans la cuisine et sirota son café maintenant frais tout en lisant. Le journal n'était pas un obstacle aux gorgées de Martha, entrecoupées de gémissements.

Ribby passe à la rubrique Appartements à louer. Elle a parcouru la liste du doigt et a constaté qu'il y avait beaucoup de choix dans le quartier riverain où elle espérait vivre. Elle referma le journal et rinça sa tasse.

"Je dois y aller, maman. À plus tard."

Martha a tapé des poings sur la table. "Ne reviens pas alors, si tu n'es même pas capable de rassembler une once de sympathie pour ta pauvre vieille maman."

"Prends quelques Tylenols et ça ira", dit Ribby en ouvrant la porte d'entrée et en la claquant derrière elle. En s'éloignant, elle a remarqué que sa mère avait fermé les stores avant. Pas d'appels de messieurs aujourd'hui.

Ribby a pris le bus et après être arrivée dans la zone de location principale, elle a acheté un autre journal. Elle a fait le tour de quelques possibilités et a décidé d'assister à des visites libres. L'une d'entre elles se trouvait dans un quartier splendide, non loin de la plage, et était en tête de sa liste de priorités.

Avant de pouvoir visiter les propriétés, elle doit mettre une tenue appropriée. Des toilettes publiques feraient l'affaire. Vêtue de sa nouvelle tenue, elle a exploré les environs, prenant le temps de regarder le lac Ontario. Elle a écouté les douces vagues qui s'échouaient sur les rives. Au-dessus d'elle, les mouettes criaient pour attirer l'attention. Derrière elle, les voitures klaxonnent tandis que les passagers attendent que les feux changent. Elle s'est retournée pour voir qu'une voiture noire avec le toit baissé était le coupable. Elle poursuivit sa route le long de la promenade. Elle a eu l'eau à la bouche lorsqu'elle est tombée sur un stand de hot-dogs avec des oignons en train de frire sur le côté. Elle a regardé l'heure dans la vitrine d'un magasin et s'est rendu compte qu'elle devait se dépêcher de voir la première maison. De l'extérieur, le bâtiment avait l'air accueillant. Ce n'était pas un gratte-ciel comme certains autres. Il était de taille moyenne et comportait des balcons privés. Des balcons ornés d'effets personnels tels que des vélos et des plantes. Des balcons où les locataires créaient leur propre petit coin de paradis. Où ils étaient fiers de leurs propriétés.

Elle aperçoit un panneau "À louer" au-dessus d'elle. Comme le promettait l'annonce, il avait une vue sur l'eau. Elle avait hâte d'y monter et d'y jeter un coup d'œil.

Une fois à l'intérieur, elle se promène dans le hall pour se faire une idée de l'endroit. Dans la zone du courrier, elle a lu les noms qui ornaient les boîtes, comme si elle espérait reconnaître quelqu'un. Mais elle n'a rien reconnu. Elle appuya sur le bouton de l'ascenseur et monta.

Il était facile de trouver l'appartement grâce aux panneaux qui indiquaient le chemin. La porte était ouverte. Elle a tout de même frappé, puis est entrée. D'autres personnes s'affairent autour d'elle. À la première impression, elle a su qu'elle devait obtenir l'appartement. Il était fait pour elle.

L'agent qui se trouvait dans la cuisine parlait à un jeune couple. Il lui a dit : "Je suis à vous dans un instant. N'hésitez pas à jeter un coup d'œil."

L'intérieur était d'une teinte fade de magnolia. La cuisine était bien équipée avec des appareils en acier inoxydable, dont un lave-vaisselle. L'espace de vie principal était ouvert. C'est parfait. Elle s'imaginait s'y asseoir, regarder la vue imprenable sur les vagues. Écouter les vagues. Elle a fait coulisser les portes du balcon et est sortie. Des enfants jouaient non loin de là. Elle est retournée à l'intérieur et a regardé la chambre. Elle était plus grande que sa chambre à la maison, avait une salle de bains attenante et un placard plus que spacieux. Elle devrait acheter beaucoup de nouvelles chaussures et de nouveaux vêtements pour remplir cet espace. C'était merveilleux. Tout ce qu'il y a à savoir. Elle en avait tellement envie qu'elle pouvait y goûter.

"La vue est à couper le souffle", a déclaré Ribby lorsque l'agent s'est libéré. "C'est exactement ce que je recherche".

"C'est très demandé. Si tu le veux", a dit l'agent. "Il faut que tu remplisses une demande aujourd'hui. As-tu déjà loué auparavant ?"

"Non, j'ai vécu chez moi."

Il tripote quelques papiers. "Est-ce que tu vas vivre seule ? Tu travailles à plein temps ?"

"Oui, et oui. Je travaille à la bibliothèque. Je suis bibliothécaire adjointe, et j'y travaille depuis sept ans."

"Le propriétaire préfère louer à une personne seule ou à un jeune couple... si tout se passe bien au niveau des papiers."

Les yeux de Ribby se sont illuminés lorsqu'elle a accepté la demande. L'agent lui a offert un stylo. Pendant qu'elle le remplissait, il bavardait.

"Une fois votre demande acceptée, nous aurons besoin d'un chèque couvrant le premier et le dernier mois de loyer."

"Pas de problème." Elle a terminé le formulaire en y apposant sa signature. "Quand saurai-je si ma demande est acceptée ?"

"Je t'appellerai. Nous devrions le savoir d'ici mardi."

"Moi, nous n'avons pas de téléphone. Si tu me donnes ta carte de visite, je te sonnerai. C'est mardi matin, d'accord ?"

"Parfait", il jette un coup d'œil à la demande. "Euh, Mme Balustrade, à vous de parler alors, et bonne chance", a dit l'agent en enlevant le panneau "portes ouvertes". Il l'a accompagnée jusqu'à l'ascenseur et a quitté le bâtiment. Lorsqu'ils sont arrivés dans la rue, il a demandé : "Je peux vous déposer quelque part ?"

"Non, merci, je vais me promener le long du front de mer, puis je prendrai le bus pour rentrer chez moi".

Ribby courut jusqu'à la plage. Elle a fait glisser ses sandales et a laissé le sable suinter entre ses orteils. Puis elle les a plongées dans l'eau. Elle ramassa quelques coquillages, s'assit et écouta les bruits de la ville et du lac Ontario.

Une mouette s'est posée à proximité. Puis une autre.

"Qu'en pensez-vous ?" demanda-t-elle aux oiseaux. "Est-ce que c'est l'endroit idéal pour Angela et moi ?"

Les mouettes la regardèrent, mais un croassement fut leur seule réponse.

***

Il était encore tôt—trop tôt pour rentrer à la maison. Ribby avait décidé d'aller voir quelques meubles. Dans la salle d'exposition, il y avait eu un bon choix d'articles. Mais tout était si cher puisqu'elle avait besoin de tout.

Une voix dans sa tête lui a dit : Deuxième main. Élégance. Sophistication. Shabby chic.

Ribby regarde autour d'elle. Quelqu'un lui a-t-il parlé ? Elle est seule. Elle passa ses doigts le long du dossier d'un canapé en pensant, Shabby chic hein ? Parfait.

La voix a dit, N'oublie pas—un nouvel appartement nécessite une nouvelle garde-robe.

Ribby a fait une pause. Est-elle en train de devenir folle ? Elle était en train d'avoir une conversation avec elle-même, mais la voix était différente. La voix, c'était Angela. Angela était née.

Tu ne peux pas t'attendre à ce que je naisse dans cette vie en portant les vieilles guenilles de Martha.

Ribby sourit. Je suis d'accord. Mais commençons par le commencement. L'appartement. Les meubles. Tu as besoin de belles choses. Nous avons besoin de belles choses. Nous devrons nous assurer que maman ne l'apprend pas. Elle aurait une vache.

C'est une vache.

Ribby a ri jusqu'à presque mouiller son pantalon.

Comment ai-je pu m'en sortir sans toi ?

Nous ne le saurons jamais. Hé, est-ce que tu vas enfin allumer une cigarette ? Mes poumons en réclament une !

Ribby fouille dans son sac à main et en sort une cigarette. Elle la glissa entre ses lèvres, alluma le bout et tira une bouffée.

Ahhhhh, soupire Angela, j'en avais besoin. Ribby, il nous faut un plan.

Je sais. Si nous obtenons cet appartement, comment allons-nous le cacher à Mère ? Comment vais-je continuer à la payer et à payer le nouvel appartement, en plus de tout le reste ? Je sais, je vais demander une augmentation.

Ne demande pas d'augmentation, exige-en une. Et demande au vieux sac de réduire ton loyer !

Je suis en retard pour une augmentation. Tu as raison sur ce point. Mais, pour ce qui est de maman, elle ne sera jamais d'accord même si elle perdrait la maison sans moi.

C'est son problème, pas le tien, Rib. C'est une adulte et si tu n'es pas là, elle pourra louer ta chambre, n'est-ce pas ?

Cela faisait bizarre à Ribby, d'avoir quelqu'un de son côté pour une fois.

Je n'ai pas l'intention de rester à l'appartement à plein temps. Cela ne marchera jamais. Elle trouverait le moyen de tout gâcher. Non, je vivrai à la maison la semaine et à l'appartement le week-end.

Mais elle consultera ton livret de banque, encore, Rib et elle verra le solde baisser, baisser et elle s'enflammera. Tu sais comment elle est.

Ribby a fait une double réflexion. Comment Angela a-t-elle su cela ?

Tu as raison, je vais devoir faire attention à l'endroit où je laisse mon sac. Avec les cigarettes qu'il contient, je l'ai monté directement dans ma chambre. Je vais continuer à le faire, et elle n'en saura rien.

Et si elle te demande de l'argent, que vas-tu faire ?

Je vais lui dire non.

Tu te souviens de la fois où tu lui as proposé de lui donner chaque centime que tu gagnais ? Tout ce qu'elle avait à faire, c'était d'arrêter d'accepter les appels de messieurs ?

Et comment sait-elle cela ? C'est comme si elle avait toujours été avec moi.

Oui, comment pourrais-je oublier ? Maman a ri si fort que j'ai cru qu'elle s'étouffait. J'ai essayé de l'aider à prendre l'air, en la frappant dans le dos, et en retour, elle m'a frappé si fort que ma dent est tombée.

Tu vas manquer à la vieille vache, Ribby, mais tu mérites une vie, et je suis là pour t'aider. Pour faire en sorte que tu en aies une. Maintenant, nous ferions mieux de rentrer avant que la vieille jument n'envoie la cavalerie !

Le bonheur est à portée de vue, mais il faut parfois tendre la main pour le prendre.

Chapitre 4

LUNDI MATIN, RIBBY S'EST levée et a pris la porte très tôt. Elle ne voulait pas voir Martha. Pour le travail, elle portait une spécialité Martha-muumuu dans laquelle ses seins combattaient des froufrous frontaux. Cette tenue était conforme à la politique vestimentaire de la bibliothèque. Elle se dépêcha d'attraper le bus et arriva plus tôt que d'habitude.

"Bonjour, Ribby", lui dit Mme Pigeon une habituée de la bibliothèque. "Si tu cherches quelque chose d'excellent à lire, je te recommande celui-ci". Elle tendit le livre et Ribby le prit.

"Ma vie dans une assiette", lit Ribby. "Ça parle de nourriture ?"

"Non, en aucune façon !" dit Mme Pigeon en riant. "Ça parle de la vie, des rires et des larmes". Elle marque une pause. "Arrête ça, Billy ! Jason, reviens ici !" Les enfants sont retournés au comptoir. "Je suis désolée, le livre est un retour tardif".

"Vous m'avez convaincu. Merci, Mme Pigeon." Elle a souri en tamponnant le livre rendu.

"Il n'y a pas de quoi, ma chère. La prochaine fois que je viendrai, tu pourras me dire ce que tu as pensé de Clare Hutt. Dites au revoir à Ribby, les garçons. Jason, arrête de cracher sur ton frère. Vous allez avoir beaucoup d'ennuis quand vous rentrerez à la maison !" Mme Pigeon sourit en menant Jason par l'oreille et Billy par la main. Le trio est sorti par les portes tournantes.

Ribby était trop excitée pour lire. De plus, c'était encore lundi et elle devait se rendre à l'hôpital.

À 17 heures, Ribby a pris ses affaires dans son casier et a pris le bus. En route, elle a eu envie de fumer, mais elle ne voulait pas que les enfants sentent la cigarette sur elle.

Elle s'est rendue à la boutique de cadeaux où elle avait demandé des ballons gonflés à l'hélium pour chaque enfant du service. L'idée était merveilleuse, les transporter était une autre affaire.

Comme promis, Ribby commença par la chambre de Mikey Landers. Il n'y était pas. Elle avança le long du couloir, passant la tête dans les chambres au passage. Derrière elle, d'autres suivaient, formant une parade chantante. Fauteuils roulants, béquilles, tout le monde était le bienvenu. Même l'infirmière en chef Alice s'est jointe à eux.

Ribby jeta un coup d'œil dans sa direction et leurs regards se croisèrent. Quelque chose n'allait pas, mais cela pouvait attendre. Elle a continué son spectacle.

Ribby est entrée dans le centre. Elle établit un contact visuel avec les enfants. Lucy May Monroe avait besoin d'un ruban pour ses cheveux, que Ribby sortit de son sac magique. C'était un ruban violet, la couleur préférée de Lucy May. L'enfant a poussé un cri de joie.

La mère de Lucy l'enroula autour de sa petite queue de cheval.

Lors de sa dernière visite, Benjamin Fish avait souhaité une peluche de dragon, que Ribby avait maintenant cachée dans son sac magique. Elle a laissé Benjamin y mettre la main, et il l'a sorti. Il l'a posé sur ses genoux— en cherchant ses parents, mais ils n'étaient pas là. Ne voulant pas l'ouvrir sans eux, il a bercé le cadeau sur ses genoux en fauteuil roulant.

Il y avait plusieurs autres enfants qui attendaient. Ribby a exaucé leurs souhaits l'un après l'autre. Elle chanta à nouveau. Cette fois, elle a dansé et interprété Crocodile Rock d'Elton John. Elle distribue le reste des ballons. Il ne restait plus que le ballon de Mikey Landers.

Ribby dit au revoir aux enfants. Elle porte le ballon rouge de Mikey et marche le long du couloir. L'infirmière Alice l'attendait.

"Ribby, attends, j'ai quelque chose à te dire".

Ribby ne voulait pas entendre la nouvelle. Elle a continué à marcher. Si elle ne savait pas, alors ce ne serait pas vrai.

L'infirmière Alice a attrapé le bras de Ribby. "Ribby, Mikey souffrait beaucoup et maintenant il est en paix".

Ribby avait envie de crier. Elle a continué à marcher et a quitté le bâtiment. Une fois dehors, elle a laissé partir le ballon, puis a regardé jusqu'à ce qu'elle ne le voie plus.

Elle n'a pas pleuré.

Chapitre 5

RIBBY ÉTAIT SI EXCITÉE quand elle a appelé l'agent immobilier depuis une cabine téléphonique et qu'elle a appris que l'appartement était le sien. Dans un peu plus d'une semaine, elle emménagerait. Elle avait tout le temps d'acheter quelques produits de première nécessité et de réfléchir à la façon dont elle allait se tenir à l'écart de Martha.

Pourquoi ne pas m'utiliser ? Après tout, nous sommes amies, n'est-ce pas ?

Qu'est-ce que tu veux dire par là ?

Parfois, tu es aussi épais qu'une brique. Dis à la vieille hache de guerre que tu rends visite à une amie qui vit en ville et qui s'appelle Angela.

Et si elle veut te rencontrer ? En plus, je ne peux pas mentir, mon teint me trahirait.

Tu n'es pas en train de mentir. Tu passeras le temps avec moi. Tu as l'alibi parfait— MOI !

Ce soir-là, au dîner, Ribby a abordé le sujet. "J'aimerais sortir vendredi soir avec mon amie, Angela".

"Tu racontes ?!" Martha a dit avec de l'étonnement dans la voix. "Tu as une amie ?"

"*Nous lisons les mêmes livres et nous nous entendons bien*".

"*Ma fille, fais attention à cette nouvelle amie. Veille à ce qu'elle n'en profite pas car tu es très naïve sur les choses du monde.*"

"*Tout ira bien, maman. Nous allons voir un film et prendre un café.*"

Les jours passaient plus vite maintenant que sa vie sortait de l'ornière habituelle et bientôt, c'était vendredi.

"*Je ferais mieux d'y aller. On se retrouve à l'extérieur du cinéma.*"

"*Avant de partir, pourrais-tu donner à ta pauvre vieille maman quelques dollars pour remplacer la bouteille de Jack Daniels ?*".

Ribby hésite. Si elle ne donnait pas d'argent à sa mère, elle risquait de ne pas sortir de la maison. Il fallait qu'elle remette l'argent, et c'est ce qu'elle a fait.

"*Je serai en retard, maman ; ça ne sert à rien de m'attendre*".

"*Amuse-toi bien*", *dit Martha en fourrant l'argent dans son soutien-gorge.*

En marchant le long du sentier, Ribby a pris plusieurs grandes respirations. Elle n'arrivait pas à y croire. Vendredi soir et elle sortait en ville pour aller au cinéma.

Ne m'oublie pas.

Comment le pourrais-je ? Sans toi, je serais encore là, dans la pièce de devant !

Tu as bien fait, Ribby, de lui donner l'argent ce soir. Mais pas plus. Nous aurons besoin de chaque dollar !

Pendant le film, Angela n'arrêtait pas de glousser devant les scènes d'amour.

C'est tellement ennuyeux ! Tu parles d'un film irréaliste. Sortons d'ici.

C'est romantique. Donne-lui une chance.

Ribby a fourré un morceau de chocolat dans sa bouche.

J'aimerais qu'on puisse fumer ici.

Shhhh.

Après le film, Ribby s'est senti trop ennuyé pour aller chercher un café et est rentré chez lui.

Qu'est-ce que tu vas dire à notre retour si tu sais qui est debout ?

Elle ne sera pas debout. Après le Jack Daniels, elle ne sera plus de ce monde.

Ensuite, dans la matinée, tu pourras lui dire que tu restes chez ta nouvelle amie Angela samedi soir. Tu reviendras dimanche soir. Tu as compris ?

Elle saura que je mens. Elle le sait toujours.

Peut-être qu'elle le saura, mais c'était avant d'avoir ton propre appartement. Une double vie. Avant que tu ne m'aies. De plus, c'est un détail technique. Tu es chez moi et je suis ton ami. Alors... tu dis vraiment la vérité.

Quand tu le dis comme ça, ça sonne plutôt bien.

Oui, maintenant allume une cigarette et rentrons.

Chapitre 6

C'ÉTAIT LE JOUR DE l'emménagement et Ribby était prête à partir. Elle descendit les escaliers sur la pointe des pieds en espérant passer inaperçue. Ce fut de courte durée car Martha l'attendait dans la cuisine.

"Une tasse de café ?"

"Merci, maman", dit Ribby en s'asseyant et en jetant un coup d'œil à sa montre.

Les grognements de Martha et le bourdonnement du réfrigérateur étaient les seuls sons entendus.

"Angela et moi avons passé un moment incroyablement agréable vendredi soir dernier, maman, et elle m'a demandé de rester chez elle pour le week-end. J'aimerais y aller."

Martha a plongé son nez dans sa tasse de thé. Elle touche la nappe d'une main tout en caressant Scamp sous la table de l'autre.

Le silence de sa mère était troublant. Elle avait rarement été aussi silencieuse. Ribby se sentait coupable et ses mains tremblaient tandis qu'elle sirotait sa boisson. Elle se demandait si sa mère était au courant.

Ribby pensa à dire quelque chose, le silence était affreux, mais elle n'osait pas. Elle a terminé son café, s'est levée et a rincé la tasse. Elle la plaça dans la grille pour la faire sécher.

"Je suis contente que tu aies un ami et j'espère que tu t'amuseras bien".

"Merci, maman", dit Ribby en courant chercher son sac à main à l'étage et en sortant. Elle a attrapé le bus et a traversé la ville avant les livreurs.

"Montez !" dit-elle en parlant dans l'interphone. Les hommes ont transporté les modestes meubles et autres objets qu'elle avait accumulés pendant ses heures de déjeuner. Après leur départ, elle se mit à l'aise, écoutant les vagues depuis le balcon.

À midi, Ribby s'est promenée le long du front de mer. Elle a remarqué plusieurs bars et boîtes de nuit sur son chemin. Elle n'en avait jamais fréquenté auparavant parce qu'y aller seule ne lui semblait pas intéressant, mais maintenant, c'était différent. Elle reviendra plus tard.

Avec Angela dans le monde, elle ne se sentait plus aussi seule.

P LUS TARD DANS LA soirée, Ribby attend sur le trottoir
devant la boîte de nuit.

Arrête de faire les cent pas, Ribby. Je vais compter
jusqu'à dix et ensuite nous entrerons. Très bien,
allons-y ! Prêt ou pas, nous voilà !

J'ai peur.

C'est du gâteau, Ribby, du gâteau ! Suis-moi.

Comme si j'avais le choix.

Les escaliers étaient étroits et mal éclairés. Les
chevilles de Ribby vacillaient dans ses nouvelles
chaussures à talons hauts pendant qu'elle descendait.
Lorsqu'elle tourna le coin du bar, les lumières
stroboscopiques clignotèrent et pulsèrent au rythme
de la musique.

Arrête de te préoccuper de tes chaussures. Le
paradis t'attend ! Par ici. Je vais me planter sur
ce tabouret— pour pouvoir regarder l'action. Sans
oublier qu'ils peuvent nous regarder !

Je ne sais pas. Est-ce qu'on n'aura pas l'air désespéré
?

Pas désespérés—disponibles. Regarde cet endroit,
Rib. C'est plein de rires, de musique ; nous allons

passer un moment fantastique. Maintenant, pourquoi ne nous offres-tu pas un verre ?

Que dois-je demander ? Je n'ai jamais commandé de boisson auparavant.

Voyons voir, Angela consulte la carte des boissons. L'une d'entre elles ferait l'affaire. Oui, commande une vodka et un tonic—mettez-en un grand !

Ribby se racla la gorge, espérant attirer l'attention du barman. Ce dernier était en pleine conversation avec un homme à l'autre bout de la bande. Elle toussa, mais avec la musique forte et les lumières stroboscopiques, elle ne pensait pas se faire remarquer.

Est-ce que je dois tout faire ? gémit Angela. "Excusez-moi monsieur le barman, puis-je avoir un grand V&T ici quand vous aurez une seconde, s'il vous plaît ?"

Le barman regarde Ribby et sourit. "Bien sûr."

Il se dirigea vers le bar, jetant un coup d'œil dans la direction de Ribby pendant qu'il mélangeait la boisson. "Vous ne me semblez pas familier. Tu es du coin ?"

"J'ai emménagé ce week-end. Je me suis dit que j'allais jeter un coup d'œil à l'action", dit Angela.

"Bienvenue dans le quartier. Et ça, c'est sur la maison. Je suis le comité d'accueil", dit le barman avec un clin d'œil.

Angela a fait bouger les paupières de Ribby. Elle s'est penchée vers lui, comme si elle voulait lui murmurer quelque chose à l'oreille. Ses seins tombaient vers l'avant dans la robe, donnant au barman une vue complète du décolleté de Ribby. "Merci beaucoup", dit Angela. "J'ai toujours voulu rencontrer le comité d'accueil".

"Maintenant tu l'as, en chair et en os. Je m'appelle Jake, et toi ?"

"Je suis Angela, ravie de vous rencontrer."

"Si tu as besoin d'autre chose, tu n'as qu'à siffler. Tu sais siffler, n'est-ce pas ?"

"Comme l'a dit un jour la grande actrice Lauren Bacall, il suffit de joindre les lèvres et de souffler". Jake rit, et Angela laisse échapper un léger sifflement.

Ce commentaire a surpris Ribby, car elle n'a jamais maîtrisé l'art du sifflement. Sans compter qu'elle n'avait jamais vu aucun des films de Lauren Bacall.

Jake se déplaça le long du bar et servit un autre client qui avait observé l'échange.

"Jake, mon vieux", dit l'homme en se rapprochant. "Que diriez-vous d'une bière par ici ?"

"Nigel. Mec. Ça fait des semaines que je ne t'ai pas vu. Comment vas-tu ? Je croyais que tu avais déménagé ?"

"Moi ? Déménager ? Où pourrais-tu déménager après avoir vécu près de la plage pendant la plus grande partie de ta vie ? Il n'y a rien de comparable ! Il faudrait qu'ils m'emmènent dans une boîte en bois", dit Nigel en riant pendant que Jake verse la bière.

"Qu'est-ce que tu as fait ?"

"Du travail, du travail, du travail, j'en ai assez dit", dit Nigel. Faisant signe à Jake de se rapprocher, il chuchote : "Qui est cette fille ? Tu sors avec elle ou je peux essayer ?"

"Elle est nouvelle. Elle a emménagé ici aujourd'hui. Elle s'appelle Angela. Elle a de superbes seins et un bon sens de l'humour."

Tu vois, il nous aime bien !

Il ne nous connaît même pas.

Mais il a envie de nous connaître.

"Excusez-moi, Jake", dit Angela. "Je voudrais commander un grand Martini, secoué et non remué. Disons plutôt un double."

"Un double Martini, ça vient", dit Jake.

"Alors, tu es une fan de James Bond, c'est ça ?" demande Jake en plaçant le Martini devant elle.

Angela a joué avec l'olive en la faisant tournoyer dans le verre, puis a tout renversé.

Ribby frissonne. Comme avant, elle n'avait jamais vu un seul film de James Bond et n'avait lu aucun des romans de Ian Flemings. Elle se demandait comment Angela pouvait savoir des choses qu'elle ne savait pas.

Angela parlait. "L'interprétation de Sean Connery était mon James Bond préféré. Ils auraient dû arrêter les films après son départ." Elle a poussé son verre sur le bar : "Un autre double Martini pour moi, s'il te plaît, Jake."

"Whoa, c'est plutôt fort", dit Jake en faisant une pause. "Tu es sûre d'être prête pour un autre double, si tôt ?"

"Je suis le client, n'est-ce pas, et tu es le comité d'accueil, alors fais en sorte que je me sente le bienvenu. Je te promets que je serai sage", dit Angela.

Jake a regardé Nigel assis tout seul en bas du bar. Dix gars ont descendu les escaliers en lorgnant sur

Ribby. "J'aimerais vous présenter un de mes amis. Nigel, voici Angela. Elle pourrait apprécier un peu de compagnie. Nigel connaît bien le quartier et c'est un bon gars. Je peux me porter garant de lui."

"Très heureux de vous rencontrer", dit Nigel en lui tendant la main.

"Ravie de vous rencontrer aussi", dit Angela, en se déplaçant pour éviter les fesses engourdies. Elle a fait tourner l'olive dans le Martini frais et l'a piquée. Elle l'a fait sauter dans sa bouche et a versé le deuxième verre dans son gosier.

"J'ai entendu dire que tu étais nouvelle dans le coin ?" dit Nigel, en regardant un tout petit peu de Martini s'écouler du coin de la bouche d'Angela.

Ribby a pris une serviette et a tapoté le liquide. Le goût est toujours aussi horrible. Comme elle imaginait que le dissolvant de vernis à ongles avait un goût. Comment Angela pouvait-elle apprécier quelque chose qu'elle n'appréciait pas elle-même ?

"Oui, nous avons loué un appartement. C'est magnifique ici ", dit Angela.

"Nous ?"

Ribby grimace.

Angela rit. "Nous" dans le sens royal du terme. Je vis seule."

"Voulez-vous danser ?" demande Nigel.

Ribby n'avait jamais dansé de sa vie.

Angela a essayé de descendre du tabouret. Elle a perdu l'équilibre et a trébuché.

Nigel lui a attrapé le bras. "Whoa, ça va ?"

"Je vais bien", dit Angela. "Ou je le serai une fois que je serai allée dans la chambre de la petite fille. Tu sais où elle se trouve ?"

"C'est juste là, au bout du bar".

"Okie dokie", dit Angela. Elle a attrapé Nigel par le col et l'a regardé dans ses yeux d'un bleu profond. "Ne bouge pas. Je reviens dans quelques secondes et j'accepterai ton offre de danse."

Ribby respire profondément tandis que Nigel acquiesce et recule.

Angela tapote sa robe.

Une fois dans la cabine, Ribby s'est appuyée contre la porte métallique qui était fraîche sur son dos. Elle déchira des ramettes de papier toilette et recouvrit le siège avant de s'asseoir.

La pièce tournait.

Je crois que je vais être malade.

Non, nous n'allons pas être malades, Rib. Nous allons rester assis ici encore une seconde ou deux. Puis on va aller jusqu'à l'évier et s'asperger le visage d'eau. Tout ira bien. Je te le promets.

Quelques instants plus tard, Angela s'est approchée de Nigel. Il avait l'air inquiet. Il n'était pas beau, mais il n'était pas laid non plus. Il était plutôt normal. Il portait un jean noir, un t-shirt bleu clair et des bottes noires. Elle aimait bien sa petite barbe.

"Viens donc", dit Angela en prenant la main de Nigel dans la sienne et en l'entraînant sur la piste de danse.

C'était une chanson lente.

Ribby ne savait même pas comment se faire tenir. Ses paumes dégoulinaient de transpiration.

Nigel la tenait à bout de bras.

"Plus près", chuchote Angela, qui l'attire en lui serrant les fesses.

Pendant que Chris de Burgh chantonnait Lady in Red, Angela posa sa tête sur l'épaule de Nigel et se détendit. Ribby se détendit aussi. Elle sentait son coeur battre contre le sien. Elle sentait son souffle sur son cou.

Angela voulait le ramener à la maison.

Ribby ne voulait pas.

***

A PRÈS LA DANSE, ANGELA a pris la main de Nigel et l'a ramené vers le bar. Ils se sont assis sur les tabourets, les genoux se touchant. Nigel a pointé deux doigts dans la direction du barman et a dit : "Tequila".

Angela a repoussé ses cheveux derrière son oreille et s'est approchée : "Tu essaies de me saouler ?".

"Euh, non. Ce n'est pas mon genre."

Angela lui a touché le genou quand les boissons sont arrivées.

Nigel rejette son verre. "Euh, alors, qu'est-ce que tu fais ? Je veux dire pour vivre. Je veux dire, je pense que nous avançons un peu vite là."

Je suis d'accord !

Shhhh Ribby. Rendors-toi. Puis à Nigel : "Un peu de ceci et un peu de cela." Elle rejette le shot de tequila et met le citron vert entre ses dents.

"Ah, une femme mystérieuse, hein ?" Il rit. "Eh bien, je suis dans les relations publiques."

"Comme c'est excitant ! Tu as toujours travaillé pour la même entreprise ?"

"Oui. L'une des dix plus grandes entreprises m'a recrutée directement à la sortie de l'université. Quand on commence à travailler pour les meilleurs, on ne peut que descendre."

"Je te comprends. Alors, qu'est-ce que tu aimes faire ? Enfin, à part les relations publiques et traîner dans les bars."

"Je n'ai pas l'habitude de traîner dans les bars".

"Bien sûr, bien sûr", dit Angela.

"Honnêtement", dit Nigel en effleurant son genou avec sa main.

Ribby se sentait anxieux. Il devenait trop familier. Elle voulait partir.

Angela l'aime bien.

Nigel continue : "Je connais Jake. On se connaît depuis des années, alors je viens ici au Cat's Eye de temps en temps, pour sortir. Tu ne peux pas rester dans ton appartement à regarder Netflix ou à jouer à la Xbox tout le temps. C'est mieux de sortir. Pour rencontrer des gens, et ce quartier est un endroit où il se passe tellement de choses !"

"C'est vrai, mais pour l'instant, j'assassinerais bien une tasse de café. Ça te dirait d'aller ailleurs, moins bruyant, et d'offrir une tasse de café à une fille ? Je t'inviterais bien chez moi, mais c'est un vrai bazar depuis que j'ai emménagé aujourd'hui, dit Ribby.

Je t'ai dit de me laisser faire. Sors tes fesses.

"Il y a un petit café pas très loin, et ensuite je te raccompagnerai. Si tu es d'accord, Angela ?"

Une tasse de café, ça me va.

Prends une pilule pour te calmer.

Ribby et Nigel ont marché bras dessus bras dessous jusqu'au Night Owl Café où ils ont commandé des cappuccinos. Ils ont bavardé de façon informelle jusqu'à 1 heure du matin, heure à laquelle Ribby a dit qu'elle voulait rentrer chez elle.

"Tu es un vrai gentleman d'avoir demandé à me raccompagner. Je suis content que Jake nous ait présentés."

Lorsqu'ils sont arrivés chez Ribby, Nigel a demandé : "Je peux avoir ton numéro de téléphone ? J'aimerais te revoir."

"Pas encore de téléphone", dit Angela en fouillant dans son sac à la recherche des clés. Lorsqu'elle a relevé la tête, Nigel s'est élancé pour l'embrasser. Quand ses lèvres ont rencontré celles d'Angela, elle lui a rendu son baiser. Ses mains coururent sur ses épaules et sa poitrine. Les siennes explorent à leur tour.

Lorsque les genoux de Ribby ont commencé à se dérober, elle a pris le relais. Trop essoufflée pour parler, elle s'est éloignée. "Je ferais mieux d'y aller." Elle toucha ses lèvres. Elles picotaient encore.

"J'espère que je n'ai pas été trop en avant. Tu avais l'air d'aimer ça."

"C'est vrai", dit Angela.

"Je dois y aller", dit Ribby. "La journée a été longue, avec le déménagement et tout le reste". Elle a ouvert la porte et est entrée.

Nigel l'a suivie jusqu'à l'ascenseur ouvert. "Quand est-ce que je te reverrai ?"

Alors que l'ascenseur commençait à se fermer, Angela a pris le relais. "Samedi prochain, même heure, même chaîne."

Lorsque les portes se sont refermées, Ribby a de nouveau touché ses lèvres. Cela avait été son premier baiser et elle avait beaucoup aimé.

Angela en voulait plus. Son baiser la rendait chaude, fiévreuse.

Elle a ouvert les portes du balcon. Nigel se tenait là, en bas, et regardait en l'air. Il lui fait un signe de la main.

"Bonne nuit, Nigel", dit Ribby.

"Bonne nuit, Angela, dit Nigel.

Nous aurions pu l'inviter à monter, tu sais.

Je viens à peine de le rencontrer et je ne sais rien de lui. En plus, j'ai une drôle de sensation à la tête et à l'estomac.

Il est parfaitement inoffensif.

Si c'est vrai, alors il reviendra.

Ribby est retournée à l'intérieur. Elle a fermé et verrouillé les portes du balcon. Elle est allée dans sa salle de bains et s'est regardée dans le miroir pendant un bon moment, s'attendant à y voir Angela. Elle n'a trouvé aucune trace d'elle.

Après une douche chaude, Ribby s'est couchée. Elle a fermé la porte de sa chambre, comme à la maison. Puis elle a compris qu'elle n'avait plus besoin de le faire. Elle s'est levée, l'a ouverte en grand, puis s'est effondrée dans son lit. Elle avait mis sa chemise de nuit en flanelle car l'air de la nuit l'avait refroidie. Une fois qu'elle s'est effondrée sur l'oreiller, la pièce s'est mise à tourner. Le plafond était le sol, et le sol était le plafond. Lorsqu'elle ferma les yeux, son estomac remonta vers sa gorge. Elle s'est accrochée aux bords du lit comme si elle était à la dérive sur un canot de sauvetage, jusqu'à ce qu'elle ne puisse plus supporter le tournoiement. Elle s'est précipitée dans la salle de bains et a vomi. Ribby s'est liée d'amitié avec ce morceau de porcelaine, s'agenouillant devant lui comme s'il s'agissait d'un dieu.

Lorsque son estomac fut vide, elle retourna au lit en titubant et essaya de dormir. La chambre ne tournait plus. Elle ne se sentait pas à l'aise avec la voix dans sa tête. Angela semblait savoir des choses. Elle semblait avoir vécu des choses. Différentes de celles qu'elle avait vécues elle-même. Comment est-ce possible ? Pourquoi avait-elle commandé tous ces Martinis ?

L'idée de boire des Martinis et de la Tequila a fait bondir l'estomac de Ribby. Elle n'avait plus rien à offrir au dieu de porcelaine.

Elle a dormi aux pieds du dieu en appuyant son front sur la porcelaine froide.

Chapitre 7

R IBBY OUVRE LES YEUX. Elle était dans la salle de bains, sur le sol. Elle s'est soulevée en se servant de la cuvette des toilettes comme d'un point d'ancrage. Instable, elle a posé le couvercle et s'est assise dessus. Elle ouvrit le robinet de l'évier à côté d'elle, laissa couler l'eau pendant quelques secondes, puis remplit un verre et en prit une gorgée. Ses mains tremblaient tandis que l'eau descendait dans son estomac.

Quand Ribby a pu se lever, elle s'est accrochée à l'évier, a regardé son reflet dans le miroir et s'est juré de ne plus jamais boire d'alcool.

Quel poids plume !

Ribby se doucha, s'habilla et sortit se promener pour se changer les idées. Elle s'est arrêtée dans un café et a commandé une tasse de café fort. Pendant qu'elle sirotait, elle a décidé qu'elle était prête à rentrer chez elle, et elle est allée prendre le bus.

C'est-à-dire jusqu'à la maison de Martha.

Est-ce que la journée d'hier s'est vraiment passée ? C'était comme un rêve.

La partie où tu as vomi, c'était plutôt un cauchemar !

Le baiser de Nigel était un rêve.

Mon premier baiser était meilleur que des crêpes avec du beurre et du sirop.

Chut, tu me donnes faim.

Ribby descendit du bus et prit le chemin de la maison Quand elle tourna le coin de la rue, Martha était assise, en chemise de nuit, à 4 heures de l'après-midi, en train de siroter une bouteille de bière.

"Comment va ma fille alors ?" demande Martha.

"Nous avons passé un bon moment, maman. Angela est très amusante. Elle m'a invitée à rester encore le week-end prochain."

"C'est bien. Tout le monde dit que tu es beaucoup trop sérieuse. Tu as besoin d'un ami de ton âge avec qui t'amuser."

"Qui est tout le monde, maman ?"

Martha se lève. Elle trébuche un peu, car Ribby s'éloigne. L'odeur de la bière combinée à celle d'un corps non lavé l'a incitée à prendre des respirations superficielles.

"Ça n'a pas d'importance. Je pense que tu as aussi besoin de la compagnie d'un homme."

"J'en ai rencontré un hier soir, Nigel. Il m'a raccompagnée chez Angela et..."

"Tu es loin de chez toi un soir, et tu te fais raccompagner par un homme ! On dirait que tu es plus ma fille que je ne le pensais !"

"Il ne s'est rien passé."

"Pas cette fois, ma fille, mais c'est mon sang qui coule dans tes veines, et le temps prouvera que ce que je dis est vrai. Une fois que tu auras mis la main sur un homme, qu'il commencera à te toucher à certains endroits, oh les endroits, alors tu prendras vie. Il t'emmènera là où tu n'aurais jamais imaginé que ton corps puisse aller. N'importe quel homme peut faire ça pour toi, ma fille, que tu l'aimes ou non. N'importe quel homme peut le faire. Tout homme qui sait peut t'apprendre."

"Je ne veux pas entendre ça", dit Ribby en se précipitant dans l'escalier pour entrer dans sa chambre. Elle a claqué la porte et l'a fermée à clé. Elle fit couler le bain, ajoutant beaucoup de bulles et choisit un livre sur sa table d'appoint. Elle se trempa pendant des heures, essayant de ne pas penser à ce que Nigel pourrait lui apprendre.

Chapitre 8

LUNDI MATIN, RETOUR AU travail. La file d'attente habituelle des clients. Ribby les sert, la bibliothécaire en chef n'y prête pas attention. Plus tard, Ribby était au deuxième étage en train de remettre des livres sur les étagères. Elle a jeté un coup d'œil par la fenêtre pour voir s'il se passait quelque chose d'intéressant, mais il n'y avait rien. Jusqu'à ce qu'il se passe quelque chose. Une limousine de l'autre côté de la rue. Un chauffeur portant une casquette en est sorti et a ouvert la porte. Ribby regarda une paire de longues jambes en talons remarquablement hauts attachées à une femme blonde en sortir. Le chauffeur a fermé la porte et la femme s'est éloignée dans la direction opposée à la bibliothèque.

J'aimerais avoir l'air différent.

Moi aussi. Qu'est-ce que tu as en tête ?

Nos cheveux, on pourrait les changer. Les teindre. Les blonds s'amusent plus.

Peut-être une perruque à la place ? Moins permanente.

Ça ressemble à un plan. J'ai hâte d'y être !

Une fois les livres remis à leur place, Ribby retourna à son bureau. Elle cherche un magasin de perruques à proximité. Wigs-R-Us se trouvait à plusieurs rues de là. Elle jeta un coup d'œil à l'horloge et il était presque l'heure du déjeuner. Elle pourrait facilement faire l'aller-retour. À l'extérieur du magasin, elle regarda les perruques exposées dans la vitrine.

J'aime bien celle-là. Et celle-là.

Vraiment ? Tu aimerais faire aussi court ?

Oui, définitivement plus courte.

La sonnette retentit lorsqu'elle entra dans la boutique. C'était sensiblement silencieux, plus silencieux que la bibliothèque.

"Bonjour ?" dit Ribby.

Une femme surgit de derrière le comptoir, la main tendue : "Bienvenue dans ma boutique. Que puis-je faire pour vous aujourd'hui ?" Même debout, elle était beaucoup plus petite que Ribby.

Ribby ouvrit la bouche pour parler mais avant qu'elle ne dise quoi que ce soit, la femme reprit la parole.

"Si vous voulez vous asseoir ici, je peux vous apporter les perruques. Tu n'as qu'à pointer du doigt celles que tu veux essayer. Je t'adapterai la perruque, et voilà, tu pourras regarder ton nouveau toi dans le miroir."

La femme a posé sa main sur le dos de Ribby et l'a conduite jusqu'à la chaise. Ribby s'est assise pendant que la femme faisait descendre la chaise à l'aide d'une manivelle. Ribby s'est baissée davantage pour s'adapter.

"Qu'est-ce que tu fais ?" demande la femme en passant ses doigts dans les cheveux de Ribby. "Je veux dire, comment gagnes-tu ta vie ? Tu veux vraiment une perruque qui corresponde à ton mode de vie. Oh, tes cheveux sont magnifiques au fait".

"Euh, merci. Je travaille à la bibliothèque. Je voudrais une perruque blonde. Courte, comme celle qui est dans la vitrine. Voilà."

"Oh là là, c'est un choix intéressant. C'est notre perruque blonde la plus populaire. Tu connais le dicton, les blonds s'amusent plus."

La femme avait derrière le comptoir une boîte remplie de perruques exactement comme celle de la vitrine. Elle l'a apportée et a commencé à attacher les vrais cheveux de Ribby.

"J'ai changé d'avis", dit Angela. Elle a pointé du doigt vers le haut : "J'aimerais essayer celle-là".

Quoi ? Qu'est-ce que tu fais ?

L'autre est ordinaire. Je veux quelque chose de spécial.

C'est parfait.

La perruque avait une frange qui passait sur le front et qui était rabattue à l'arrière. Elle descendait jusqu'aux épaules et semblait assez raide.

Ce n'est pas du tout ça.

Je suis d'accord.

Qu'en est-il de celle-là ?

Elle était visiblement courte et comportait une raie sur le côté gauche, mais elle était décalée. La frange était en plumes, le style superposé partout et les cheveux se terminaient juste sous le lobe de l'oreille. Dès que la femme l'a mise, Ribby et Angela l'ont adorée. C'était un contraste total avec le look quotidien de Ribby.

Je n'arrive pas à y croire, je suis magnifique.

Bien sûr que tu l'es, Angela.

"Parfait ! Emballe-le !" dit Ribby. "Je dois retourner au travail."

Il ne nous manque plus que de nouveaux vêtements !

Ribby a passé l'après-midi à travailler sur l'ordinateur. Elle a envoyé des courriels aux clients primo-délinquants qui tardaient à rendre leurs livres. Pour les récidivistes, il fallait passer un coup de fil.

Après le travail, ils sont allés au centre commercial et ont acheté quelques articles. Comme il était tard, Ribby a dû prendre un Uber pour arriver à temps à l'hôpital.

Elle s'est mise à divertir les enfants. L'absence de Mikey planait encore dans l'air, mais les enfants ont tout de même réussi à sourire et même à rire un peu.

Sur le chemin du retour en bus, le vent a attrapé la veste de Ribby et l'a poussée.

Pourquoi n'allons-nous pas dans notre vraie maison ?

On n'est que lundi, on ne veut pas que maman ait des soupçons.

D'accord, je vais accepter cette mascarade.

Chut !

Ribby tourna la poignée et ouvrit la porte d'entrée de la maison de Martha.

Une voix d'homme s'est mise à rire.

Ribby écouta quelques instants et entendit des couverts cliqueter contre les assiettes. Son estomac gronde. Elle n'avait rien mangé de la journée.

Dans la cuisine, John MacGraw trempait son pain dans son bol à moitié vide. Martha versa une cuillère de ragoût dans le bol de Scamp, qui le lapa.

Quand elle est entrée dans la cuisine, Ribby a regardé Martha qui souriait. Quand John était là, Martha semblait parfois être une personne différente. De tous les garçons que sa mère avait ramenés à la maison, John était le plus convenable. Il faisait ressortir le meilleur de sa mère qui semblait vouloir lui faire croire qu'ils étaient proches.

"Bonjour, maman. Bonjour à toi aussi, John."

"Rejoins-nous", roucoule Martha en tapotant l'assise de la chaise la plus proche d'elle. Avant que Ribby ne puisse s'asseoir, Martha se lève d'un bond. "Attends ! J'ai quelque chose à te montrer d'abord. C'est un cadeau de John."

"Ça peut attendre la fin du dîner", dit John en les encourageant tous les deux à s'asseoir d'une voix ferme.

"Ça sent certainement bon", dit Ribby alors que Martha lui prend la main et l'entraîne hors de la cuisine.

"Ta-dah !" dit Martha. C'était un nouveau téléphone portable avec une très longue rallonge.

"Wow, c'est génial !"

"C'est sûr, maintenant retournons dans la cuisine. Nous ne voulons pas faire attendre John."

"Ta mère est une excellente cuisinière", dit John dès qu'ils se sont assis.

"Merci, pour le téléphone."

"Pas de souci, il était temps que tu en aies un ici. C'est plus facile pour moi de garder le contact", dit John.

Martha a versé un peu plus de ragoût dans le bol de John. "Je ne sais pas si je t'en ai déjà parlé, John. Ribby passe ses lundis soirs à divertir les enfants malades à l'hôpital." Elle en verse à la louche dans le bol de Ribby. "Comment était Mikey aujourd'hui ? Sans attendre la réponse, "Mikey est le préféré de Ribby, il..."

Ribby a fondu en larmes. Elle n'avait jamais pleuré pour Mikey auparavant. Maintenant, elle ne peut plus s'arrêter. Les larmes continuaient à couler, dégoulinant sur ses joues, dans le bol de ragoût.

"Sors de là, ma fille", dit Martha en haussant le ton. Elle jette un coup d'œil à John pour voir s'il a remarqué. Satisfaite qu'il ne l'ait pas fait, elle tapota la main de Ribby et roucoula. "Qu'est-ce qu'il y a ? Nous avons de la compagnie et tout, et toi, tu pleurniches comme un bébé. Reprends-toi en main." Elle enfonça un ongle dans le dos de la main de Ribby et murmura : "Tu mets John dans l'embarras."

"Aïe", dit Ribby en retirant sa main et en continuant à sangloter.

"Ne t'inquiète pas pour moi", dit John. "Une bonne crise de larmes n'a jamais fait de mal à personne. C'est ta maison, Ribby, et tu peux pleurer si tu le souhaites."

Ribby s'est mis à rire. Pas à glousser, mais à rire. Dans sa tête, un air se faisait entendre : C'est ma maison et je peux pleurer si je veux, pleurer si je veux, pleurer si je veux. "Mikey est mort.

Chapitre 9

"**A**NGELA M'A INVITÉ POUR tout le week-end", dit Ribby au petit déjeuner le lendemain matin.

"Ça tombe bien Ribby, ça tombe bien. John et moi allons passer le week-end ensemble. Nous avons des projets."

Ribby soupire de soulagement.

"Passez un merveilleux moment et..." Elle saisit le poignet de Ribby. "Je veux te dire à quel point John et moi étions désolés, hier soir, d'apprendre pour le petit Mikey. Je ne veux pas que tu t'embrouilles à nouveau, mais je suis fière de toi. J'espère que tu passeras un bon moment ce week-end. Tu le mérites."

Ribby, surpris par les mots gentils de sa mère, lui jeta les bras autour du cou.

"Bien, alors", dit-elle en tapotant le dos de sa fille.

Elles se séparèrent et Ribby se dirigea vers l'arrêt de bus. Sa journée ressemblait de moins en moins au jour de la marmotte.

Quelle connerie ! Comment pourrais-tu la prendre dans tes bras après tout ce qu'elle t'a dit et fait ? Comment le pourrais-tu ? J'en ai eu la chair de poule.

Elle était sincère.

Tu es tellement naïf !

*P*ORTANT LA NOUVELLE PERRUQUE *et des lunettes de soleil sombres, Angela était bien décidée à faire du shopping.*

Mais nous ne pouvons pas nous le permettre.

C'est à cela que sert le crédit.

Je dois encore le rembourser.

Calme-toi, tout ira bien.

Angela a essayé les tenues les moins riantes, épuisant sa carte de crédit.

Honnêtement, ne dépense plus rien.

D'accord, d'accord, mais on n'est pas superbes !

Ribby a admis qu'elle ne pouvait plus se reconnaître.

Tu es là. Tu es la fenêtre et je suis le cadre.

Les têtes se sont tournées alors qu'elle marchait le long de la promenade. Il y avait des huées et des sifflets.

Elle a fait un saut dans une autre boîte de nuit, plus proche du front de mer. Le videur a vérifié la carte d'identité de Ribby et a pris la photo à deux fois.

"Tu es sûre que c'est toi ?" demande-t-il.

"Bien sûr que c'est toi", a répondu Ribby. "C'est une perruque.

"Mes excuses, je ne voulais pas te vexer. Voici un coupon pour une boisson gratuite."

"Merci."

Je n'aimais pas la façon dont ce type nous regardait.

Oui, c'était comme s'il avait une vision à rayons X et qu'il pouvait voir à travers la robe.

Quel sale type.

Prenons la boisson gratuite et allons ensuite au Cat's Eye.

***

U N PEU PLUS TARD, elle est arrivée au Cat's Eye et a repéré Nigel assis tout seul.

Je ne pense pas qu'il nous reconnaisse.

Pourquoi le ferait-il ? Nous portons des lunettes noires et une perruque blonde.

Angela a commandé un Martini.

La simple pensée de l'alcool donnait des nausées à l'estomac de Ribby.

Nigel jette un coup d'œil à Angela. Elle l'a remercié d'un clin d'œil, puis a relancé le Martini. Elle en commande un autre.

"Tu veux danser ?" demande-t-il.

Nigel passa ses bras autour de la taille d'Angela et la serra contre lui. Il a regardé Angela dans ses lunettes de soleil.

Angela a glissé sa main sur la fesse droite de Nigel. Elle le fait basculer d'avant en arrière contre elle. Ils ont tous deux dansé dans l'obscurité au rythme des pulsations de la discothèque. Avant la fin de la chanson, ils s'embrassaient. Ils ont oublié qu'ils se trouvaient dans un lieu public. Nigel lui a pris la main et l'a entraînée hors du club.

Il n'y a pas eu de mots, car la passion entre eux était trop grande. Ils ont fait quelques pas, puis Angela l'a poussé contre le mur de pierre et l'a embrassé une fois de plus.

Ils ont continué à marcher, passant devant le 7-11. Ils s'embrassaient en se serrant l'un contre l'autre, le rouge à lèvres d'Angela était sur son col et sur le côté de son visage. Tous deux avaient l'air de s'être battus.

Lorsqu'ils sont arrivés chez Ribby, Nigel a compris qui était Angela. Elle lui a pris la main et l'a conduit à l'étage.

"Euh, attends une minute", dit Nigel. "Est-ce que c'est une sorte de jeu ?"

"Bien sûr que non", a dit Angela en détachant les boutons de sa chemise et en embrassant le long de sa poitrine. "Viens."

"Je ne sais pas ce qui t'arrive", dit Nigel. "I..."

"Oh, tais-toi ! Et on dit que les femmes parlent trop !" dit-elle alors qu'ils s'arrachent mutuellement leurs vêtements et tombent sur le lit.

Ensuite, Nigel a ramassé ses vêtements et s'est éclipsé avant qu'Angela ne se réveille.

Ribby ne se souvenait pas d'avoir quitté la boîte de nuit.

Angela se souvient de tous les détails.

Chapitre 10

L'ENFANCE DE RIBBY BALUSTRADE n'a pas été très heureuse. Enfant unique et solitaire, elle aurait bénéficié d'un foyer biparental. Comme elle n'a jamais connu son père, elle a dû l'imaginer. Elle le voyait comme un croisement entre le personnage d'Atticus Finch dans To Kill A Mockingbird et le personnage de Gregory Peck dans la vraie vie.

Lorsque Ribby a posé des questions sur son père, Martha a changé de sujet.

Ribby s'est remis à lire To Kill A Mockingbird. "Vous ne comprenez jamais vraiment une personne tant que vous ne considérez pas les choses de son point de vue... tant que vous ne grimpez pas dans sa peau et que vous ne vous y promenez pas."

Après avoir posé de nombreuses questions sur son père et n'avoir obtenu aucune réponse, Ribby a élaboré un plan. Elle monterait dans ce que sa mère appelait la "No-Go-Zone" le grenier et enquêterait comme le faisait Nancy Drew. Malheureusement, tout ce qu'elle découvrait là-haut, c'était des rampants mur à mur, surtout des araignées. En plus, une odeur maladive de vieux objets poussiéreux et moisis oubliés dans des boîtes sans rapport avec son père.

En redescendant furtivement, elle entendit les chaussures de sa mère claquer sous le porche. Réalisant qu'elle avait oublié de fermer la porte du grenier, Ribby a paniqué. Elle remit l'échelle dans sa position initiale, prévoyant de la réparer plus tard. Elle espérait que sa mère ne le remarquerait pas.

Lorsqu'elles se sont mises à table, Ribby a prié encore et encore pour que sa mère ne s'en aperçoive pas. Elle a dit à Dieu qu'elle ne dirait ni ne ferait jamais rien de mal pour le reste de sa vie. Elle s'est juré d'abandonner son jouet préféré, une poupée blonde au visage clair nommée Anna.

Martha accrocha son manteau et se rendit directement dans la cuisine. Elle s'assoit. Ribby mit la bouilloire à bouillir et servit une tasse de café à sa mère. Martha buvait à petites gorgées, en prenant soin de ne pas salir son maquillage.

Ribby observa cette nuance. La préservation du liposuccès signifiait que Martha sortait à nouveau. Elle remercia Dieu de l'avoir entendue et son pouls ralentit.

"Alors, qu'est-ce que tu as fait aujourd'hui ?" demanda Martha. "Tu as fini tes devoirs ?"

"Presque, maman, presque", répondit Ribby en se penchant en avant pour remplir la tasse de café de sa mère.

"Au fait, que faisais-tu dans la No-Go-Zone, ma fille ?" demanda Martha en stabilisant la main tremblante de Ribby pendant qu'elle versait le café.

Ribby n'a pas regardé sa mère dans les yeux. Quelques secondes plus tard, de l'urine a éclaboussé ses jambes, ses chaussures, le sol, et elle s'est mise à pleurer.

"C'est pas vrai, Ribby. Regarde ce que tu as fait ! Tu as pissé sur mon sol. Prends la serpillière et nettoie. Ne te préoccupe pas de te ranger, nettoie ça ! Qu'est-ce qu'une mère est censée faire avec une fille qui raconte des mensonges ? Que doit faire une mère avec une fille qui fait pipi sur son beau sol propre ?"

Ribby passe la serpillière frénétiquement. L'écoulement d'avant en arrière lui donne le temps de réfléchir. La sensation froide de l'urine sur sa peau la fait frissonner. Lorsque le sol fut à nouveau impeccable, Ribby remit la serpillière à sa place et se prépara à monter à l'étage pour se changer.

"Pas si vite, ma fille", dit Martha en attrapant sa fille par les cheveux et en l'entraînant vers l'échelle. "On ne peut pas laisser ça ouvert toute la nuit, n'est-ce pas ? Tu sais, il y a des bestioles qui rampent. Maintenant, tu montes là-haut", dit Martha en poussant sa fille dans un mouvement ascendant.

Ribby battit des bras. Elle a peur de monter. Peur de tomber.

Lorsqu'elle a atteint le sommet, Martha a ri. "En fait, puisque tu aimes tant être là-haut, tu devrais y passer la nuit. Entre, ma fille." Martha a grimpé l'échelle derrière elle. "Tu réfléchis à ce que signifie une No-Go-Zone", a hué Martha en refermant la trappe. L'échelle oscille sous le poids de Martha. Lorsque ses talons hauts ont touché le sol, ils ont claqué puis se sont arrêtés. Ribby pleurait déjà. *"Je vais mettre le verrou et éteindre la lumière. Tu m'écoutes ?"*

Ribby sanglote encore plus fort.

"Au cas où tu te poserais la question, il n'y a pas que des araignées là-haut. Il y a aussi des petits rats à fourrure !"

Ribby a crié et tapé sur la porte, suppliant sa mère de la laisser sortir. Elle la supplie. Jurant qu'elle ne lui désobéirait plus jamais. Il n'y avait pas de réponse.

Dehors, une portière de voiture a claqué. Martha et l'un de ses garçons partirent en trombe.

Quelque chose de poilu frôla sa jambe et elle courut, trébucha et se cogna la tête. Elle appelle à nouveau sa mère. Toujours pas de réponse.

Lorsque Martha revint, elle lui dit : "Ne monte plus jamais là-haut. Je veux dire, jamais."

"Oui, maman", a dit Ribby, et elle ne l'a jamais fait.

Le souvenir d'avoir été piégée dans le grenier. L'humiliation d'avoir mouillé son pantalon. Toute la culpabilité et la honte ont refait surface avec force. Le même souvenir traumatisant. Obligeant Ribby à le revivre, encore et encore.

Ta mère est une vraie et complète BOBINE.

Elle voulait bien faire. C'était une leçon à retenir.

Mon pied veut bien faire, et je lui mettrais un coup de pied au derrière si elle essayait encore une fois de faire quelque chose comme ça.

Je suis content que tu sois dans mon camp maintenant.

Ce qu'Angela savait ne surprenait ni ne choquait plus Ribby.

Et ne l'oublie jamais !

Chapitre 11

ANGELA ÉTAIT COMPLÈTEMENT DÉCONCERTÉE par la loyauté de Ribby envers Martha. Vivre dans l'esprit de Ribby avec un récit de première main de la cruauté de Martha était atroce.

Angela a utilisé sa force de dialogue interne pour aider Ribby à faire face au passé. Elle encourage Ribby à serrer les poings. Cela lui a permis de concentrer son énergie sur le moment présent. L'action a fonctionné au début, même lorsque Ribby faisait un mauvais rêve ou un flash-back.

Plus tard, Angela a tenté de rassembler les mauvais souvenirs et de les repousser. Loin. Si loin dans l'esprit de Ribby qu'ils n'étaient plus accessibles. En théorie, c'était une bonne idée, mais en réalité, Angela ne pouvait pas les bloquer.

La seule façon de s'en sortir semblait évidente. Éloigner Ribby de la situation une bonne fois pour toutes. Quelque part, loin d'ici, où Martha ne pourrait plus profiter d'elle, ni l'abîmer. Angela pensait que la rupture devait être nette. Elle attendait le moment où le timing serait le bon.

Les bonnes choses arrivent à ceux qui attendent.

Après une autre semaine dans la maison de Martha, Angela était heureuse de sortir faire la fête. Elle portait la perruque blonde, des lunettes de soleil foncées et une robe rouge sans manches. Dans sa nouvelle tenue, elle se sentait puissante, invincible. Elle était également déterminée à ne rien laisser se mettre en travers de son chemin pour s'amuser.

En marchant vers la boîte de nuit, un groupe d'adolescents a sifflé et s'est moqué d'elle. Ce n'étaient que de simples adolescents, mais des garçons qui auraient dû en savoir plus.

Angela attire le plus proche d'elle par le devant de sa chemise. "Approchez-vous encore de moi, n'importe lequel d'entre vous, et je vous arrache les couilles pour vous les donner à manger au petit déjeuner. Compris ?"

Les garçons se précipitent.

Angela rit, lissant le devant de sa robe et vérifiant qu'elle ne s'est pas cassé un ongle. Elle alluma une cigarette et continua à marcher le long de la plage jusqu'au pub.

Féroce.

Wow, qu'est-ce qu'il y a ? C'était plus qu'un peu de l'O.T.T.

Les garçons deviennent des hommes. Ils devraient apprendre le respect.

Ils ont couru comme si tu étais Bellatrix Lestrange !

Pas avec cette perruque !

Arrivée à la boîte de nuit, Ribby s'est approchée du bar et a commandé un verre. Elle a bu une gorgée à contrecœur. Angela prend le relais et jette le Martini à la poubelle. Elle en a commandé un autre, attirant l'attention d'un videur très en forme à l'entrée.

Attendons encore une minute ou deux pour Nigel.

Il ne se souviendra pas de nous de toute façon.

Oh, il se souviendra bien de moi.

Deux Martinis plus tard.

Allons-y, il ne se passe rien ici.

Patience, mon cher ami, patience.

Le videur sépara les jeunes gens qui descendaient les escaliers en se dirigeant vers l'endroit où Ribby était assis.

"Comment ça va ?" dit-il en essayant trop fort d'être sexy.

"Très bien, merci", a répondu Ribby.

Tais-toi Rib   laisse-moi m'occuper de celui-là. "En fait, cet endroit est Bores-ville ce soir."

"Oui, c'est un peu comme Sesame Street ici, n'est-ce pas ?" dit le videur avant de se présenter comme "Ed ; Ed le videur".

"Je m'appelle Angela."

"Enchanté de vous connaître, Angela", dit Ed en essayant de regarder le devant de sa robe. "Euh, si tu cherches à passer un bon moment, reste dans les parages jusqu'à 2 heures. Je quitte le travail à ce moment-là. On peut sortir quelque part ?"

"Euh, merci pour l'offre", dit Ribby, "mais, nous avons à….".

"Je peux être de retour vers 14h30", dit Angela. "Où devons-nous nous retrouver ?"

Ed a été extrêmement précis quant à l'endroit isolé sur la plage.

Angela espère qu'il est aussi bon qu'il en a l'air.

J E N'ARRIVE PAS à croire que tu aies pris rendez-vous avec cet imbécile. Nous n'y allons absolument pas. Rib, ne t'inquiète pas pour ça. Détends-toi. Fais une sieste. Je te raconterai plus tard. Tu peux y aller maintenant, petite, nuit en chemise de nuit.

À 14 h 30, Angela attendait sur la plage. Elle avait enfilé une robe noire.

Ed, le videur, est arrivé en titubant et elle l'a appelé. Il s'est approché d'elle en titubant.

"Tu es en colère."

"Un peu, mais pas assez". Il l'a poussée au sol, a déchiré sa robe et est tombé sur elle.

"Doucement maintenant garçon, doucement", dit Angela en essayant de reprendre le contrôle.

"Allez, bébé. J'ai promis de te faire passer un bon moment." Il a pressé sa bouche sur la sienne.

"Aïe", dit Angela, "pas si brutalement, bébé. Je n'aime pas que ce soit brutal."

Mais Ed ne semblait pas s'en soucier. Ses mains arrachaient et déchiraient.

"Ta maman ne t'a pas appris les bonnes manières ?" dit Angela en le repoussant avec ses doigts écartés.

"Les femmes comme moi veulent qu'un homme soit gentil ; doux". Elle a frappé sur sa poitrine.

Il a saisi ses poignets dans ses mains massives et l'a mise à califourchon sur elle. "Certaines femmes le veulent, d'autres non". Il rit. "Je t'ai cernée dès que je t'ai vue. Assise au bar avec ta robe très haute. Regardant tous les hommes qui passaient la porte. Désespérée. J'avais envie de le faire."

"Attends une minute", dit Angela en s'efforçant de se libérer. "J'ai envie de toi, mais pas ici. J'aimerais que ce soit, tu sais, un peu plus romantique pour ma première fois."

Ed s'est figé.

Elle poursuit . "As-tu déjà vu le film D'ici à l'éternité avec Burt Lancaster et Deborah Kerr ? Tu sais celui où ils le font pendant que les vagues arrivent ?"

Il s'est penché plus près. "Bien sûr, c'est un classique." Il s'est penché et a embrassé son cou. "Moins de paroles, hein, bébé ?"

"Approche-toi de l'eau, comme dans le film, tu vois ce que je veux dire ?". Angela chuchote. "Emmène-moi là-bas, je veux que tu y sois".

Ed s'est arrêté. Elle l'a repoussé et s'est levée.

Elle a fouillé dans son sac à main puis l'a laissé tomber et a couru vers l'eau. Elle a jeté un coup d'œil par-dessus son épaule. Il l'a observée.

Au bord de l'eau, elle a relevé l'ourlet de sa robe.

Ed a arraché sa chemise et a couru dans sa direction en laissant tomber son jean en chemin.

Lorsqu'il s'est jeté sur elle, la clé qu'elle tenait s'est enfoncée directement dans son orbite. Il a hurlé puis gémi lorsque son aine s'est heurtée à son genou. Elle a grimacé en entendant le bruit de la clé qu'elle a retirée de son œil. Alors que le sang coulait sur son visage, il a sangloté et s'est roulé en se tenant l'aine. Elle a enfoncé la clé dans le côté de son cou, se connectant à une artère. Le sang a jailli comme l'eau d'un tuyau de pompier.

Elle s'est éloignée du corps de quelques pas et a plongé ses orteils dans l'eau. Elle lui jeta un coup d'œil de temps en temps. Jusqu'à ce qu'il cesse de bouger. Elle est revenue en arrière et a écouté pour voir s'il était mort : c'était le cas. Enfin. Elle l'a fait rouler, comme un sac de pommes de terre, de plus en plus profondément dans l'eau. À chaque poussée, le cadavre semblait de plus en plus léger.

Archimède avait raison.

Lorsqu'il fut aussi loin que possible, elle nagea jusqu'au rivage, ramassa ses vêtements et se rhabilla.

Elle laissa ses affaires là où il les avait laissées.

Alors que le soleil du nouveau jour transformait le ciel en un rouge ardent, Angela retourna dans l'eau.

Elle a scruté le rivage et n'a vu aucun signe de lui. Elle plongea la clé dans l'eau pour rincer le sang, puis rentra chez elle en sautillant. Après une longue douche, elle a dormi comme un bébé.

Chapitre 12

RIBBY OUVRE LES YEUX. Le soleil qui pénètre à l'intérieur la fait grimacer. Un sentiment familier de déjà-vu la fit se redresser. Elle s'étira et bâilla, se demandant pourquoi elle se sentait si mal. Elle ne se souvenait de rien après s'être assise au bar.

Elle sortit du lit et prépara le café pendant qu'elle se douchait et s'habillait. Elle aperçoit sa robe par terre, froissée. Elle la ramasse et le sable tombe sur le sol. Elle haussa les épaules et la jeta dans le panier à linge.

Tout en mélangeant le sucre dans son café, elle pensa à la robe et au sable. Elle a essayé de se souvenir de la nuit précédente, mais rien n'est venu.

Elle vérifia la présence du journal devant sa porte. Elle a jeté un coup d'œil au titre en prenant son café. Elle a glissé le journal sous son bras et a tiré les portes vitrées pour être assaillie par des bruits de chaos. Des voitures de police. Des ambulances. Camions de pompiers. La presse. Une foule de curieux. Bedlam et pas très loin de chez elle. La police avait bloqué la majeure partie de la zone avec des barrières de sable. Près du bord de l'eau, une autre zone avait été bouclée avec des drapeaux.

Angela se doutait bien de la raison de tout ce remue-ménage.

Il faut que je voie ce qui se passe.

C'est peut-être un plateau fermé pour une émission de télé-réalité. Ou un film.

Oh, ce serait passionnant. Je vais jeter un coup d'œil.

Ribby s'habilla et alla à la plage. Elle s'est glissée dans la foule et a demandé à une dame âgée ce qui s'était passé.

"Mort", dit la femme. "On l'a trouvé mort. Les tortues serpentines ont dû l'atteindre. Quel spectacle !" Elle s'essuie le front avec un mouchoir.

Duuun dun duuun dun dun dun dun dun dun dun BOM BOM...

Le thème de Jaw ? Tu dois le faire ? Elle a dit que c'était une tortue serpentine.

"Oh, mon Dieu, pauvre homme".

Je l'ai fait à ma façon.

Toi, chut. S'il te plaît.

Le policier avait un mégaphone. Il a demandé à tout le monde de se disperser à moins d'avoir des preuves à présenter.

Duuun dun duuun dun dun dun dun dun dun, BOM BOM...

Tortue serpentine.

✳✳✳

R IBBY, EFFRAYéE PAR LE chaos qui régnait autour de sa nouvelle maison, est retournée dans son ancienne maison.

Pourquoi y retournes-tu ? Reste ici et regarde ce qui se passe.

Non, je veux m'éloigner du bruit.

Et si Martha et l'un de ses beaus sont plus bruyants avec les rebondissements ?

Beurk. Je traverserai ce pont quand j'y arriverai.

Elle ouvre les stores du salon. Rien ne bouge à l'extérieur, pas même une brise. Le tic-tac de l'horloge derrière elle était synchronisé avec les battements de son cœur. C'était calme, presque trop calme. Elle a refermé les stores.

Elle attrape la télécommande et allume la télévision. Elle a cliqué dessus mais n'a rien trouvé qui l'intéresse. Elle a feuilleté un magazine, puis a choisi un livre sur l'étagère. Aucun des deux n'a retenu son attention. Elle est allée dans la cuisine et s'est préparé une tasse de thé.

En revenant, elle entendit la sonnette de la porte d'entrée. Elle a ouvert la porte et s'est retrouvée face à face avec leur voisine. Madame Engle était armée de deux cocottes.

"Bonjour, Ribby", dit Mme Engle en poussant la porte. "Eh bien, ta maman m'a dit que tu avais de la place dans le réfrigérateur pour ça". Mme Engle posa la cocotte sur la table, ouvrit le réfrigérateur et se pencha pour espionner un endroit.

"J'ai été absente tout le week-end. Je n'ai même pas eu le temps de regarder dans le réfrigérateur."

"Il y a beaucoup de place. J'ai besoin de..." Mme Engle n'a pas terminé. Elle a tout déplacé puis a mis ses marchandises à l'intérieur. "Je reviendrai les chercher dans quelques jours, Rib. Mon arrière-grand-oncle Phil est décédé. Ils viennent tous chez moi. Ils mangent beaucoup. Ta maman m'a dit que tout ce que je pourrais y mettre lui conviendrait."

"Je suis désolé d'entendre parler de ton oncle. Bien sûr, tu es toujours le bienvenu." Ribby a commencé à se diriger vers la porte d'entrée en espérant que sa voisine la suivrait.

"Vous êtes une chérie, Rib", hésita Mme Engle, qui resta immobile. "Vous divertissez toujours ces chers petits à l'hôpital ?"

"Bien sûr que oui. Sans faute tous les lundis."

Ils se dirigent vers la porte d'entrée.

"Oh, au fait, ta mère a dit qu'elle serait absente jusqu'à mardi ou mercredi. Elle et Tom, ou Jerry, je ne sais plus lequel, sont allés sur la côte pour quelques jours. Il est asthmatique, tu ne sais pas ? Son médecin lui a conseillé de quitter la ville. Ta mère est venue pour te tenir compagnie, et elle a emmené Scamp."

Ribby croise les bras. "Maman est partie en vacances prolongées. J'aurais aimé le savoir, car j'aurais pu rester chez mon amie Angela un peu plus longtemps."

Les sourcils de Mme Engle se sont levés. "Eh bien, elle n'avait pas le numéro de téléphone de ton amie".

"Merci de me le faire savoir." Ribby ouvrit la porte et suivit Mme Engle sous le porche.

Dans l'obscurité, les moustiques bourdonnaient et les grillons stridulaient. Ses bras croisés se sont révélés une piètre protection contre la fraîcheur de l'air nocturne.

"Bonne nuit, Ribby, et merci encore."

"Bonne nuit, Mme Engle." Ribby a fermé la porte d'entrée et l'a verrouillée.

C'est une vieille botte complètement folle.

C'est notre voisine depuis que je suis toute petite.

Oh, les histoires qu'elle pourrait raconter.

Elle n'est pas une commère, comme certaines autres voisines.

La vie en banlieue.

Oui, c'est très ennuyeux la plupart du temps.

C'est beaucoup trop calme par ici et j'ai soif. Je veux dire d'un verre. Un vrai verre.

Maman a sûrement du Jack Daniels, mais ça lui manquera si on en prend une goutte.

Allez, vis dangereusement.

Ribby acquiesce, se verse un verre et le jette en arrière. Il a brûlé en descendant. C'était une bonne brûlure.

Encore un peu, s'il te plaît.

Nous ferions mieux de le remplacer avant que maman ne s'en aperçoive.

Réfléchis... qui a payé pour ça ? Nous.

Oui, mais toute la bouteille. J'ai mal au ventre et la tête me tourne.

Il est temps d'aller se coucher. Dors un peu.

En montant à l'étage, Ribby s'est accrochée à la balustrade pour se stabiliser. Dans sa chambre, elle se déshabille et se met au lit. Elle se redressa et se souvint qu'elle n'avait pas fermé la porte à clé. Elle s'est balancée jusqu'à elle, l'a fermée à clé, puis s'est effondrée dans son lit.

Mieux vaut prévenir que guérir.

Bientôt, Ribby s'endormit profondément. Elle rêvait qu'elle était Deborah Kerr faisant l'amour à Burt Lancaster dans From Here to Eternity.

Les vagues s'écrasaient sur leurs corps et les emportaient vers la mer. Ils étaient enfermés l'un dans l'autre dans une profonde étreinte. Puis, Lancaster a levé les yeux vers elle, mais il n'était plus Burt Lancaster. C'était un étranger. Son œil était percé d'une clé. Il y avait du sang sur ses mains.

Ribby s'est réveillée en criant. Elle a sauté du lit et a couru à la salle de bain pour laver le sang de ses mains. En ouvrant le robinet, elle a jeté un coup d'œil à ses doigts. Il n'y avait plus de sang. Angela a continué à rêver.

Chapitre 13

PRENDS UN JOUR DE *congé.*

Tu me demandes de me faire porter pâle ? Je ne vais pas me faire porter pâle.

Au moins, laisse tomber l'hôpital. Je ne peux pas me permettre d'y aller aujourd'hui.

Je vais y réfléchir.

Au fur et à mesure que la journée avançait, Ribby avait un sentiment de malaise.

Pour la toute première fois, elle a appelé l'hôpital et a annulé sa prestation. "Je vais me rattraper et faire deux représentations une autre semaine", a-t-elle dit pour se rassurer.

Merci, Rib.

Je ne le fais pas parce que tu me l'as demandé, j'ai annulé parce que j'ai besoin de rentrer chez moi.

Pourquoi ? Tu veux dire chez Martha ? Elle n'est même pas là.

Je ne sais pas pourquoi. Je sais juste que je dois y aller.

Comme tu veux !

Après le travail, elle prend le bus et arrive bientôt chez elle. Là, assise sur le porche d'entrée, il y avait une femme. Une étrangère. En s'approchant, elle entend des sanglots et la femme lève les yeux. C'était la sœur de sa mère, Tante Tizzy, qu'elle n'avait pas vue depuis des années. Ribby ne savait pas ce qui s'était passé entre elles, mais elle savait que Tante Tizzy avait juré de ne plus jamais mettre les pieds sur le pas de la porte de sa sœur. Et pourtant, elle était là.

Que fait-elle ici ?

Je n'en sais rien. Je suis sûre qu'elle nous le dira en son temps.

Ce sera intéressant. Non.

Ribby s'est remémoré leur dernière rencontre. C'était le jour de son septième anniversaire. Tante Tizzy lui avait préparé un gâteau spécial poupée Barbie. Il avait une robe rose en glaçage, avec des nœuds tout autour faits de cerises au marasquin et de noix de coco. Le corps de Barbie se trouvait au centre du gâteau. Une fois que tout le monde a eu sa part, Ribby, la fêtée, a pu sortir Barbie du gâteau. C'est elle qui l'a gardée. Tante Tizzy avait acheté plusieurs tenues pour Barbie. Seulement, Tante Tizzy avait oublié d'emballer Barbie avant de la mettre dans le gâteau. Pendant des semaines, du glaçage, de la noix de coco et du gâteau sont tombés des appendices de la poupée.

"Entre, tante Tizzy", dit Ribby après s'être dégagé de la poigne d'étau de sa tante. "Qu'est-ce qui s'est passé ? Maman va bien ?"

"Ça n'a rien à voir avec Martha", dit-elle, suivie d'une autre crise de larmes.

Nous n'avons pas besoin de ça. Dis-lui d'aller à l'hôtel.

Je ne peux pas faire ça, elle fait partie de la famille.

C'est une reine du drame.

Une fois à l'intérieur, Ribby propose à Tizzy une tasse de thé. Elle a refusé.

"On va te changer les idées et regarder un peu la télévision. Tu as faim ? Je pourrais commander ou préparer quelque chose ?"

"Si ça ne te dérange pas, j'aimerais te préparer le dîner", a suggéré tante Tizzy. "Ça me changera les idées, plus que de regarder la télé". Elle est entrée dans la cuisine. "Un tablier ?"

Ribby ouvrit le tiroir et en sortit un des tabliers de Martha.

Tante Tizzy l'attache autour d'elle. "Qu'est-ce que tu aimes manger ?"

"Surprends-moi", dit Ribby. "Si tu ne trouves pas quelque chose, crie simplement".

"Je le ferai."

Même avec la télévision allumée, Ribby pouvait entendre sa tante s'affairer dans la cuisine et fredonner.

Quelque temps plus tard, elle entendit qu'on mettait des assiettes et des couverts sur la table et entra pour demander si elle pouvait aider.

"Non, assieds-toi", lui dit tante Tizzy. "Les spaghettis à la bolognaise et le pain à l'ail avec du fromage arrivent tout de suite. Qu'est-ce que tu veux boire ? Tu as du vin ?"

"Juste de l'eau. Je vais voir s'il y a du vin."

"Non, c'est très bien. Je n'ai besoin de rien. J'ai juste pensé que tu aimerais en avoir."

Elles ont bavardé et savouré un délicieux dîner, puis elles ont rangé.

"Je suis épuisée", dit tante Tizzy. "Le canapé est très bien. Je ne veux pas te déranger."

"Pas de problème du tout, tu peux dormir dans la chambre de ma mère. "

"Tu es sûre que ça ne la dérangera pas ?"

"Non, je pense qu'elle sera contente que tu sois passée."

Elle serait surprise de la voir.

Quelques heures plus tard, Ribby se tournait et se retournait dans son lit. De l'autre côté du couloir, les sanglots sporadiques de sa tante résonnaient.

Sur la liste des choses à acheter, une paire d'écouteurs antibruit.

Bonne idée !

C'est pour ça que je suis là.

Chapitre 14

DANS SON RÊVE, RIBBY flottait sur un nuage. Tout était noir et blanc, sauf sa robe rouge. Elle ressemblait à une robe de mariée avec une longue traîne qui passait au-dessus des nuages.

Elle est entrée dans son appartement et s'est vue en train de faire l'amour à quelqu'un, non pas une fois, mais deux fois. Une fois qu'elle s'est endormie, l'homme s'est habillé et a quitté l'immeuble.

Dans la rue, elle était maintenant Angela. Elle a marché pendant des pâtés de maisons, puis s'est jetée dans l'océan. Elle s'enfonça de plus en plus profondément, tandis que l'eau montait au-dessus de sa tête.

Ribby voulait descendre et l'attraper pour la sauver, mais elle n'y arrivait pas. Elle appela Angela du haut de son nuage, jetant la traîne de sa robe, suppliant Angela de l'attraper. Mais Angela ne semblait pas l'entendre.

Angela était complètement sous l'eau. Seules des bulles remontaient à la surface.

Ribby plongea de son nuage dans l'eau.

Lorsqu'elle a trouvé Angela, elle a flotté face contre terre.

Ribby devint Angela, Angela devint Ribby et ensemble, ils percèrent la surface.

Chapitre 15

Lorsque Ribby s'est réveillée, des voix à la radio ont chuchoté dans l'escalier. Elle se demanda si sa mère était revenue.

Elle s'habilla et descendit au rez-de-chaussée où tante Tizzy était assise comme une morte réchauffée à la table de la cuisine.

Le percolateur à café bouillonnait. Tante Tizzy avait déjà mis sur la table des bols de céréales, des toasts et de la confiture.

"Bonjour", dit Ribby. "Tu as bien dormi ?"

Tante Tizzy a hoché la tête sans dire un mot.

Ribby l'aurait bien interrogée sur la raison de sa visite, mais elle décida de ne pas le faire. Elle ne voulait pas que sa tante recommence à se lamenter. Elle lui expliquerait pourquoi elle était venue quand elle serait prête.

J'aimerais qu'elle s'y mette. Elle n'a pas fait tout ce chemin pour rien.

Shhhh. Ne sois pas grossier.

Après quelques instants de silence, Ribby sortit sur le perron pour aller chercher le journal. Les gros titres indiquaient : "Autopsie terminée   Murdered !" Elle survola l'histoire de Jason Edward Thompson l'identité de l'homme retrouvé mort près de son appartement. Elle s'est concentrée sur la photo et l'a reconnu : c'était Ed le videur. C'était un grand gaillard et elle se demanda comment une telle chose pouvait arriver dans le quartier où elle vivait. C'était triste qu'il meure si jeune et même si elle ne le connaissait pas, elle était désolée pour sa famille.

Ribby posa le journal sur la table de la cuisine et se servit une tasse de café. Elle tourne son attention vers sa tante. "Quand tu seras prête à parler, je serai là pour toi".

"Je n'avais nulle part où aller", dit tante Tizzy. "Mon mari m'a quittée pour une autre femme. Ma fille me déteste. Elle dit que son père n'aurait pas cherché quelqu'un d'autre si j'avais été une meilleure épouse pour lui. Jenny a vingt-cinq ans, elle n'a jamais quitté la maison et elle est dehors, seule, peut-être même qu'elle vit dans la rue. Il fallait que je vienne voir si je pouvais la trouver et la ramener à la maison. Son amie m'a dit qu'elle était presque sûre que Jenny se dirigeait dans cette direction. J'espérais qu'elle te contacterait. As-tu eu des nouvelles d'elle ?"

Oh mon frère.

"Je suis désolé, mais j'étais absent tout le week-end et ma mère aussi. A-t-elle notre adresse ?"

"Elle l'a peut-être prise sur mon téléphone. Elle n'a pas beaucoup d'argent, pas même une carte de crédit. Mon mari m'en veut. Il est inquiet autant que moi, mais il a son brin de côté pour le réconforter." Sa voix est chevrotante.

On dirait un épisode des Feux de l'amour.

Tiens-toi bien.

"Tu dois être très inquiète. Je suis désolée, mais je dois m'habiller et aller travailler. Si tu veux, on pourrait se retrouver pour déjeuner et parler davantage ?" Ribby se dépêcha de monter les escaliers tandis qu'elle poursuivait. "Je travaille à la bibliothèque. Elle pourrait passer pour utiliser le wi-fi gratuit. Beaucoup de gens le font. Tu pourrais aussi t'aventurer en ville et la chercher."

"Je préfère rester ici, mais elle a mon numéro de portable".

"As-tu contacté la police ?"

"Je les ai appelés. Ils ont mon numéro et celui de Gordon. Que puis-je faire d'autre ?"

"Avez-vous une photo récente de Jenny ?" Elle a tiré sa robe par-dessus sa tête, puis a ajouté : "Je vais faire quelques prospectus, et nous pourrons les afficher dans toute la ville."

"Bien vu. Je suis bien contente d'être venue ici", a déclaré tante Tizzy.

Ribby se passa une brosse dans les cheveux. Elle s'est dépêchée de redescendre dans la cuisine. Tante Tizzy fouilla dans son sac à main, en retira une photo de sa fille et la lui tendit. Elle dit à sa tante de faire comme chez elle et sortit, s'arrêtant momentanément pour jeter un coup d'œil à la maison.

Sa tante la salua comme une enfant perdue derrière les stores ouverts.

Chapitre 16

R IBBY N'EST PAS ALLé travailler parce qu'Angela s'est fait porter pâle.

Angela est allée à l'appartement et s'est changée pour mettre son maillot de bain. Alors que la lumière directe du soleil se trouvait sur son balcon, elle a attrapé quelques rayons. Lorsqu'il s'est éloigné, elle a enfilé une robe de soleil par-dessus le maillot de bain, a préparé un sac et s'est dirigée vers la plage. Angela aimait l'agitation, le bourdonnement et les bruits de la ville. Les gémissements et les plaintes incessantes de tante Tizzy la rendaient folle.

En passant devant la cour de l'école, elle aperçut une petite fille qui pleurait. L'enfant leva les yeux, puis les baissa à nouveau, comme si elle ne voulait pas attirer l'attention sur elle.

"Qu'est-ce qu'il y a ?" demande Angela.

"Rien", répond l'enfant.

La cloche de l'école a retenti, et la petite fille a essuyé ses larmes et a remis sa robe en ordre.

Angela la regarda, espérant qu'elle l'avait aidée d'une manière ou d'une autre en s'arrêtant.

L'enfant se tourna vers elle et lui tira la langue.

Petite madame effrontée.

Angela acheta un exemplaire d'Autant en emporte le vent pour le lire sur la plage.

"Ça me fait pleurer", a dit la dame derrière la caisse.

"Rhett Butler pourrait manger des crackers dans mon lit n'importe quand", a répondu Angela.

Le sable était brûlant et s'écrasait sur les côtés de ses sandales. Elle adorait la plage, mais mettre du sable partout   pas tellement.

Elle a étalé sa couverture, s'est allongée sur le ventre et a ouvert son livre. Elle a regardé les couples passer main dans la main en se pâmant l'un l'autre. Les mouettes tournaient autour de sa tête en visant comme si sa perruque blonde était une cible.

Angela s'endormit en écoutant le bruit des mouettes et des vagues qui s'écrasaient sur le rivage. Lorsqu'elle se réveilla, il était presque 17 heures et elle se rassembla avec ses affaires pour les mettre dans son sac. Le soleil n'apportait aucune chaleur. Sa jupe se tordait autour de ses jambes sous l'effet du vent.

Ce n'était pas son soir habituel pour se produire à l'hôpital. Il s'agissait d'un concert de maquillage.

Ribby a créé un prospectus et en a imprimé quelques exemplaires dans l'intention d'en afficher quelques-uns sur le chemin et sur le tableau d'affichage de l'hôpital.

Pourquoi devons-nous continuer à nous produire pour ces morveux ?

#1. Ce ne sont pas des morveux. Ce sont de petits anges qui ont eu un mauvais coup du sort. #2. Je ferai tout pour les faire sourire, pour les voir rire. Pour alléger le

fardeau de leurs familles. #3. Si tu n'aimes pas ça, tu peux l'écraser.

C'est ce qu'on m'a dit.

Exactement.

Pour l'instant.

***

APRÈS LA REPRÉSENTATION à l'hôpital, Ribby est rentré chez lui. La camionnette blanche d'Attics-R-Us se trouvait devant sa maison. Elle a jeté un coup d'œil à la fenêtre, a remarqué que les stores étaient ouverts et s'est précipitée dans l'escalier. Un cri à glacer le sang a retenti.

Le cœur de Ribby a battu si fort qu'elle a cru qu'il allait sortir de sa poitrine. Elle a couru le long du couloir, jusqu'à la cuisine où elle a trouvé Tante Tizzy sur le sol, en train de frapper de ses poings la forme volumineuse de l'homme des Greniers-R-Us.

Ribby n'a pas hésité lorsqu'elle a fouillé dans le tiroir à couverts, en ressortant un grand couteau. Elle s'est élancée et lui a planté le couteau dans le dos.

Il est tombé en avant, en faisant un gargouillis épouvantable. Ribby a retiré le couteau et le sang a coulé.

Tante Tizzy coincée sous la flasque de l'homme corpulent, donna une poussée à son corps.

Ribby l'a aidée à se mettre debout et tous deux ont pris du recul alors que la flaque de sang s'agrandissait.

Tante Tizzy a crié.

Ribby a crié.

Comme deux poulets sans tête, ils coururent dans la cuisine en pleurant et en criant.

STOP.

Ribby a obéi et est resté immobile.

Tante Tizzy a continué à courir dans tous les sens.

STOP. Tu me donnes le vertige, tante Tizzy.

Elle s'est arrêtée. Elle a regardé le corps, la mare de sang. Elle a soulevé sa robe. Encore du sang. Elle a essayé de l'essuyer.

"Je dois..." Tante Tizzy s'est dirigée vers l'évier et a vomi dedans.

Ribby a écouté le bruit des vomissements et le tic-tac de l'horloge. Elle tambourine ses doigts sur la table de la cuisine.

Calme. Je suis calme maintenant.

Bon sang, Ribby.

Je devais sauver tante Tizzy. Je devais le faire. Peut-être qu'il n'est pas mort. Je devrais peut-être appeler une ambulance ?

Pas d'ambulance. Cherche un pouls.

Ribby a pris son poignet.

Tu n'as pas besoin d'une montre pour ça ?

Angela a pris le relais.

Mort comme un ongle de porte.

J'ai tué quelqu'un, j'ai tué quelqu'un !

Oui, tu l'as fait. Tu m'as surpris. Maintenant, nous avons besoin d'un plan.

Je dois d'abord parler à ma tante.

Non, nous avons besoin d'un plan. Tante Tizzy peut attendre.

Tante Tizzy a essayé de s'asseoir, mais au lieu de le faire, elle a crié et s'est enfuie à l'étage.

Nous devons le retourner.

Et le couteau ?

Sous l'évier, prends les gants en caoutchouc. Puis trouve quelque chose pour le mettre dedans, comme un journal, une couverture ou une serviette. Quelque chose qui ne passera pas inaperçu.

Ribby a trouvé les gants et les a enfilés. Elle a pris un journal dans la poubelle de recyclage dans lequel elle a enveloppé le couteau, ainsi qu'une couverture et une serviette dans l'armoire à linge.

De retour devant le corps, elle se penche et lui donne une poussée. Il a rebondi. Elle fit une nouvelle tentative, cette fois en poussant le corps avec le mouvement et en le tenant avec sa jambe. Elle a vomi mais a réussi à garder le contenu de son estomac au sol. Elle l'a retourné jusqu'au bout. Son pénis fit un flop et sa tête heurta le pied de la table avec un bruit sourd. Elle jeta la couverture sur lui, convaincue qu'il était mort maintenant.

De l'étage, Tante Tizzy appela : "Qui était ce S.O.B. de toute façon ?"

***

TANTE TIZZY EST RETOURNéE dans la cuisine. "Nous devrions appeler la police", a-t-elle dit.

Absolument pas.

Elle a raison, il faut appeler la police.

Veux-tu aller en prison pour avoir tué ce fils de pute de violeur ?

Je vais t'expliquer. Je sauvais tante Tizzy.

Mais comment vas-tu expliquer pourquoi il était là en premier lieu ?

"Euh, Tante Tizzy. Comment est-il entré ? Pourquoi l'as-tu laissé entrer ?" demande Ribby.

"Il a frappé à la porte et est entré directement, comme si on l'attendait. J'ai pensé que c'était un ami de Martha et je lui ai offert une tasse de café. Dès que je lui ai tourné le dos, il m'a poussée par terre et... et..." elle a mis ses mains sur son visage et a sangloté.

Ribby la réconforte en lui disant : "Ça va aller. Je te le promets. On va trouver une solution."

Nous devons nous débarrasser du corps.

Débarrasse-toi de lui ! Comment ? Pourquoi ?

Parce que tu l'as tué et parce que sa camionnette est toujours garée devant la maison.

La camionnette. J'ai oublié la camionnette.

Nous devons le sortir d'ici.

Il est beaucoup trop lourd pour être soulevé. Nous avons une brouette.

Bonne idée. Nous allons le mettre dans la brouette.

"Tante Tizzy", Ribby lui tapote la main. "Pourquoi ne nous ferais-tu pas une bonne tasse de thé ? Je sors une minute... tu pourras nous préparer une tasse de thé, oui ?".

"Tu vas me laisser seule   avec ça ?"

"Je n'en ai que pour quelques minutes. Fais le thé, pour te changer les idées. Il ne peut plus te faire de mal maintenant."

Une fois dehors, Ribby déverrouilla la remise et en sortit la brouette. Elle la poussa, les roues crissant sur la pelouse. Elle essaya de la soulever pour monter les escaliers, mais même vide, c'était trop difficile. Elle s'est retournée avec la brouette. En marchant à reculons, elle a tiré jusqu'à ce qu'elle monte les marches et atteigne le porche d'entrée. Épuisée, elle a ouvert la porte d'entrée et a continué à pousser la brouette le long du couloir et dans la cuisine.

Demande-lui de t'aider. Je veux dire le faire participer.

Je le ferai. Nous devons nous débarrasser de son corps avant que le soleil ne se lève. "Et sa camionnette ?"

"Quelle camionnette ?" demande Tante Tizzy.

Oups. J'ai vraiment dit ça, n'est-ce pas ?

Oui.

"Il a laissé sa camionnette dehors", dit Ribby. Elle a refermé la porte d'entrée derrière elle.

"Débarrassons-nous du corps et de la camionnette en même temps", a suggéré tante Tizzy.

Voilà qu'elle se met dans l'esprit des choses. Oh, mon frère.

Alors qu'ils s'apprêtaient à déplacer le corps sur la brouette, ils furent interrompus par un coup frappé à la porte d'entrée.

"Qui cela peut-il être?" chuchote tante Tizzy.

Ribby s'approcha de la porte sur la pointe des pieds et jeta un coup d'œil dans le trou de la serrure. C'était Mme Engle, armée de grands plateaux de nourriture dans chaque main. Elle a dû frapper avec son coude. Ribby s'est regardée : elle avait des taches de sang sur tous ses vêtements.

"Yoo-hoo, Ribby.   C'est moi, Mme Engle. J'ai encore deux ou trois choses à mettre dans votre réfrigérateur. J'espère que ça ne vous dérange pas."

Ribby a attrapé son manteau sur le crochet et l'a enfilé, puis elle a ouvert la porte. Elle proposa de placer les plateaux dans le réfrigérateur. Elle tenta de fermer la porte d'entrée avec son pied.

"Merci beaucoup, ma chère", dit Mme Engel. "Oh, et au fait, je pars quelques jours, puis je reviens pour l'enterrement. Je m'introduirai avec le double des clés si tu n'es pas là." Elle s'est penchée avant de chuchoter. "Tout le monde vient ici après l'enterrement pour manger. Je n'ai jamais compris pourquoi les funérailles donnent tellement faim aux parents. Je suppose que c'est une réaction naturelle, face à la mortalité d'un être cher. Cela a toujours l'effet inverse sur moi."

"J'espère que tout, euh, se passera bien pour toi et ta famille", dit Ribby en essayant de refermer la porte.

"Merci, ma chère." Mme Engel descendit les escaliers et sortit sur la pelouse.

Ribby poussa un soupir de soulagement, mais continua à regarder,

Mme Engle se retourna : "Au fait, avez-vous des nouvelles de Martha ?"

"Non, non, nous n'en avons pas", admet Ribby.

"Oh, je pensais..." Mme Engel a dit, en regardant la camionnette blanche.

"Je ferais mieux de mettre ça au frigo pour vous, madame Engel", a dit Ribby. "Ils sentent tellement bon et j'ai tellement faim que je pourrais les manger moi-même tout de suite !".

"Tu es la bienvenue pour les restes chez moi après la réunion. Ce serait un péché de manquer de nourriture." Elle s'est retournée et a pris le chemin de la maison.

"Ouf !" dit Ribby. Elle a fermé la porte d'entrée d'un coup de pied et est allée dans la cuisine. Tante Tizzy était blottie dans un coin, se tordant les mains comme Lady Macbeth.

Ribby rangea les casseroles, arracha le manteau et le jeta dans l'entrée, puis s'occupa de sa tante.

"Qu'est-ce qu'on va faire, Ribby ?" dit tante Tizzy. "Nous devons le faire sortir d'ici. Qu'est-ce qu'on va faire ? Qu'est-ce qu'on va faire ? Qu'est-ce qu'on va faire ? Quoi ?"

Ribby a giflé Tizzy. Après le choc initial, ils se sont rapprochés en se serrant dans les bras.

"J'ai un plan, tante Tizzy. Ne t'inquiète pas. Mais d'abord, je dois aller chercher quelques affaires dans la remise à l'extérieur. Je reviens tout de suite, je te le promets."

Lorsque Mme Engle et sa sœur furent hors de vue, Ribby sortit, laissant tante Tizzy affalée sur le canapé.

Tante Tizzy vérifia les mises à jour sur son téléphone. Elle a reçu un SMS de son mari. Jenny était avec lui. Elle était en sécurité et se portait bien.

Tizzy ferma les yeux, se laissant envahir par le soulagement de savoir sa fille en sécurité. La journée avait été longue.

Les émotions accablantes des derniers jours ont gonflé en elle comme une vague géante. Chaque émotion est remontée à la surface. La douleur, le soulagement, la souffrance, le regret.

Tizzy tenta de se lever, mais ses genoux se dérobèrent. Elle tremblait et se secouait en essayant à la fois de se cacher de la vérité et de l'accepter.

Chapitre 17

R IBBY RETOURNE à LA cuisine. Elle avait avec elle quelques outils dont : une pelle, une hache, une bâche, une salopette, des gants de jardinage et une paire de cisailles. Elle évalue la situation.

À quoi servent tous ces trucs ?

J'ai juste pris des choses au hasard qui pourraient m'aider.

C'est ce que tu as fait.

Ribby a mis les mains sur les hanches. "Maintenant, mettons-le dans la brouette."

"Tu es sûre qu'il va rentrer ?" demande Tante Tizzy.

Oui, il va rentrer.

Il faut qu'il rentre, nous n'avons pas de plan B.

"Nous allons utiliser la couverture et le faire glisser dessus", a proposé Ribby. "Nous n'avons pas besoin de le soulever. Nous le ferons rouler sur la couverture, et nous pourrons l'ajuster si nécessaire. Tout ce que nous avons à faire, c'est de le mettre dans la brouette et ce sera facile à partir de là."

"Ribby, tu me fais peur ! C'est comme si, comme si tu avais déjà fait ça avant", dit tante Tizzy. "Euh, tu ne l'as pas fait, n'est-ce pas ?"

"*Mon Dieu non, tante Tizzy, mais j'ai lu des livres et j'ai vu des films. Maintenant, avançons. Saisis l'autre extrémité de la couverture et quand j'aurai compté jusqu'à trois, nous le déplacerons tous les deux. D'accord ?*"

Une fois qu'ils ont pris de l'élan, il a été facile de le faire rouler sur la couverture. Maintenant, c'est la partie la plus difficile.

"*Et encore une fois. Après trois.*"

"*Ok Rib, comme tu veux.*"

"*1, 2, 3 heave ho !*" dit Ribby. La tête du mort a fait un bruit creux en se connectant au récipient métallique.

"*Encore une fois !*" Ordonne Ribby, "*1, 2, 3   yes !*" dit Ribby alors qu'ils déposent le corps aux trois quarts sur la brouette.

"*Maintenant, je vais le mettre à la verticale*", dit Ribby, "*et toi, tu rentres les jambes et ...ses morceaux*".

"*Il est hors de question que je rentre CELA où que ce soit !*" dit Tante Tizzy. "*Il peut pendre jusqu'à l'arrivée du royaume !*"

Ribby rit malgré elle, et bientôt Tante Tizzy tombe elle aussi dans des crises de rire.

Les deux femmes étaient hystériques.

Des amatrices.

Angela ramassa le couteau emballé et le monta à l'étage. Elle a essuyé le sang et les empreintes digitales avant de l'emballer à nouveau. Elle a caché le couteau tout au fond du tiroir à chaussettes de Martha.

Angela est retournée au rez-de-chaussée où elle a épongé le désordre sanglant dans la cuisine.

Lorsqu'elle eut terminé, Ribby et Tiz étaient tous deux suffisamment calmes.

Vas-y, Ribby.

"Viens, tante Tiz. Allons-y."

"Je suis avec toi."

Alléluia ! Nous avons décollé.

OK, MAINTENANT NOUS DEVONS trouver ses clés de voiture. Cherche dans ses poches, Tizzy."

"Je ne le ferai pas !"

"Pousse-toi de là", dit Angela. Elle a trouvé les clés dans la poche de son manteau.

"Maintenant, on le ramène dans la camionnette et ensuite..."

"Tu veux dire l'emmener dehors, là-dedans ?" demande Tante Tizzy.

"Oui. Nous n'avons pas le choix, Tiz. Nous devons le faire pendant qu'il fait nuit. Nous devons le mettre dans sa camionnette."

"Comment allons-nous le soulever pour le mettre dedans, Rib ? C'est impossible."

"Nous devons le faire. Nous n'avons pas le choix", dit Ribby.

Ribby a jeté la bâche sur le corps.

Tu vois, je t'avais dit que ce serait utile.

Petit malin.

Ribby et Tante Tizzy ont dû se serrer les coudes pour amener le cadavre jusqu'à la camionnette. Ribby déverrouille la porte du conducteur et ouvre l'arrière de la camionnette. Elle a appuyé sur un bouton bleu juste à l'intérieur de la zone de chargement et l'ascenseur hydraulique a gémi vers le bas. Ensemble, les deux femmes ont réussi à faire monter la brouette sur l'élévateur et le corps s'est bientôt retrouvé à l'arrière de la camionnette.

Ribby est retournée à l'intérieur et s'est changée pour enlever ses vêtements ensanglantés, qu'elle a cachés au fond de son placard dans un sac en plastique.

Et le couteau ?

C'est bon, je me suis débrouillé.

Une fois de nouveau à l'extérieur, Ribby a dit : "Il faut que tu conduises, tante Tizzy, parce que je ne sais pas comment faire."

"Mais j'ai trop peur de conduire dans une si grande ville ! Je ne peux pas ! Je ne veux pas !"

"Écoute, on n'a pas le temps pour ces conneries", a interjeté Angela. "Tu as peur de conduire alors qu'on a un gros mort ici dont il faut se débarrasser ! Sans parler des voisins curieux ! Il faut qu'on se débarrasse de sa camionnette et de son corps pendant qu'il fait nuit."

"A moins bien sûr que tu veuilles que j'appelle la police pour leur dire que nous l'avons assassiné, tante Tizzy ?"

La mâchoire de Tante Tizzy s'est décrochée.

Techniquement, Rib, tu l'as assassiné. Je dis ça comme ça.

Je sais que...

Tante Tizzy, ferme-la ou un papillon de nuit va entrer.

"Nous irons jusqu'à The Bluffs où nous pourrons nous débarrasser du corps et de la camionnette, tante Tizzy, mais il faut que tu te ressaisisses. Il faut que tu nous y amènes ! Qu'en dis-tu ?"

Tante Tizzy acquiesce.

"D'accord alors, allons-y !" Ribby plaça les clés du mort dans la paume de la main tremblante de sa tante.

Chapitre 18

MALGRé TOUT, TANTE TIZZY était une bonne conductrice, bien que nerveuse.

En chemin, ils se sont arrêtés à une station-service, non loin de The Bluffs, où Ribby a commandé un taxi qui devait venir les chercher dans une heure.

Alors qu'ils pénètrent dans la zone isolée, Ribby dit : "Mets les feux de route, tante Tizzy." Ils avancèrent à petits pas, tandis que la lune à l'horizon les incitait à se rapprocher.

"Stop !" dit Ribby. Lorsque le véhicule s'arrêta complètement, Tante Tizzy et elle sortirent du véhicule.

"Woo-ee !" Tante Tizzy s'exclame. "C'est sûr que c'est un long chemin vers le bas !"

"Ne t'approche pas trop", dit Ribby, "l'escarpement est en train de s'effriter".

Ils firent quelques pas en arrière au moment où les nuages s'écartaient et où la lumière des étoiles scintillait. Ils restèrent ensemble, frissonnants, côte à côte, le vent fouettant autour d'eux. Tante Tizzy s'est serrée dans ses bras.

"C'est vraiment magnifique", dit tante Tizzy.

"Il faudra que je t'emmène ici en journée, pour que tu puisses en apprécier toute la beauté."

"J'aimerais beaucoup, Ribby. Au fait, j'ai oublié de te dire Jenny est avec son père. Elle m'a envoyé un texto il y a peu de temps."

"C'est une excellente nouvelle."

OMG ! Qu'est-ce que c'est que ça, les Feux de l'amour ? Continue comme ça, Rib !

D'accord, d'accord. "Tante Tizzy, tout ce que tu as à faire, c'est de mettre la fourgonnette en marche, et une fois que le véhicule avance, de sauter. Il passera par-dessus la falaise et les snappers l'auront pour le petit déjeuner. Bye bye, gros bâtard. Au revoir, la camionnette du gros bâtard. Au revoir les ennuis. Fin de l'histoire ! Ensuite, nous pourrons retourner à nos vies. Ce sera notre petit secret."

"Dieu le saura", a dit tante Tizzy.

Et moi .

"Dieu comprendra parce que c'était de la légitime défense. Il te violait, tante Tizzy !"

Elle commence à avoir froid aux yeux, Ribby. Fais-le maintenant.

"Dieu sait toujours", dit tante Tizzy en se retournant et en s'éloignant. Elle a jeté un coup d'œil par-dessus son épaule, puis a ouvert la porte de la camionnette et est montée à l'intérieur. Elle a refermé la porte et le moteur a démarré. Elle l'a fait tourner une fois, deux fois, trois fois. Puis elle s'est dirigée vers le bord de la falaise.

"Saute, tante Tizzy !"

C'était trop tard. La camionnette a continué à avancer. Terminé.

Ribby a couru vers le bord et y est arrivée juste à temps pour voir la camionnette toucher l'eau.

Elle a essayé de crier mais rien n'est sorti.

Rien. Jusqu'à ce que les vomissements commencent. Elle est tombée à genoux.

Stupide femme.

Elle n'était pas obligée de faire ça. Elle n'était pas obligée de mourir.

C'était sa décision. Son choix.

Je me souviens toujours du gâteau à la poupée Barbie qu'elle a fait pour mon anniversaire.

Personne ne peut m'enlever ce souvenir. Maintenant, fichons le camp d'ici.

Ça ne s'était pas passé comme prévu. Mais rien ne se passe jamais ni même dans les films. Tu penses que Cary Grant va rester pour la fille, mais il ne le fait pas. Tu penses que Humphrey Bogart va empêcher Ingrid Bergman de monter dans l'avion, mais il ne le fait pas. Même lorsque tu le veux, les choses ne se passent pas comme tu le souhaites.

Chapitre 19

RIBBY ACCROCHA SON MANTEAU dans l'entrée et appela : "Je suis à la maison, maman". Elle se dirigea vers la cuisine, où Martha était assise, courbée sur la table, l'arme du crime à la main.

"Tu as tué des cochons, Rib ?" demande-t-elle en brandissant le couteau. Martha se lève.

"J'ai tué le gros bâtard", dit Angela. "Je l'ai poignardé, mort."

Martha a ouvert la bouche, mais aucun mot ou son n'est sorti, alors Angela a continué. "C'était un animal dégoûtant, juste un cochon, avec sa bite qui pendait de son pantalon".

"J'ai dû m'en mêler", a interrompu Ribby. "Il violait tante Tizzy !"

Elle n'apprend jamais. J'étais en train de gérer ça.

Martha plaça sa main gauche sur sa hanche. La main droite qui tenait le couteau est restée à bout de bras. "De quoi diable parles-tu ? Le gros bâtard ? Tante Tizzy ?"

"Le type dans la camionnette blanche de Attics-R-Us. C'est lui le gros bâtard", dit Angela. "Et pour ce qui est de ta sœur, Tizzy, eh bien elle était aussi sans défense qu'un chaton quand il l'a violée."

"Je l'ai sauvée de lui", dit Ribby.

Martha s'est retournée, comme si elle allait poser le couteau. Puis elle s'est apparemment ravisée et a fait un pas en arrière. "Et où sont-ils maintenant ? Si tu l'as tué, où est son corps ?"

Ribby fixe le couteau. "Nous l'avons emballé dans sa camionnette et nous l'avons conduit en bas d'une falaise".

"C'était un plan parfait", dit Angela. "Jusqu'à ce que ta folle de sœur refuse de sortir de la camionnette et passe elle aussi par-dessus bord". Angela a contourné Martha et s'est assise sur une chaise en soufflant.

Ribby commença à parler mais se ravisa lorsque la bouilloire siffla. Martha a posé le couteau sur la table de la cuisine. Elle récupéra du lait dans le réfrigérateur et deux tasses dans le placard. Les cuillères étaient déjà sur la table, alignées comme des soldats de plomb. Tout en versant, elle dit : "Voyons si j'ai bien compris, Rib. Ma sœur est venue ici. Carl Wheeler a pensé que j'étais ouverte aux affaires et a essayé avec Tiz. Tu l'as poignardé et tu t'es débarrassé de lui. Tu veux que je croie ça ? C'était un homme exceptionnellement grand."

"Bien sûr qu'il l'était", a déclaré Angela. "Rib   Je veux dire nous   l'avons mis dans la brouette. C'est comme ça qu'on l'a fait sortir."

"Oh, je vois", dit Martha d'un ton narquois. "Et ensuite, vous aviez prévu de vous débarrasser du corps, mais Tiz a mis à mal le plan en y allant elle aussi

? Et qu'est-ce que Tiz faisait ici de toute façon ? Je n'ai pas entendu parler d'elle depuis des années."

"Son mari l'a quittée pour une autre femme, plus jeune", dit Angela. "Puis sa fille s'est enfuie. Elle était dans un état lamentable."

Martha s'est assise et a bu quelques gorgées de son thé. "Bon, il faut qu'on fasse quelque chose pour ce couteau. Il ne peut pas rester ici, dans ma maison." Martha ramassa le couteau et regarda Ribby qui buvait du thé avec sa main droite. Sa main gauche était posée sur la table, paume vers le bas. Martha a levé le couteau et l'a fait descendre, sectionnant la main de Ribby de son ami, le poignet.

La tasse de thé a heurté la table et a rebondi. Ribby a crié. Martha a saisi sa main droite et l'a appuyée paume vers le bas sur la table. "Tu me dis ce qui se passe ici et qui tu es", exigea-t-elle. "Parce que je sais que tu n'es pas ma fille". Martha a levé le couteau vers le haut, si bien que la pointe s'est presque connectée au nez de Ribby. "Foutez le camp de ma fille, qui que vous soyez. Sinon, je la déchirerai membre par membre."

"Maman, non. Non, s'il te plaît. Ne fais pas ça !"

"Je suis Ribby. Juste Ribby", roucoule Angela en prenant la voix de Ribby la plus maladroite.

Pendant une seconde, elle a cru que Martha la croyait. Un autre CHOP, la deuxième main coupée, transformant Ribby en une fontaine à deux branches.

"Meurs. Nous mourrons tous", chantait Angela tandis que Ribby pleurait et hurlait d'agonie. Angela ne pouvait pas ressentir de douleur, ni de réel plaisir.

Tout ce qu'elle faisait, tout ce qu'elle essayait de faire c'était toujours Ribby qui en récoltait les fruits. Mais pas cette fois-ci. "Pauvre Ribby", dit Angela. "Comment va-t-elle s'occuper des enfants malades à l'hôpital maintenant ?".

Ribby s'est réveillée dans son appartement en poussant un cri. Elle a vérifié sa main droite. Puis sa main gauche. Les deux étaient encore là. Trop effrayée pour sortir du lit, elle s'est donné la main et a regardé la lumière du soleil dessiner des motifs au plafond.

✳✳✳

L ORSQU'ELLE FUT COMPLÈTEMENT RÉVEILLÉE, Ribby prit une douche et s'habilla. Elle a décidé d'aller se promener et de se changer les idées. Elle ne pouvait pas affronter le travail ou les enfants aujourd'hui.

Une fois dehors, le mauvais rêve a été relégué au second plan. Elle a évité la plage et le bruit des vagues parce qu'ils lui rappelaient les souvenirs de tante Tizzy.

Avant de rentrer, elle s'est arrêtée dans un café et a commandé un cappuccino. Il était si bon qu'elle en a immédiatement voulu un autre. Pendant qu'elle attendait pour commander à nouveau, Nigel est passé. Elle ne l'avait pas vu depuis des semaines. Elle n'était même pas certaine qu'il se souviendrait d'elle.

"Yo ! Nigel", appelle Angela en tapant sur la vitre.

Il a souri et est entré dans le café. Il a embrassé Ribby sur la joue. Elle s'est dit que c'était trop familier.

"Comment diable étais-tu ?" Nigel a demandé.

"Occupée à travailler", a répondu Angela. "Et j'ai besoin d'un peu de repos. Tu veux faire quelque chose ce soir ?"

Nigel regarde ses pieds. "J'ai une petite amie maintenant, alors si je sors, elle vient avec moi".

"Pauvre Nigel", taquine Angela, "même pas marié et déjà fouetté !".

Nigel a rejeté la tête en arrière et s'est mis à rire. Il saisit la main d'Angela et la tapota d'une manière fraternelle.

"Alors, comment s'appelle-t-elle ?" Angela demande. "Ou est-ce que c'est un secret ?"

"Non, Seigneur non", dit Nigel en se reculant pour qu'une personne qui avait rejoint la file d'attente puisse entrer et commander. "Elle s'appelle Anne-Marie."

Angela changea d'avis sur la commande et commença à se diriger vers la porte. "Il faudra que tu nous présentes un jour."

Nigel a avancé dans la file d'attente.

Angela a râlé pendant tout le trajet jusqu'à la maison.

Chapitre 20

APRÈS L'HÔPITAL, LE LENDEMAIN soir, Ribby a pris le bus pour rentrer chez elle. Il faisait presque nuit lorsqu'elle est arrivée. La porte d'entrée était grande ouverte. Une musique assez forte pour rivaliser avec la circulation de la rue retentissait à l'intérieur. Prudente, elle se dirige vers l'escalier de l'entrée lorsque les pattes de Scamp se dirigent vers elle. Il a sauté et l'a renversée. Martha arriva, riant alors que le chien léchait le visage de Ribby.

"Dégage maintenant, Scamp", dit Martha en lui poussant le derrière avec son pied. Elle tendit la main pour aider Ribby. Une fois sur ses pieds, Ribby se brossa les épaules.

"Tu as presque la peau sur les os", dit Martha. "Tu n'as pas mangé ?"

Ribby a attrapé sa mère et a jeté ses bras autour de son cou. Martha lui a rendu son étreinte, puis l'a lâchée en demandant : "Une tasse de thé ?".

"Tu as l'air en pleine forme, maman !" Ribby a dit alors qu'elles se promenaient ensemble vers la cuisine. "Tu as un bronzage incroyable".

Martha rit. "Nous avons passé un merveilleux moment. Je vivrais là-haut en une minute si j'avais de l'argent. Tom a été un hôte merveilleux." Elle se déplaça dans la cuisine, mettant la bouilloire à bouillir, préparant les tasses. "Qu'est-ce que tu as fait ? Et à qui appartiennent les affaires qui sont dans ma chambre ?"

"À tante Tizzy."

Martha a failli faire tomber une tasse. "Ma sœur est ici ? En train de s'encanailler, je suppose. Où est-elle alors ? En train de faire du shopping ?"

"Euh, non, pas vraiment", répond Ribby. "Elle est venue ici pour chercher Jenny." Ribby avait une étrange impression de déjà-vu. Elle frissonna et coinça ses deux mains dans ses poches.

"Eh bien, c'est vraiment une drôle de chose qu'elle ait fait tout ce chemin. Nous avons beaucoup de choses à rattraper, c'est sûr."

"Je ne sais pas si elle reviendra", balbutie Ribby. "Je pense qu'elle a peut-être dû rentrer chez elle. Je veux dire soudainement."

Martha ajoute un peu de sucre. "Sans ses bagages ?" Elle prend une gorgée. "Tu l'as vue aujourd'hui ?"

"Non, j'étais chez mon amie Angela." Elle n'a pas bu le thé et n'a même pas essayé de le faire. Ses mains étaient toujours fermement plantées dans ses poches.

Martha a avalé sa tasse de thé. Elle repoussa sa chaise et bâilla, la bouche si grande qu'un bus aurait pu y passer. "Je vais me coucher maintenant."

"Bonne nuit alors, maman", dit Ribby. Elle débarrassa sa tasse et se déplaça dans la cuisine jusqu'à ce qu'elle entende Martha appeler du haut de l'escalier.

"Euh, au fait Rib, j'ai trouvé ça", a-t-elle brandi un couteau. "Il était emballé dans mon tiroir à chaussettes".

"Peut-être que tante Tizzy a assassiné quelqu'un avec", dit Angela en montant les marches.

Martha lui tendit le couteau et laissa échapper un rire tonitruant. "Tu as une sacrée imagination. Nous le laverons bien demain matin. Bonne nuit, bonne nuit."

Angela accepta le couteau de Martha dans une nouvelle serviette.

Pourquoi as-tu utilisé une nouvelle serviette ?

C'est à moi de le savoir et à toi de le découvrir.

Ribby a caché le couteau au fond de son armoire avec ses vêtements ensanglantés.

D'accord, va dormir alors.

Arrête de me parler et je le ferai.

Bonne nuit, Ribby.

Bonne nuit, Angela.

Chapitre 21

RIBBY EST TOMBÉE DANS un profond sommeil. Elle rêvait qu'elle était très haut dans les nuages, qu'elle était assise et qu'elle regardait d'autres nuages passer devant elle. Parfois, des personnes montaient sur les nuages. De temps en temps, elle reconnaissait quelqu'un. Une personne célèbre qui semblait regarder autour d'elle pour voir si quelqu'un la reconnaissait.

Voir Cary Grant lui sourire et lui faire un signe de la main alors que son nuage passait était très étrange.

Ribby s'écria : "M. Grant, oh M. Grant, vous êtes mon acteur préféré !"

"Tu es très gentil", a dit Cary, tandis que son nuage continuait à avancer.

Les yeux de Ribby l'ont suivi jusqu'à ce qu'elle ne puisse plus le voir car la plupart des nuages avaient roulé. Disparus.

À l'exception d'un énorme nuage noir qui se dirigeait vers elle en trombe

Elle ne savait pas trop quoi faire, comment se propulser vers l'avant. Elle a battu des bras, mais cela n'a pas fonctionné. Elle inspira une grande bouffée d'air et expira dans le nuage, mais cela ne fonctionna pas non plus. Cette fois-ci, elle n'avait pas l'habitude d'être sur un nuage. Auparavant, il avait bougé quand elle le voulait, mais cette fois-ci, il ne voulait pas bouger.

Le gros nuage noir s'est rapproché. Ribby s'est assise, puis a serré ses genoux. Il allait pleuvoir, et c'est pour cela que les autres cavaliers des nuages étaient partis s'abriter. Elle se sentait très seule. Si seulement elle avait sauté sur le nuage de Cary Grant, au moins elle ne serait pas toute seule.

BOOM ! Elle est tombée de côté dans les bras du nuage cotonneux. Le tonnerre résonne dans le ciel vide.

CRACK.

Un éclair jaillit du nuage noir envahissant et s'abat sur le nuage de Ribby. Elle hurle. C'était très proche. Les poils de ses bras se dressèrent sous l'effet de l'électricité statique. Sa peau chauffait, de plus en plus fort.

"Arrête !"

"Je ne le ferai pas !" hurla une voix de femme en colère.

La foudre frappa à nouveau le nuage de Ribby, le coupant cette fois en deux. Elle roula sur le côté et adopta la position fœtale. Elle leva les yeux et découvrit une femme qui ressemblait beaucoup à tante Tizzy. Elle portait des vêtements noirs amples, pas exactement une robe ou un manteau, qui fouettaient vers le haut et tout autour d'elle.

"Tu m'as fait du tort et tu vas le payer. Tu ne pourras pas te cacher éternellement. Saisis ta chance maintenant   et saute !"

"Mais, tante Tizzy, gémit Ribby, je t'ai sauvé la vie !"

"Tu as pris ma vie et tu m'as envoyé en enfer ! Tu es une fille stupide, stupide ! Maintenant, abandonne la tienne et saute !"

"Mais je, je ne veux pas mourir".

"Moi non plus ! Maintenant, je suis exclue du paradis. De Dieu. Destiné à rester ici pour l'éternité."

Un autre éclair déchira le nuage de Ribby en quatre.

Le nuage se dissipa en une brume, puis plus rien du tout. Ribby se tint le nez, comme si elle sautait dans une rivière au lieu de faire une chute mortelle. Elle a crié "Shiiiiiiiittt !" comme Redford et Newman dans Butch Cassidy et le Kid de Sundance lorsqu'ils sautent de la falaise.

Plongeant dans les bras ouverts du néant, Ribby est tombée du lit et a atterri avec un bruit sourd sur le sol.

Chapitre 22

M ARTHA ÉTAIT EN BAS et tapait sur les casseroles. Ribby a écouté aux portes et a entendu deux voix. Sa mère avait de la visite.

C'était vendredi matin et Ribby avait demandé à commencer le travail plus tard. Elle voulait avoir des nouvelles du voyage de sa mère avant qu'elle ne parte chez elle pour le week-end.

"Bonjour, maman", dit Ribby en tournant le coin de la rue. Elle aperçoit John MacGraw en train de lire le journal.

Martha se tenait derrière lui, lisant par-dessus son épaule.

"Bonjour, John", dit Ribby en se versant une tasse de thé, puis en se plaçant à côté du réfrigérateur.

"Je ne le trouve nulle part. Tu l'as prise, Ribby ? Ma bouteille de Jack Daniels ? Elle était là, et elle était pleine."

"Tante Tizzy l'a bu", dit Angela. "Elle était dans tous ses états et l'a engloutie pour se calmer. Je suis sûre qu'elle voulait le remplacer. Je t'en apporterai un nouveau plus tard."

"J'en avais besoin pour faire nos œufs, Rib."

"Oui, rien de tel que de verser un peu de Jack Daniels dans les œufs. Un remède parfait contre la gueule de bois", dit John.

"Eh bien, nous devrons nous en passer ce matin", a déclaré Martha.

"Alors pas d'œufs pour moi, mon amour", dit John. "Juste une autre tasse de café".

Martha apporte la cafetière sur la table. "Assieds-toi, ma fille. I we have something important to talk to you about."

Bon sang, de quoi s'agit-il ?

Ribby étudia Martha et John qui échangeaient un regard. Elle s'assit en face de sa mère et attendit qu'ils s'expliquent.

Oh, mon Dieu, ils ne vont PAS se marier. N'est-ce pas ? Gros.

"Vous avez un visiteur spécial qui arrive demain soir pour vous rencontrer. Il s'appelle monsieur Edward Anglophone", dit Martha.

"J'ai ? Mais... qui est-il ?"

"Laisse-moi finir de t'expliquer. Je sais que tu dois bientôt partir au travail. Cela ne devrait pas prendre longtemps."

Ribby acquiesça et Martha poursuivit .

"Quand nous étions au bord de l'eau, nous avons séjourné dans un charmant petit B&B et nous avons rencontré Edward. Ses amis l'appellent Teddy. Il possède sa propre bibliothèque là-bas. Nous l'avons rencontré et nous nous sommes bien entendus. Il nous a invités à prendre un verre. Il a parlé de sa bibliothèque, de son besoin d'un nouveau bibliothécaire en chef."

"Il savait pour toi Ribby", admet John.

"Moi ?"

"Il connaît des gens dans des bibliothèques du monde entier", a ajouté Martha. "Et des bibliothécaires."

"Il garde le doigt sur le pouls, puisqu'il cherche lui-même à en embaucher un nouveau", a dit John.

"Oui", a ajouté Martha. "Sa bibliothèque a fermé. C'est pour cela qu'il veut te rencontrer."

"Pour reprendre sa bibliothèque ?"

"Potentiellement", dit John.

"Bibliothécaire en chef ? Moi ?" Ribby s'exclame. "Je ne suis pas qualifié pour être bibliothécaire en chef. Il faut un diplôme pour ça !"

Nous pourrions tout à fait être bibliothécaire en chef.

"Eh bien, tout ce que je sais Rib, c'est que si quelqu'un possède sa propre bibliothèque, il peut embaucher qui il veut comme bibliothécaire en chef. C'est petit Rib, pas comme la bibliothèque de Toronto   mais c'est l'opportunité d'une vie. Alors, il sera là à 8 heures, il faut que tu achètes quelque chose de nouveau à porter. Mets-toi en valeur pour faire bonne impression." Martha sirote son café. "Sans oublier qu'il est complètement bourré."

Maintenant, elle nous accroche, dehors ?

Certainement pas.

Ça m'en a tout l'air.

"Oui, il a beaucoup d'argent. Et pas de famille. Pas de famille non plus", dit John.

"Je ne veux pas le rencontrer. Mon travail me convient. Et puis, je ne veux pas déménager très loin. Je me sens bien ici."

Nous ne voulons pas nous faire maquereauter ! Toi, vieille chauve-souris stupide !

"Désolée maman, mais cette opportunité n'est pas pour moi."

"Ma fille, tu vas le rencontrer et c'est tout !"

"Contente-toi de le rencontrer", dit John. "Qu'est-ce que tu as à perdre ?"

Ribby repousse la chaise. Angela s'est tournée vers les escaliers.

"Quand l'enfer gèlera", dit Angela.

La chaise de Martha a raclé le sol.

Ribby s'est précipité dans l'escalier et a fermé la porte à clé.

Angela a ouvert le placard de Ribby et a attrapé le couteau emballé. Elle attend.

Si cette salope essaie d'entrer dans cette pièce, elle le regrettera.

Des bruits de pas. Stomp Stomp. Stomp Stomp. Deux séries. Courir. Rire.

Ribby retient son souffle.

Quelques minutes plus tard, on comprenait très bien ce qu'ils étaient en train de faire. Martha s'est écriée "Oui !" alors que la tête de lit cognait contre le mur.

C'est absolument dégoûtant.

Sortons d'ici !

Chapitre 23

LA BIBLIOTHÈQUE ÉTAIT EN plein chaos lorsque Ribby est arrivé.

Mme P. Wilkinson, bibliothécaire en chef, avait planifié une séance de dédicace depuis des mois. C'était son bébé, puisqu'elle était une amie personnelle de l'auteur de best-sellers pour enfants P.K. Schmidlap.

Alors que Ribby se dirigeait vers l'entrée, deux enfants ont crié : "Hé, où pensez-vous aller, madame ? Nous sommes ici depuis des heures. Vous n'avez pas le droit d'entrer !"

"Je travaille ici", dit-elle en montrant son badge d'employée de bibliothèque.

Une fois à l'intérieur, elle est allée trouver Mme Wilkinson.

"C'est la pagaille dehors", s'exclame Ribby. "Où est Mme Wilkinson ?"

"Son mari a appelé. Elle est à l'hôpital avec une appendice éclatée. Nous ne connaissons pas son mot de passe, donc nous ne pouvons pas obtenir le planning sur son ordinateur. Nous nous attendions à quelques centaines d'enfants   pas à des milliers !"

Monica dit d'une voix tremblante : " Je ne sais pas quoi faire. P.K. n'est là que pour soixante minutes de plus car il a d'autres engagements." Elle fond en larmes.

"Oh là là, tu aurais dû m'appeler. Ne t'inquiète pas, je vais parler à P.K. et voir si nous pouvons trouver une solution."

"Tu ne peux pas passer à côté de son mentor, ou plutôt de sa femme", dit Monica. "Là-bas grand, blond et imbu de sa personne".

Mme Schmidlap portait un costume de créateur hors de prix et des talons de 15 cm. Elle a regardé sa montre plusieurs fois alors que Ribby se dirigeait vers elle.

"Excusez-moi, Mme Schmidlap ?"

"Yeeeeeeeeees."

"Puis-je vous dire un mot ? Nous avons un problème."

"Nous n'avons pas de problème ! C'est VOUS qui avez un problème !" Mme Schmidlap a crié, ce qui a fait lâcher son stylo à son mari et sursauter les enfants.

La tension montait tout autour de Ribby.

"Ça va aller mes chéris", dit Mme Schmidlap en saisissant le bras gauche de Ribby et en la tirant à l'écart. "Vous n'êtes pas organisés. Mon mari, il signe pour une heure de plus et puis, zip, nous sommes partis. Ze enfants ne doivent pas être déçus, mais il ne peut pas rester. Il a d'autres engagements. Ve ont d'autres engagements", a-t-elle murmuré d'une voix rageuse.

Ribby devait trouver une solution. Il y avait au moins 1 000 enfants dehors et 50 à 100 autres à l'intérieur. Elle devait convaincre P.K. de signer les livres des enfants qui attendaient depuis le plus longtemps. Il pourrait le faire s'il accélérait le mouvement.

"Et ze compromis ?" demande Mme Schmidlap.

"Oui, bonne idée."

"Nous devons partir à ze 12, à ze point, no ifs ands or but. Nous, P.K., ne pouvons pas signer pour tout le monde, pas aujourd'hui. Et si zeeze childrens achète un exemplaire de ze livre aujourd'hui, ou le commande ve shall say today ? P.K. signera toutes les commandes et elles seront livrées ici à la fin de la semaine, ça marcherait ?"

"Tout ce que nous pouvons faire, c'est essayer. Merci pour la suggestion. Je vais voir ce que je peux faire."

Ribby est retournée à l'extérieur. Elle a tiré la porte pour la refermer derrière elle.

"Hé, qu'est-ce que vous faites, madame ? On n'a pas encore vu P.K. ! P.K. ! P.K. ! P.K. !", crient-ils en s'élançant vers l'avant.

"Arrêtez de parler tout le monde ! S'il vous plaît, restez tranquilles et je vais vous expliquer !"

Les enfants se sont tus.

"D'accord, c'est mieux !" dit Ribby. Elle remarqua que la police était arrivée par précaution. "P.K. doit partir d'ici à midi pile pour respecter un engagement préalable".

La foule a hué et raillé. La police est entrée en scène.

"P.K. signera tous vos livres. Nous avons vos ordres ici. S'il y a le moindre changement, merci de nous le faire savoir par écrit avant 17 heures aujourd'hui. Vous pourrez les récupérer ici la semaine prochaine", propose Ribby.

"Dans une semaine ! Tout le monde aura déjà fini de lire son exemplaire. Ils nous raconteront la fin. Ils nous la gâcheront."

"Vous pouvez prendre votre livre aujourd'hui et le lire sans le signer ou le laisser ici pour que P.K. le signe, c'est comme vous voulez."

Il y eut quelques grognements, et Ribby savait que cela pouvait aller dans les deux sens.

Mme Schmidlap est sortie pour l'aider et lui a chuchoté une suggestion à l'oreille.

Ribby a transmis son message aux enfants. "Si tu laisses aujourd'hui ton livre à dédicacer, tu recevras gratuitement un cadeau exclusif de P.K.   un marque-page en édition limitée   !"

Les enfants applaudissent. Ribby et Mme Schmidlap se sont embrassés. Les policiers ont incliné leurs chapeaux. À midi pile, P.K. est parti dans une limousine.

Lorsque tout fut terminé, Ribby détendit ses épaules tandis que la tension disparaissait. Le reste de la journée, Dieu merci, s'est déroulé sans incident.

Sur le chemin de leur appartement, Ribby pensa à l'insaisissable M. Anglophone.

Je devrais peut-être aller le voir ?

Être bibliothécaire en chef serait cool et après aujourd'hui, tu le mérites.

Oui, le fait d'avoir pris les choses en main aujourd'hui m'a donné l'impression que je pouvais le faire. Je veux dire, être bibliothécaire en chef et quand est-ce que j'aurai une autre chance ?

Il doit être très riche pour avoir sa propre bibliothèque.

Oui, mais pourquoi moi ? Il pourrait demander à n'importe qui.

Je n'aurais jamais pensé dire ça un jour, mais Martha doit être responsable de son intérêt.

Sans parler du fait qu'elle doit penser à moi pour le rôle.

Alors, je suis d'accord. Nous le rencontrerons.

Oui, d'accord.

Chapitre 24

Il était 20 h 34 le soir suivant lorsque Ribby est arrivée chez elle. Elle portait sa robe noire et des chaussures à talons hauts.

Une limousine était garée sur le trottoir.

Le chauffeur a donné un coup de chapeau. "Belle soirée", a-t-il dit.

"Oui, c'est sûr qu'elle est belle", a répondu Ribby.

"Toi aussi, tu l'es", dit le chauffeur avec un clin d'œil.

Ribby a été pris au dépourvu.

Angela lui répond par un clin d'œil.

Ribby a soufflé à l'intérieur, mais a rapidement affiché un sourire lorsqu'elle est entrée dans le salon. "Bonsoir", dit-elle.

L'anglophone s'est levé et a tendu le bras pour lui baiser la main. Il mesurait environ 4 pieds et 9 pouces et était âgé d'environ quatre-vingts ans. Il se tenait debout à l'aide d'une canne et portait un costume coûteux à rayures bleues, taillé sur mesure, avec un cravate rouge.

"Quelqu'un veut-il boire quelque chose ?" demande Martha.

"J'aimerais, dit monsieur l'anglophone, emmener Ribby faire un tour dans ma voiture. Enfin, si elle est d'accord ?" Il jette un coup d'œil dans sa direction puis regarde sa montre. "Nous avons réservé au restaurant tournant pour 9 heures."

"Je m'excuse d'être en retard."

Oh mon Dieu ! Il ne va probablement même pas tenir jusqu'à la fin du dîner ! Il est absolument et complètement gériatrique !

"Oh oui, je comprends que la beauté prend du temps", dit l'anglophone en se levant et en tendant le bras à Ribby.

Ribby le prend.

Ribby et Anglophone se dirigèrent vers la porte.

"Ne t'inquiète pas de la ramener plus tôt à la maison, Teddy. Nous savons que tu t'occuperas d'elle."

Oh mon Dieu ! Nous ne rentrerons définitivement PAS à la maison avec CELA.

Ribby lança un regard à sa mère par-dessus son épaule tandis qu'elles s'approchaient de la voiture. Une fois à l'intérieur, l'anglophone dit : "Chauffeur, vous pouvez vous rendre à notre destination. Je suppose que vous avez regardé sur la carte pour voir où elle se trouve ?".

"Oui, monsieur Anglophone, monsieur, le GPS est bien réglé."

"Bien, bien. Alors vous êtes en train d'apprendre", dit monsieur l'anglophone. "Maintenant, fermez la cloison pour que la dame et moi puissions avoir un peu d'intimité".

Sale vieux con.

Les yeux du chauffeur de la limousine entrèrent en contact avec ceux de Ribby dans le rétroviseur tandis qu'il appuyait sur un bouton. Une cloison de verre se dressa entre eux. Des rideaux de velours rouge flottaient à travers, transformant la banquette arrière en salle privée. M. Anglophone a appuyé sur un bouton pour faire apparaître un bar avec du champagne frais.

"Ribby, mon cher, j'avais hâte de vous rencontrer".

Ribby, ne sachant que dire d'autre, dit : "Merci, Monsieur l'Anglophone."

"Vous pouvez m'appeler Teddy, car je m'appelle Edward. Mais dis-moi, d'où vient ton nom, Ribby ? C'est un diminutif ? C'est un nom plutôt unique, mais charmant."

Ribby rit. "C'est étrange. Personne ne m'a jamais demandé cela auparavant."

"Si c'est un secret que tu ne veux pas partager, je comprends tout à fait, mon cher."

C'est un ancien smoothie. Un charmeur. Je lui accorde ça !

"Quand j'étais petite, je n'arrivais pas à prononcer mon prénom. Il s'écrit comme Rebecca mais se prononce Reee-becca. Tu sais, avec ce long 'e' terriblement exagéré. Je l'ai toujours prononcé comme Rib-ecca", dit-elle en riant. "Maman n'aimait pas l'abréger en Becky. Elle trouvait que ça sonnait trop commun, alors elle a commencé à m'appeler Ribby. C'est resté, et c'est mon nom depuis."

"Alors, je t'appellerai Rebecca si tu le souhaites, mais je préfère te donner un nom particulier".

"Le nom que j'aime est Angela. Voulez-vous m'appeler Angela ?"

OMG ! Pourquoi me fais-tu ça ?

"Angela", a dit Teddy comme cela roulait sur sa langue. "Très bien alors, c'est Angela." Teddy passe sa main sur le genou de Ribby.

Ribby a décidé que ce frôlement était un accident.

Angela n'en était pas si sûre.

***

AU RESTAURANT, LE CHAUFFEUR a ouvert la porte à Teddy d'abord, puis à Ribby.

"Nous en avons pour au moins deux heures", dit Teddy. "Je t'enverrai un texto quand nous serons prêts à partir".

"Oui, Monsieur."

"C'est un sacré imbécile la plupart du temps", dit l'anglophone en parlant de son chauffeur, "mais loyal à souhait".

Chapitre 25

*I*L Y AVAIT UNE *file d'attente au restaurant, mais la présence d'Anglophone a ouvert la voie.*

Comme un gentleman, il a offert son bras à Ribby et l'a escortée à travers le restaurant très fréquenté.

C'était comme une expérience hors du corps pour elle. Les clients tournaient la tête, les saluaient, levaient même leur verre pour trinquer à leur santé. Elle se sentait comme une célébrité.

Le couple a continué jusqu'à un salon privé. Le plafond était haut et un lustre étincelant était suspendu au-dessus de leur table. La table elle-même était dressée avec de belles assiettes, des couverts et des flûtes en cristal étincelantes. Une bouteille de champagne était posée sur un support.

Une fois qu'ils furent assis, l'anglophone commanda pour eux deux.

Ribby se sentait comme Bella dans la grande salle de bal de La Belle et la Bête.

Il est vieux, mais ce n'est pas une bête.

Chut !

L'anglophone a beaucoup parlé de ses affaires et de son argent.

Ribby lui a demandé s'il avait déjà été marié.

"J'ai failli me marier deux fois. Les femmes n'étaient pas ce qu'elles semblaient être. Des chercheurs d'or, tu sais." Il fait une pause et se rapproche de Ribby. "Je les ai fait tuer toutes les deux."

"Tu as quoi ?" dit Ribby en manquant de renverser son verre de champagne.

"Une petite blague, pour voir si tu écoutais", dit Teddy. Il a ri et lui a tapoté le dos de la main. "Il n'y en a pas beaucoup qui s'intéressent à un vieux schnock comme moi de nos jours !"

Ribby but une autre gorgée de champagne. Elle se sentait déjà étourdie.

"D'accord. Retrouvons mon chauffeur paresseux et bon à rien."

"Je commence à être très fatiguée", dit Ribby. "Ça te dérangerait de me ramener à la maison ?"

"Bien sûr, ça me dérange, Ribby, je veux dire, chère Angela. La nuit est jeune, et nous n'avons pas encore discuté du rôle dans ma bibliothèque."

"J'ai apprécié cette soirée, mais je ne pense pas être qualifiée pour occuper ce poste. Je suis flattée, mais..."

"C'est absurde ! Ce n'est pas à toi de décider ! J'ai un bon feeling avec toi et cela suffit."

Lorsqu'ils furent de retour à l'intérieur de la limousine, Ribby demanda à Teddy d'expliquer sa dernière déclaration.

"J'ai de l'argent. L'argent permet d'avoir des yeux partout. Je suis au courant de ce qui se passe chez toi. Par exemple, comment tu aides ta mère à payer son

hypothèque et comment tu loues aussi un appartement au bord de l'eau."

Ribby sursaute.

Il poursuit : " Comment tu divertis de façon désintéressée les pauvres enfants malades et comment tu as évité à toi seul une bousculade lors de la séance de dédicaces de P.K. ". Sa femme, Mme Schmidlap, n'aime pas grand monde, mais elle t'a apprécié. Si tu peux travailler avec elle, tu peux faire n'importe quoi. Le travail est à toi si tu le veux."

La tête de Ribby tournait tandis que Teddy appuyait sur le bouton de l'interphone et disait au chauffeur de retourner chez elle.

Il nous a suivis lui-même ou a engagé quelqu'un pour le faire.

"Je dois encore y réfléchir."

"Qu'il en soit ainsi alors. Tu as sept jours pour te décider. Voici ma carte de visite ; vous pouvez me joindre à tout moment, de jour comme de nuit." Après une pause, il dit : "Attendez une minute ! Pourquoi ne viendrais-tu pas voir la bibliothèque par toi-même ? C'est le moment ou jamais. Nous pourrions reprendre la route ensemble dès maintenant !"

"Euh, je ne sais pas."

Il t'a offert le poste de bibliothécaire en chef. C'est à toi de l'accepter. Je sais qu'il a l'air flippant en ce moment, mais il nous le dit franchement. Il ne cache rien et ne ment pas. C'est déjà ça. Il est notre ticket de sortie. Nous pouvons l'observer, voir comment il est vraiment sans nous engager. Allez Ribby, tente ta chance. En plus, le chauffeur est super mignon. Regarde ces boucles blondes qui débordent sous sa casquette.

Sans parler de ses yeux bleus.

Je sais que... Je sais. Et puis, ça pourrait être amusant !

"Nous serions là-bas en début de matinée. Tu pourras séjourner dans le même gîte que celui où Martha et John ont passé leurs vacances. Tout sera préparé pour votre arrivée. Cela t'aidera à te décider."

"Mais je n'ai pas d'autres vêtements   autres que ceux que je porte".

"Ah, ne t'inquiète pas pour ça."

Ribby a ouvert la bouche.

Il a anticipé sa prochaine objection. "Je vais appeler ta mère et lui expliquer."

Ribby n'était plus sûre de rien. Elle faisait des allers-retours dans son esprit. Dois-je, ou ne dois-je pas ?

"Ce serait avec plaisir, dit Angela en prenant la main de Teddy dans la sienne.

Tu as mis trop de temps à te décider.

Ribby, qui avait été distraite par le chauffeur qui la regardait dans le rétroviseur, a grimacé.

Teddy a ordonné au chauffeur de les ramener à la maison.

Ribby a fait semblant de dormir sur le chemin du retour.

Angela espérait que Teddy ferait une sieste, afin qu'elle puisse monter s'asseoir avec le chauffeur.

Teddy a sorti son ordinateur portable et a commencé à taper.

Le fait de cliquer avec trop de zèle me fait mal à la tête.

Je suis sûr que nous serons bientôt arrivés.

Quelques secondes plus tard, Sommes-nous déjà arrivés ?

Chapitre 26

LS SONT ARRIVÉS à Port Dover aux petites heures du matin.

Le chauffeur a ouvert la porte à Teddy. "Conduisez Mlle Angela chez Mme Pomfrere. Ne revenez pas avant qu'elle ait été présentée."

"Oui, monsieur l'anglophone."

"Demande à Mme Pomfrere de veiller à ce que Mlle Angela soit debout et prête pour le petit déjeuner dans quatre heures. Faites-lui savoir que vous serez là rapidement pour récupérer Miss Ribby."

"Oui, Monsieur", a répondu le chauffeur, il est remonté dans la voiture et s'est éloigné.

Ribby qui s'était assoupie, ouvrit maintenant les yeux. Elle regarda par la fenêtre, essayant de voir à quoi ressemblait la maison de l'Anglophone, mais il faisait trop sombre.

Quelques instants plus tard, ils arrivèrent au gîte. Mme Pomfrere se précipita pour les accueillir. Le chauffeur fit les présentations, puis la renseigna discrètement sur le petit déjeuner au domaine de l'Anglophone, et repartit.

"Je suis incroyablement heureux de vous rencontrer, mademoiselle Angela. M. Anglophone m'a beaucoup parlé de vous."

Ribby ne put s'empêcher de remarquer la tenue vestimentaire de Mme Pomfrere. Bien qu'il soit excessivement tôt le matin, elle portait une robe de soirée. "Merci, Madame Pomfrere. Si vous êtes pressée d'aller quelque part, ne me laissez pas vous retarder. Indiquez-moi la direction de ma chambre et je suis sûre que je me débrouillerai."

"Se débrouiller ? Me débrouiller ? Pourquoi je suis habillé de cette façon pour vous saluer. Maintenant, suivez-moi et nous allons vous installer !" Ils entrèrent à l'intérieur, où elle se déplaça comme un tourbillon le long du couloir et monta les escaliers en direction de la chambre de Ribby.

"Tu es encore plus adorable que je ne l'avais imaginé. Teddy est sûrement épris de toi, et je comprends pourquoi. Mon Dieu, tes jambes sont interminables, n'est-ce pas ?" dit Mme Pomfrere d'un ton trop familier.

"Euh, eh bien", balbutie Ribby.

"Voici ta chambre", dit Mme Pomfrere en ouvrant une porte.

Des roses de toutes sortes et de toutes les couleurs remplissaient la pièce. Elle sentait le paradis. La porte du placard était grande ouverte, débordant de vêtements de marque.

"J'espère que les tailles sont correctes. Teddy a estimé. Tu trouveras tout ce dont tu as besoin. Si tu as besoin de quoi que ce soit d'autre, je suis à ton service vingt-quatre heures sur vingt-quatre."

"Tu veux dire que tout ça est pour moi ?"

"Oh oui, oui, les vêtements et bien d'autres choses encore. Tu es vraiment une fille chanceuse. Avoir monsieur l'anglophone à tes côtés. Il peut tout faire. Il est comme magique."

"Euh, oui je le suis", dit Ribby, suivi d'un faible "Merci", alors que Mme Pomfrere referme la porte derrière elle.

Ouah ! C'est un sacré bonhomme.

Il a fait ça pour moi.

Je suppose que c'est pour ça qu'il a cliqué sur son ordinateur portable pendant tout le voyage.

Ribby s'est soudain mis à rire. Elle se sentait comme un enfant dans un magasin de bonbons. Maintenant qu'elle avait un second souffle, elle courut d'un côté à l'autre de la pièce, trouvant des bibelots et des cadeaux dans tous les coins. Dans la salle de bain, un bain thermal rempli de bulles attendait son arrivée.

Elle plaça son coude sous les bulles, puis brisa la surface de l'eau. Un gémissement ravi s'échappe de sa gorge. La température était parfaite. Elle se déshabilla et se laissa tomber à l'intérieur. Les bulles picotent sur sa peau. Elle s'allongea, inspira profondément et ferma les yeux. Elle les ouvrit à nouveau, pour s'assurer qu'elle n'était pas en train de rêver. Elle avait l'impression d'être la Belle au bois dormant et de se réveiller pour découvrir qu'elle était au paradis !

Je pourrais devenir comme ça.

Moi aussi !

Détendue et dans une robe de nuit confortable, elle se blottit sous les couvertures et s'endormit.

"**V**OUS ÊTES RÉVEILLÉE, MLLE Angela ?" Mme Pomfrere demande à travers la porte fermée. Sans laisser à Ribby le temps de répondre, la personne frappa à nouveau.

Une autre voix, qui chuchote. Celle de Teddy.

Ribby se couvrit, s'attendant à ce qu'ils fassent irruption à l'intérieur.

"Eh bien, va chercher la clé et réveille-la !" Teddy exige. "Nous avons des endroits où aller et des choses à voir."

Laisse-moi entrer ! Laissez-moi entrer ! Sale vieux con.

"Tu aurais dû la réveiller quand la maquilleuse est arrivée", s'exclame Teddy.

Maquilleuse. Intéressant...

"J'ai essayé, monsieur l'anglophone, mais elle dormait si profondément que je détestais la déranger".

"Je sors dans cinq minutes, Teddy."

"Je t'attendrai chez moi. Mon chauffeur t'amènera chez moi quand tu seras prête. S'il te plaît, ne me fais pas attendre."

Cool. Du temps libre avec le chauffeur.

Nous avons cinq minutes pour nous préparer.

Elle prend une douche rapide, parcourt la commode et découvre une panoplie de sous-vêtements en soie.

Le vieux schnock a un goût remarquable.

Et ses yeux ne sont pas mal non plus. Ces tailles sont parfaites !

Il aurait un infarctus si nous sortions en ne portant que des sous-vêtements en soie. Je parie que les yeux du chauffeur lui sortiraient aussi de la tête.

Ne sois pas dégoûtant. Ribby boutonne son chemisier en soie et remonte sa jupe.

Puis on frappa à nouveau plus fort. "Excusez-moi, je viens maquiller madame".

Il pense à tout.

Une petite femme, qui avait à peu près l'âge de Martha, acheva le maquillage de Ribby en un tour de main.

"Je suis Angela !" dit Ribby en adressant un sourire à son reflet.

"Bien sûr que tu l'es, répondit la femme avec nonchalance.

Non, tu ne l'es absolument pas.

Jalouse ?

"Merci. Je vous offrirais bien un pourboire, mais je n'ai pas d'argent sur moi."

"Oh, vous n'avez pas besoin de me donner un pourboire, monsieur l'anglophone s'en occupe".

L'estomac de Ribby grogna tandis qu'elle enfilait ses chaussures à talons pointus.

Sur le chemin de la limousine, elle a marché comme une ivrogne. Le chauffeur a souri quand elle a failli basculer. S'il l'aimait bien, il ne le montrait pas. Il lui a ouvert la porte sans parler.

Le trajet jusqu'à la maison a été assez agréable. Le gîte de Mme Pomfere se trouve au centre d'un petit village. Alors que la voiture serpentait sur la route de campagne, Ribby aperçut le lac Érié.

"La marina et le phare sont là-bas", explique le chauffeur. "En hiver, le plongeon de l'ours polaire est très populaire".

"Oh, je me souviens avoir vu quelque chose à ce sujet aux informations. Comme ils font le plongeon pour une œuvre de charité, j'admire le courage que cela doit demander." Elle a frissonné.

"Mon ami a participé l'année dernière, il a failli geler son," il a fait une pause, "son, euh, plaquage."

Ribby rit.

Il te trouve trop guindé pour dire des couilles devant toi.

Eh bien, je suis l'invité de son patron.

"Nous serons bientôt arrivés", a dit le chauffeur.

Ils ont traversé quelques hameaux, assez petits pour être remarqués mais disparus en un clin d'œil.

"Nous sommes arrivés", dit le chauffeur.

Ribby se redressa. Maintenant qu'elle arrivait à la maison principale, elle voulait tout assimiler.

Angela fredonne le générique de l'émission de télévision Dallas.

L'allée menant à la maison de l'anglophone était trop longue. Des arbres bordaient le boulevard, se pliant à la volonté du vent. Elle frissonne. Elle tendit le cou, essayant d'apercevoir la maison. Quand elle y parvint, elle inspira et se retint. Ce n'était pas une belle maison. Avec ses fenêtres étroites et son édifice de briques sombres, elle semblait froide, peu accueillante. Un contraste total avec l'autre maison dans laquelle elle avait passé la nuit.

C'est carrément à la Bronte.

Regarde quand même, il y a des rosiers.

Espérons qu'il fait bon à l'intérieur.

J'en suis sûre.

Le chauffeur a arrêté la voiture et s'est approché pour ouvrir la porte. Ribby frissonna en trébuchant sur le macadam.

Avant qu'elle n'ait pu frapper à la porte d'entrée, un homme l'a ouverte. Il était grand, mince, râblé et vêtu de noir de la tête aux pieds. Il arborait une expression que l'on aurait après avoir sucé un citron.

"Bonjour", dit Ribby.

D'une voix aiguë, il dit : "Madame, monsieur l'anglophone attend votre présence. Vous l'avez fait attendre trop longtemps !"

"Je suis désolé."

Ne t'excuse pas, c'est lui qui t'aidera. Poussez-vous   comme si vous étiez le propriétaire de l'établissement. Tu es l'invité de Théodore l'anglophone. Tu mérites d'être ici.

Ce qui est exactement ce qu'elle a fait.

L'homme gominé n'était pas content, mais c'était un professionnel. Il annonça l'arrivée de Ribby.

Teddy se leva immédiatement et, d'un geste de la main, il déclara : "Bienvenue chez moi."

Ribby scruta la pièce dans laquelle se tenait Teddy. Bien qu'il ne soit pas un homme de grande taille, dans cet environnement, il paraissait grand. Même l'armure qui se trouvait de l'autre côté de la pièce était plus petite que lui.

Les chevaliers sont beaucoup plus petits que je ne l'imaginais.

Ribby sourit. "Merci, Teddy. Quelle pièce étonnante !"

Jackpot !

"Ma chère, dit Teddy, tu as l'air d'un tableau dedans. En fait, je dois faire peindre ton portrait tel que tu es maintenant."

Teddy semble avoir oublié qu'il était en colère contre nous.

Ribby a rougi. "Merci beaucoup   pour tout."

"Tout le plaisir est pour moi, chère Angela. Maintenant, viens t'asseoir en face de moi pour que je puisse te regarder avec la lumière du matin qui arrive derrière toi." Teddy claqua des doigts et son valet tira la chaise pour Ribby. "J'espère que tout a été satisfaisant au B&B ?"

"Oui, c'est merveilleux, monsieur, euh, Teddy."

"Je n'étais pas sûr de ce que vous aimiez pour le petit déjeuner, alors j'ai demandé à mon chef d'en préparer deux de chaque sorte." Encore une fois, il a claqué des doigts, et le défilé de nourriture a commencé.

"Oh là là !" dit-elle. Des effluves de bacon, de sirop d'érable, de muffins aux myrtilles et de saucisses lui parvinrent aux narines.

Tu parles d'un smorgasbord ! De quoi nourrir une armée !

Le valet ordonna à ses subalternes de servir M. Anglophone en premier.

L'anglophone frappa dans ses mains.

Le personnel s'est empressé de servir Ribby.

L'anglophone frappa à nouveau dans ses mains.

"Tibbles, il nous faut des Mimosas !"

Aussitôt, un serveur coupa deux oranges en deux et en pressa le jus. Un autre serveur ouvre une bouteille de champagne. Le premier serveur a combiné les deux boissons. Ribby a observé attentivement le serveur qui a versé chaque substance avec une grande précision.

Il tendit un verre plein à Teddy pour qu'il le teste. Teddy acquiesce et dit que c'est satisfaisant. Il remplit un deuxième verre et le tendit à Ribby. Ils trinquèrent à un séjour agréable et se mirent à manger.

"J'espère que ça ne te dérange pas, mais j'ai remboursé l'hypothèque de ta mère".

Ribby reste bouche bée.

Teddy fit signe d'aller chercher du café et on en versa. Tout en remuant, il ajouta : "J'ai aussi acheté l'immeuble dans lequel se trouve ton appartement."

Ribby sursaute. Elle a utilisé la serviette pour essuyer les coins de sa bouche.

Voilà un retournement de situation inattendu.

"Bien sûr, tu n'as plus besoin de payer de loyer. Économise l'argent si tu ne déménages pas ici. Voyage. Vois le monde !"

Dis quelque chose, n'importe quoi.

"Oh, et j'ai aussi remboursé ta carte de crédit". Il sirote son Mimosa.

"Euh, merci. Merci beaucoup. C'est très gentil de votre part."

Ribby se sentait mal à l'aise après les annonces de Teddy et cela se voyait.

"Dis-moi, Angela, quel est le désir de ton cœur ?"

"Le désir de mon cœur ?" dit Ribby en rougissant. "Je ne sais pas."

"Tu dois savoir ce que tu veux. Une fille intelligente comme toi. Quelque chose de toujours trop éloigné de ton emprise, et pourtant ton cœur le désirait. Réfléchis-y. Je te reposerai la question en temps voulu."

Ribby écouta Teddy parler de ses voyages autour du monde.

"Nous pourrions rester assis ici et parler plus longtemps, mais j'ai très envie de te montrer la bibliothèque."

"Oh, oui. J'ai hâte de la voir", dit Ribby. Le mimosa lui était monté à la tête. "Mais j'aimerais bien prendre un peu l'air. Je n'ai pas l'habitude d'aller en Champagne si tôt. C'est trop loin pour marcher ?"

Teddy rit. "Pas pour un jeune lutin comme toi, ça ne l'est pas, mais tu portes ces chaussures inappropriées". Il a claqué des doigts. Une femme est entrée. "Veuillez apporter à mon invité une paire de chaussures adaptées". La femme s'inclina, quitta la pièce et, quelques instants plus tard, revint avec une paire de baskets. "Enfilez-les. Je prendrai vos talons avec moi dans la voiture." Puis il s'adresse à son valet : "Tibbles, dessine une carte pour notre invité."

"En chemin, réfléchis au désir de ton cœur. N'oublie pas que je veux que tu lui donnes un nom."

L'air était vif et pur. Il lui a permis de se changer les idées.

Il est si gentil, si doux et si généreux.

Il n'est peut-être pas ce qu'il prétend être, ni qui il prétend être. Restons sur nos gardes jusqu'à ce que nous sachions ce qu'il veut. N'oublie pas que rien n'est gratuit.

Ribby continua à marcher, l'esprit absorbé par la recherche d'une réponse à sa question.

Laisse-le deviner. Ne dévoile pas encore nos cartes.

Elle a tourné au coin de la rue, a vu la limousine, puis la bibliothèque.

Stephen ouvrit la porte à Teddy qui sortit en tenant les chaussures de Ribby. Elle s'est assise dans la limousine et a échangé ses chaussures en laissant les chaussures plates à l'arrière de la voiture.

"Voilà, ma chère", dit Teddy. L'écriteau au-dessus de la porte indiquait : E. P. Anglophone : Bibliothèque privée. Sous l'enseigne se trouvait une plaque : bibliothécaire en chef : espace vide.

Je suis surpris que notre nom ne soit pas déjà inscrit là. Il a l'air tout à fait sûr de lui.

Tiens-toi bien.

"Venez", dit-il.

Les grandes arches en bois l'ont accueillie à l'intérieur. L'anglophone lui prit la main.

Le cœur de Ribby a fait un bond. La bibliothèque est ronde. Des étagères circulaires. Des livres, des livres et encore des livres à perte de vue. Des milliers et des milliers. Et des échelles, prêtes à l'emploi, pour t'emmener jusqu'à l'étagère du haut. Jusqu'à la hauteur du plafond, du vitrail jusqu'à une vingtaine de pieds de haut. Lorsqu'elle leva les yeux et se retourna, elle fut prise de vertige.

Teddy la guida jusqu'à une chaise dans laquelle elle se laissa tomber avec un soupir.

"Satisfaisant ?"

"Oh, mon Dieu, oui !" dit Ribby en essayant de maîtriser ses émotions. "On dirait quelque chose qui sort d'un rêve".

C'est bien Ribby, mais quelque chose ne semble pas normal.

"Dis-moi maintenant . Quel est le désir de ton cœur ?"

"C'est ça !"

Quel petit imbécile !

"Ne t'inquiète pas", dit Teddy. "Il peut être, et il sera, le tien. Si tu..."

Ici, Teddy s'est arrêté car son chauffeur a attiré son attention. "Euh, un moment s'il vous plaît, Angela. Faites comme chez vous."

Ribby se leva et vacilla. Elle grimpa une échelle, redescendit et en grimpa une autre. Tous les auteurs auxquels elle pouvait penser étaient là. Réalisant que le chauffeur était revenu et se tenait en dessous d'elle, elle ajusta sa jupe.

"Oh, tu m'as fait peur."

Pas moi ! Viens à moi.

"Je suis profondément désolée, mais monsieur l'anglophone a été appelé ailleurs. Il m'a demandé de vous raccompagner au domaine quand vous serez prête."

"Je, j'étais..." dit Ribby en descendant sans lui prêter toute son attention. Elle a fait un faux pas et a dégringolé.

Le chauffeur, dont elle ne connaissait même pas le nom, l'a rattrapée.

Ribby rougit à vue d'œil. Leurs yeux se sont croisés. Il l'a posée à terre et s'est éloigné.

"Merci."

Il n'a pas répondu.

Il pense que je l'ai fait exprès. Qu'il me plaît.

Angela ricane.

Elle l'a suivi jusqu'à la porte et au parking, puis a décidé de ne pas prendre la voiture.

"Je préfère marcher", dit-elle.

"Tu es sûre ?" Il a jeté un coup d'œil à ses chaussures.

Elle a levé le menton et, sans répondre, s'est mise à marcher.

"Comme Madame le souhaite."

Tu aurais dû lui demander les coureurs.

Je sais ! Je sais !

De retour à la maison, les pieds endoloris et couverts d'ampoules, Ribby aperçut le chauffeur assis devant.

Il inclina son chapeau dans sa direction, puis se couvrit les yeux et se rendormit.

Mon Dieu, il est si mignon.

Ha ! Teddy le renverrait si je mentionnais qu'il ne m'a pas donné mes autres chaussures.

Ne t'avise pas de le faire !

Ribby finit par enlever ses chaussures et fit le reste du chemin en bas.

Le regard que Tibbles lui a lancé lorsqu'elle est entrée dans la maison avec les chaussures à la main se situait quelque part entre un sourire en coin et un rictus.

Qu'il aille au diable !

"Pardonnez-moi, mademoiselle", dit Tibbles. "Monsieur l'anglophone est retenu. Il aimerait que vous retourniez au gîte. Je vais conseiller au chauffeur de vous y conduire."

Bon, je ne peux pas faire tout le chemin à pied.

Non, ravale ta fierté et monte dans la voiture.

Un silence gênant s'est installé pendant tout le trajet jusqu'à chez Mme Pomfrere, qu'aucun des deux occupants n'avait envie de rompre.

Tu te comportes comme une enfant gâtée !

Je m'en fiche.

La voiture démarre en trombe et Ribby entre en titubant à l'intérieur.

Chapitre 27

R IBBY A CLAQUÉ LA porte derrière elle lorsqu'elle est retournée dans sa suite. Elle a jeté ses chaussures à travers la pièce, puis s'est jetée sur le lit, étouffant ses sanglots dans l'oreiller.

Il est tellement rêveur !

Il savait que j'avais besoin de mes chaussures et pourtant, il ne me les a pas données.

Tu ne les as pas demandées.

Pourtant, il travaille pour Teddy. Je suis l'invitée de Teddy. Il devrait essayer de me rendre heureuse.

Tu réagis de façon excessive. Lave-toi le visage, ça te fera du bien et oublie tout ça.

Le problème, c'est que je ne peux pas. Je me sens tellement idiote. Moi qui tombe dans ses bras comme, comme, Jane Eyre.

On s'en fout. S'il a pensé ça, c'est qu'il était probablement flatté. Séquence. La bibliothèque.

Elle est belle, elle est tout ce qu'il y a de plus beau. Mais pourquoi Teddy veut-il que ce soit moi, une personne non qualifiée, qui dirige sa bibliothèque ?

Tu vois, c'est pour ça que j'ai dit qu'il ne fallait pas mettre toutes ses cartes sur la table. Maintenant, il sait que cette place est ton désir le plus cher. Il joue au Parrain des fées et nous tient par les seins.

Mon cœur me dit qu'il est au niveau. Qu'il n'a pas d'arrière-pensées. Mais ma tête, oh ma tête.

Ribby a pris son sac à main et en a sorti le paquet de cigarettes. Elle en a glissé une entre ses lèvres. Même sans l'allumer, l'odeur l'a calmée. En la tenant contre ses lèvres, elle s'est endormie.

"Il faut qu'on parle", chuchote Teddy à travers la porte.

Ribby se redressa, la cigarette toujours accrochée à ses lèvres. Elle la remet dans le paquet. En parlant à travers la porte fermée, elle dit : "Désolée, j'ai dû m'endormir".

"Prépare-toi. Il faut que je te ramène chez toi maintenant. Prépare tes affaires et je te retrouve en bas dans la voiture."

Elle l'a écouté s'éloigner puis s'est affalée sur le sol, luttant contre un sanglot.

L'anglophone donne et l'anglophone reprend.

Mais pourquoi ? Qu'est-ce que j'ai fait ? Est-ce à cause de Stephen ?

Ne sois pas ridicule.

Ce n'est pas grave. C'est mieux ainsi. Change de vêtements. Sors d'ici la tête haute.

Mais la bibliothèque. Mon désir le plus cher. Maintenant que je le lui ai dit, il ne veut plus de moi après tout.

Ribby se changea pour mettre les vêtements avec lesquels elle était arrivée.

C'est sa perte, Rib. Souviens-toi, la tête haute. En plus, tout ce que nous gagnons maintenant est à nous. Pas de loyer, pas d'hypothèque, pas de carte de crédit. Nous n'avons pratiquement plus de dettes ! Imagine à quel point on peut s'amuser !

En sortant, elle donne à Mme Pomfrere un baiser sur la joue.

"Nous ne disons jamais au revoir à nos invités. Nous espérons vous revoir."

"Merci."

Le chauffeur se tenait à côté de la porte, attendant Ribby. Une fois à l'intérieur de la voiture, elle a attaché sa ceinture de sécurité. Elle tourna la tête et regarda par la fenêtre, prenant en compte tout ce qu'elle ne reverrait jamais et pour masquer sa déception.

"Angela, c'est strictement professionnel. Cela n'a rien à voir avec toi ou avec notre arrangement."

"Tu veux dire que tu veux toujours de moi ?" Demande Ribby, la voix tremblante et le cœur sur le point de bondir hors de sa poitrine.

"Bien sûr, je veux que tu sois ma nouvelle bibliothécaire", dit-il en effleurant sa cuisse de sa main.

Le pervers. Il joue avec toi. Éloigne sa main d'une gifle.

Ribby rougit. C'était un accident. Ce n'était rien.

Le culot du vieux pervers. Je te l'avais dit. Donne-lui un centimètre...

"Chauffeur, mettez la barrière s'il vous plaît. La dame et moi aimerions avoir un peu d'intimité."

Ribby a levé les yeux, croisé le regard du chauffeur dans le rétroviseur. Elle a croisé les bras autour d'elle.

L'anglophone a ouvert une bouteille d'eau et l'a tendue à Ribby en lui demandant de décroiser les bras. Elle la prend et boit une gorgée.

"Ribby, je veux dire Angela si la bibliothèque est le désir de ton cœur, alors elle est à toi. Ce que j'ai est à toi."

Elle se redressa, écoutant, mais l'anglophone se tut. Elle but encore quelques gorgées d'eau, attendant.

Attend-il que je dise quelque chose ?

Il joue un jeu. Ne dis rien. Nous jouons cartes sur table, laissons-le faire de même. Pendant ce temps, garde ton sang-froid. Profite de la vue.

C'est vrai que c'est joli ici, mais mon cœur s'emballe.

Calme-toi. Prends quelques respirations profondes. Inspire. Expire. Inspire. Expire.

Ses exercices de respiration ont été interrompus.

"Qu'est-ce que tu me donneras en échange du désir de ton cœur ?".

C'est parti. Laisse-moi gérer ça.

"Je n'ai rien à te donner, Teddy. Seulement moi-même."

Sérieusement Rib, ferme ta gueule s'il te plaît !

"Seulement toi-même ? Tu ne te sens pas digne ?"

Ribby a essayé de parler, mais les mots sont restés coincés dans sa gorge.

Il en veut plus, Rib, il veut du sexe.

Ribby rougit à vue d'œil.

"Oh là là", dit Teddy en lui tapotant le dos de la main. "Tu as l'air très inquiet, et je ne voulais pas t'inquiéter. Je suis un vieil homme. J'ai vécu sans amour, sans contact, pendant très longtemps. Je ne pourrais jamais m'attendre à ce que tu aimes quelqu'un comme moi. Même si c'était pour le plaisir de ton cœur."

"Je", dit Ribby.

"Shhhh, laisse-moi finir. Je souhaite t'avoir dans ma vie. Pour avoir de la compagnie. L'amitié. Si tu tombais

amoureux de moi   si tu pouvais m'aimer, ce serait le désir de mon cœur. Peut-être qu'un jour tu le réaliseras."

Wow c'était une balle courbe. De la psychologie inversée ? Fais attention.

Il y avait maintenant un silence dans la voiture et deux passagers extrêmement mal à l'aise. Ribby a bu quelques gorgées d'eau supplémentaires et Anglophone a vérifié son téléphone.

"Veux-tu m'épouser ?", a-t-il lancé.

OMG, cette deuxième balle courbe était tellement exagérée que je suis sans voix, Rib.

Moi aussi, je veux dire, qu'est-ce que je suis censée dire. Je veux la bibliothèque, mais je ne l'aime pas.

Nous sommes jeunes et dynamiques. Il est bien, si loin de la colline qu'il est presque en train de descendre de l'autre côté. Attends, maintenant...

Oh non, tu ne penses pas à ce que je crois que tu penses ?

Un moyen de parvenir à ses fins. Il veut que tu sois son amie, que tu t'occupes de sa bibliothèque. Il ne demande pas de sexe, mais de la compagnie et de l'amour. N'est-ce pas ? Alors, si tu réponds aux désirs de son cœur et qu'il répond aux tiens, où est le mal ?

Alors pourquoi demander le mariage ? Même moi, je sais que ce ne serait pas un mariage légal s'il n'était pas consommé. Rien que l'idée de moi et lui...

Je sais, je sais.

* * *

T EDDY S'EST OCCUPÉ AVEC son téléphone.

Ribby et Angela ont débattu des questions en jeu.

Il tambourine à nouveau sur ses doigts. C'est vraiment ennuyeux ! Maintenant, il clique sur son stylo - clic clac, clic clac, clic.

Il attend une réponse.

Je ne sais pas comment je peux accepter. Donne-moi une raison pour laquelle je devrais dire oui. Comment puis-je dire oui ?

C'est facile. Un mot : bibliothèque. Deux autres mots : Bibliothécaire en chef.

Mais de quoi s'agit-il ? Je n'ai pas de personnel, pas de collègues et pour l'instant pas de clients.

Mais tu seras le patron des livres.

Tu ne m'aides pas.

J'essaie !

Je sais, mais pour lui, notre relation n'est rien de plus qu'une affaire commerciale. Nous serions mari et femme, mais seulement de nom. Je veux un homme que je puisse aimer, qui m'aimera en retour. C'est un arrangement.

S'installer ? Tu appelles ça s'installer ? Tu as trente-cinq ans et trente-six ans sont à portée de main. Tu n'as aucune perspective, aucun avenir. Ceci te donnera un avenir. Teddy peut t'ouvrir le monde, à toi, à nous. L'amour n'est pas ce que l'on croit. Si tu n'es pas d'accord, tu le regretteras toute ta vie.

Ribby a jeté un coup d'œil dans la direction de Teddy.

Dis quelque chose. N'importe quoi.

"J'ai juste besoin de temps, Teddy, pour y réfléchir."

Teddy regarde au loin.

Bientôt, mais pas assez tôt, le chauffeur s'arrêta sur le trottoir devant la maison de Martha.

***

D<small>ANS L'OBSCURIT</small>é <small>DE LA</small> banquette arrière, Ribby a serré et desserré les poings. Le mouvement rapide, l'ouverture et la fermeture l'ont amenée à prendre une décision. "Teddy, je suis certaine que nous pouvons trouver un arrangement convenable".

Teddy a jeté ses bras autour d'elle, affichant un sourire radieux. "Oh, merci d'avoir fait de moi le vieillard le plus heureux du monde".

Bien joué, Rib ! Bravo ! Travaille avec lui. Fais en sorte que tout se passe bien. N'oublie pas que c'est nous qui contrôlons la situation.

La voix de Ribby tremblait, mais elle réussit à esquisser un léger sourire en se dégageant de son étreinte. "Il faudra me laisser quelques jours pour régler les derniers détails".

"Je peux t'attendre Angela, mais s'il te plaît, ne me fais pas attendre trop longtemps. Pour toi, j'ai déjà attendu toute une vie", dit Teddy en lui embrassant la main.

Oh là là, il est amoureux !

Ils ont échangé des baisers sur la joue.

Le chauffeur a ouvert la portière de Ribby, et il l'a tenue pendant qu'elle montait sur le trottoir.

"Je t'appelle dans vingt-quatre heures", a dit Teddy.

Ribby acquiesce. Derrière elle, sous le porche, Martha a crié : "C'est toi, Ribby ? Oh, bonjour Teddy." Elle l'a salué.

Teddy lui rendit son signe de la main tandis que le chauffeur fermait la porte et retournait à l'avant de la voiture. Ils sont partis.

"Oui maman, c'est moi."

"Tu es de retour plus tôt que je ne le pensais. Entre à l'intérieur et raconte-moi tout."

Ribby monta les marches du porche en trébuchant.

Chapitre 28

RIBBY DIT BONJOUR à Scamp en lui donnant une tape sur la tête et le trio se rendit dans la cuisine.

"Ribby, assieds-toi. J'ai un million de questions à te poser. Comment ça s'est passé ?" Martha bafouille, ne laissant pas le temps à Ribby de dire un mot. "Une tasse de café, oui, je vais te faire une tasse de café et ensuite... Mon, tu as l'air épuisé".

"Maman, oui, je suis fatiguée. La route a été longue. Monsieur l'anglophone, Teddy, est intéressant."

"Je pensais que vous vous entendriez bien tous les deux. Est-ce qu'il a posé la question ?"

Elle savait qu'il allait poser la question ? Elle le savait ? Qu'est-ce que c'est que ça ?

"Tu savais qu'il allait le faire ?"

Cela fait-il partie d'un plan d'ensemble ? Oh là là, c'est profondément déstabilisant.

"Il aime la bibliothèque, et il ne laisserait pas n'importe qui la diriger".

Ha, ha, oh elle veut dire la bibliothèque. C'est ma faute.

"Bien sûr que non. Il est très généreux de m'offrir cette opportunité."

"Monsieur l'anglophone s'est assuré   avant même de te rencontrer   -que tu étais la bonne."

Qu'est-ce que ça veut dire ? Sommes-nous revenus au concept de plan directeur ?

Ribby a retenu sa fureur. "Tu le savais ?"

Maman chérie s'abaisse encore une fois plus bas que terre.

"Maintenant Rib, ne te mets pas dans tous tes états. Il voulait bien faire. Il voulait être sûr de lui. Avec tout cet argent, il doit être incroyablement prudent."

Ribby s'assit tranquillement, remuant sa tasse de café.

Martha s'est levée et s'est occupée de mettre de l'ordre. Elle jette un coup d'œil à Ribby. "Tu es épuisé, tu veux que je te fasse couler un bain ?"

Te faire couler un bain ? D'accord, enlève ton masque. Qui est cette femme ?

"Ce serait charmant."

Plus tard, dans le bain, Ribby s'est endormie et a rêvé.

Elle flottait, complètement nue, à l'intérieur d'une bulle rose dans la bibliothèque de l'anglophone.

L'anglophone est apparu. Il se pavanait, le visage rouge et les poings serrés, tandis que son chauffeur lui faisait de l'ombre.

L'anglophone dit : "Je veux que ces nouveaux livres remplacent immédiatement les anciens. Mettez-les à la hauteur des yeux, pour que ma fille puisse les trouver."

"Ce n'est pas dans ma description de poste", a répondu le chauffeur puis il a tourné le dos.

Anglophone l'a attrapé par le bras, l'a tiré vers le bas et l'a giflé sur la joue. Bien que la gifle ait été dure, le chauffeur s'y était préparé et il n'a même pas bronché.

"Ton travail, c'est ce que je te dis, mon garçon !".

"Monsieur l'Anglophone, je ferai bien sûr tout ce que vous voulez que je fasse, pour son bien et pour son bien seulement. Je suis à vous pour en faire ce que vous voulez", dit le chauffeur.

L'anglophone lui a lâché le bras. Le chauffeur a redressé le dos.

Quelle emprise l'anglophone a-t-il sur lui ?

C'est un rêve. Nous rêvons. Réveille-toi, Ribby ! Réveille-toi !

Chut, c'est intéressant. Essaie de zoomer sur les livres qu'il veut nous montrer.

J'essaie, mais... bon sang.

"Je suis généreux avec toi Stephen, et généreux avec elle. Je ne te demande pas grand-chose. Je suis un vieil homme. Je suis ton employeur. Ne sois pas impertinent à l'avenir."

"Je m'excuse", dit Stephen en s'inclinant de tout son long, son chapeau à la main. "Je peux vous assurer que cela ne se reproduira plus. Je m'attends à ce que cela me prenne une bonne partie de la journée."

"Très bien. Alors, commencez à remplir les livres. Informe Tibbles quand tu auras terminé la tâche."

"Que dois-je faire des vieux livres ?" demande Stephen.

"Il y a des boîtes vides à l'arrière. Rangez-les pour l'instant", dit Teddy. "Ils ne signifient rien.

Nous pourrons les donner à l'avenir. Pour l'instant, mettez-les à l'écart."

Teddy sort.

Stephen continua à travailler. Il jeta un coup d'œil par-dessus son épaule où Ribby était assise nue dans sa bulle imaginaire.

"Stephen, chuchote-t-elle.

C'est un rêve vraiment bizarre.

Teddy est vraiment dur avec lui.

Oui, il s'attend à la perfection.

Alors qu'est-ce qu'il fait avec moi ?

"Réveille-toi, Ribby !"

La bulle de Ribby a éclaté lorsque Martha est entrée dans la chambre.

"Je frappe depuis une éternité."

"Désolé maman, je me suis endormi."

"Tant mieux. Cela veut dire que tu te détends. Voici quelque chose à siroter."

Ribby s'est cachée en grande partie sous les bulles.

"Ce n'est pas comme si je n'avais pas déjà tout vu, ma fille". Martha rit.

Ribby a frissonné puis a tendu la main vers la coupe de champagne. Martha s'est assise sur le bord de la baignoire.

"À toi", dit Martha en faisant claquer les verres.

C'est vraiment bizarre. Cette femme ne peut pas être ta mère. Elle te passe de la pommade comme si elle savait que le vieux a posé la question et qu'elle a l'intention d'emménager avec vous deux.

La mousse de savon a coulé le long du bras de Ribby et sur le pied du verre. "Maman, comment as-tu rencontré M. Anglophone ?"

"Je te l'ai déjà dit n'est-ce pas ?"

"Je ne crois pas. Si tu l'as fait, je ne m'en souviens pas."

"Eh bien, nous étions en train de dîner, et l'Anglophone est entré", se souvient Martha. "Il était très turbulent et exigeant avec le personnel et semblait avoir une certaine importance. Nous étions curieux de savoir qui pouvait provoquer une telle scène. Quand je l'ai vu pour la première fois, il me semblait familier. Nous pensions qu'il s'agissait d'un personnage politique ou que nous l'avions vu à la télévision. Il semblait agité et malmenait son chauffeur de limousine qui le suivait. Tout le monde l'a dévisagé."

"Est-ce qu'il l'a remarqué ?" demande Ribby. "Je veux dire que tout le monde dans le restaurant le dévisageait ?".

"Au début, il avait un mépris total pour les autres clients. Quand il s'est rendu compte qu'il causait une scène, il s'est excusé auprès de nous, pas auprès de son employé. Ensuite, il a offert du champagne à tout le monde."

Il a l'air d'une brute.

D'accord. "Et c'est tout ?" dit Ribby.

"Non, non ma fille. Après cela, nous lui avons demandé de se joindre à nous, et il a accepté. Il s'est régalé, et nous avons mangé et mangé. C'était une soirée merveilleuse. Il nous a invités à rester chez

Mme Pomfrere en tant qu'invité. C'est pour cela que nous avons prolongé nos vacances car cela ne nous coûtait rien."

"Mais alors, comment suis-je entré dans la conversation ?"

"Au cours du dîner, je ne sais pas trop de quoi nous parlions, mais je lui ai parlé de toi. De ton rôle à la bibliothèque et de ton bénévolat auprès des enfants de l'hôpital. Teddy était très intrigué. Il voulait vous rencontrer. Il a parlé de sa bibliothèque. Il a dit qu'elle était fermée, jusqu'à ce qu'il trouve la bonne personne pour la diriger. Il a posé des questions sur vous."

Parle-nous un peu plus du harceleur Teddy.

"Il est très timide à propos de tout ça, vu qu'il savait déjà pour moi."

"Connaître quelqu'un n'est pas la même chose qu'apprendre à le connaître, ma fille."

"Oui, mais on dirait qu'il a déjà décidé".

"Je n'en sais rien."

"Lui, Teddy, m'a bien demandé de diriger sa bibliothèque Ma, mais il y avait d'autres conditions. Des complications."

"Des complications telles que ?"

"Par exemple, je dois quitter mon travail. Déménager dans un nouvel endroit. Je dois laisser les enfants."

"Quelqu'un d'autre prendra le relais. Il faut que tu sois égoïste pour une fois dans ta vie."

Ribby se détendit un peu et but une nouvelle gorgée de champagne.

"D'après ce que j'ai vu de monsieur l'anglophone, il était très généreux. Pas un grippe-sou."

Je me demande si elle est au courant pour l'hypothèque.

Ce n'est pas à moi de le lui dire.

"C'est vrai." Ribby frissonne. "Il faut que je réfléchisse davantage à ce Ma, et que je sorte d'ici avant que mon corps ne se transforme en pruneau".

Martha s'est levée et a pris la coupe de champagne de Ribby. "Ma fille, tu n'auras probablement plus jamais une telle occasion. Je sais que je n'ai pas toujours été la meilleure des mères. Je sais que tu prendras la bonne décision."

"Merci", dit Ribby. Une fois la porte fermée, elle est sortie de la baignoire, s'est séchée et a mis sa chemise de nuit.

C'était absolument et complètement le moment "bâillonne-moi avec une cuillère" entre la mère et la fille.

Maman s'efforçait d'être d'un grand soutien.

Oui, c'est vrai. Je pouvais voir les signes de dollars dans ses yeux. Mais changeons de sujet. Parlons de ce rêve bizarre.

Oui, dans mon rêve, il s'appelait Stephen.

J'ai toujours pensé qu'il me rappelait Stephen Moyer de True Blood.

Je n'ai pas vu cette série, mais je sais de qui tu parles.

C'était bizarre quand même, l'anglophone qui remplace les livres par des nouveaux. Je ne comprends pas.

On sort l'ancien et on entre le nouveau. C'est un double objectif. De nouveaux livres avec un nouveau bibliothécaire. Pour moi, c'est tout à fait logique.

Cela ressemblait plus à une prémonition.

Ribby a ri. Je ne suis pas assez intelligent pour avoir des prémonitions.

Mais je le suis.

Tu es très drôle.

Chapitre 29

A PRÈS UNE MATINÉE HÂTIVE, puisqu'elle a trop dormi, Ribby est arrivée au travail et s'est frayé un chemin dans le bâtiment.

Immédiatement, une banderole indiquant : "FÉLICITATIONS RIBBY !" attire son attention.

Ro-ro. On dirait que quelqu'un a vendu la mèche.

Qui ? Ma ? Je vais... Je vais....

Une avalanche de cris et d'applaudissements.

Oh non, il faut que je sorte d'ici !

Non, tu ne dois pas. Il est trop tard pour ça. Ils te voient. Souris !

Ribby sourit tandis que ses collègues de travail se rassemblent autour d'elle.

"Bravo Ribby !"

"Nous savions que tu pouvais le faire !"

"Nous sommes immensément fiers de toi ! Bibliothécaire en chef ! Wow !"

Sur le tableau d'affichage se trouvait la note suivante : "Félicitations à notre propre Ribby Balustrade !

Bibliothécaire en chef de la bibliothèque privée anglophone E. P.

Signé, Mme P. Wilkinson, bibliothécaire en chef."

Ribby se frotta les yeux, incrédule. En les ouvrant à nouveau, elle marmonna sous son souffle. Comment avait-il pu annoncer cela sans lui demander son avis ? Elle a serré les poings tandis que la chaleur lui montait aux joues. Elle n'était plus maître de sa vie, de son destin. Elle est allée derrière le comptoir et a posé sa tête sur son bureau.

Reprends-toi, Rib. Tu es en train de gâcher leur joie. Ils sont si fiers de toi et c'est ton dernier jour ici. Prends ton mal en patience. Garde la tête haute.

Mais il a promis ! Il a dit que je pouvais prendre le temps. Maintenant, c'est mon dernier jour. MON DERNIER JOUR !

Ce qui est fait est fait. Tu pourras lui en parler plus tard. Pour l'instant, profite du moment présent. Sois une source d'inspiration.

Mme Wilkinson s'est approchée du bureau. "Tout d'abord, je tiens à vous remercier de m'avoir remplacée lorsque j'étais à l'hôpital. Deuxièmement, je suis très fière de toi, Ribby ! Quand monsieur l'anglophone m'a appelée, je veux dire le Théodore anglophone, je me suis sentie si fière de toi. J'ai pleuré. J'ai vraiment pleuré. Tu as toujours été comme une fille pour moi."

"Merci, Mme Wilkinson."

"Je veux dire qu'il s'agit d'un homme si puissant. Qu'il te choisisse, à ton âge, pour être bibliothécaire en chef. Tu vas avoir du succès."

"Vous avez déjà entendu parler de M. Anglophone ?"

"Je ne le connais pas personnellement, mais je connais OF lui. En plus de ça, l'architecture de sa bibliothèque *est passée dans plusieurs magazines. Tout comme sa maison."*

"Oui, la bibliothèque est assez belle, sa maison aussi, mais je ne savais pas pour les magazines".

"Nous organisons un déjeuner en votre honneur. Restauration complète, grâce à monsieur l'anglophone, qui a insisté pour prendre en charge tous les frais."

"Oh, il l'a fait, n'est-ce pas ?" dit Ribby.

Ce vieux mendiant rusé.

"En attendant, poursuivit-elle, profitez de votre dernière journée."

"Merci, Mme Wilkinson."

Ribby a jeté un coup d'œil en direction de ses collègues qui étaient retournés à leurs tâches. Curieuse, elle s'est connectée à l'ordinateur et a fait une recherche sur Theodore Anglophone.

L'élément le plus recherché était un article de presse paru dans le journal local. Le titre se lit comme suit : "Mort suspecte dans la bibliothèque locale".

Qu'est-ce que c'est que ça ?

Ribby poursuit sa lecture.

Le bibliothécaire en chef est mort ?

C'est pour ça qu'il l'a fermée. On dirait que la femme était folle.

Oh, Teddy a trouvé son corps. Ça a dû être terrible pour lui.

Non, regarde ici. Il est dit qu'il a appelé la police, mais les journalistes sont arrivés en premier.

Les journalistes arrivent toujours en premier. Oh, ils ont des photos de la femme. Elle a l'air folle. Où sont ses vêtements ? Et on dirait qu'elle crache sur les journalistes.

Beaucoup aimeraient cracher sur les journalistes.

D'accord, mais regarde ses yeux. Elle a l'air désespérée.

Effrayée.

Hystérique. Il est dit que Teddy a fermé la bibliothèque après ça, qu'il a juré de ne plus jamais l'ouvrir.

Jusqu'à aujourd'hui. J'ai besoin de sortir d'ici pour prendre l'air avant que ce déjeuner ne commence. Elle s'approche de Mme Wilkinson et lui demande la permission de partir.

"Je peux difficilement vous renvoyer maintenant, n'est-ce pas ?" Mme Wilkinson rugit. "Après tout, c'est votre dernier jour !"

"Oui, oh vrai", a répondu Ribby. D'autres sympathisants l'acclamèrent lorsqu'elle passa à côté d'eux. Une fois dehors, elle sortit une cigarette de son sac et l'alluma.

Peut-être avons-nous été un peu trop rapides.

Un peu !

***

RIBBY EST RETOURNé à la bibliothèque à temps pour le déjeuner. Le buffet était plus que suffisant pour tout le monde. Tout le monde a grignoté, s'est mélangé et a bavardé.

Mme Wilkinson se mit à chanter "For she's a jolly good fellow". Les joues de Ribby s'échauffent. Mme Wilkinson a fait un petit discours, puis a offert un cadeau à Ribby.

"Ouvrez-le ! Ouvrez-le !" chantent ses collègues.

Elle a déchiré le paquet pour l'ouvrir. C'était un téléphone portable.

"Nous avons déjà ajouté toutes nos coordonnées pour que nous puissions rester en contact", a déclaré Mme Wilkinson.

Comme si nous voulions rester en contact avec ce lot !

"Merci beaucoup", dit Ribby.

"Discours ! Discours !", crient-ils.

Ribby n'était pas habitué à parler en public et marmonna quelques phrases incohérentes.

Je deviens verklempt.

Elle a dit qu'ils lui manqueraient tous.

Tu as réussi, Rib. Maintenant, sortons d'ici.

Ils applaudissent. Madame Wilkinson attira l'attention de tout le monde en se raclant la gorge. "Je donne à Ribby le reste de la journée de congé ! Merci Ribby, pour ces années de service exceptionnel à la bibliothèque de Toronto. Restez en contact s'il vous plaît."

Le personnel a formé une procession.

C'est comme un mariage.

Ou un enterrement.

Dehors, une limousine attendait au bord du trottoir.

Ribby a serré les poings.

Whoa, respire profondément.

Le chauffeur est sorti.

Stephen.

Il a donné un coup de chapeau, puis a ouvert la porte arrière. À l'intérieur, Teddy attendait avec un énorme sourire. Il tapota le siège, encourageant Ribby à entrer.

Monte et calme-toi d'abord avant de dire quoi que ce soit.

C'est vrai. Elle desserra ses poings. Elle s'est assise et a attaché sa ceinture de sécurité. Elle a pris une grande inspiration. "Bonjour, Teddy."

"Ferme la porte, Stephen !" Teddy a aboyé.

Stephen. Il s'appelle vraiment Stephen.

Ça fait un peu Twilight Zone, non ?

"En avant", ordonne l'anglophone. La barrière s'est levée et le chauffeur a poursuivi sa route.

"J'espère que vous avez passé une agréable journée, Angela."

"Ça a été plutôt étrange", dit Ribby. "C'était mon dernier jour après tout." Elle prit une grande inspiration. "Je ne savais pas que tu allais informer Mme Wilkinson de notre arrangement. Je voulais me résigner. C'était une chose importante à faire pour moi." Ses joues rougirent et sa voix trembla tandis qu'elle luttait pour garder son sang-froid.

"Pourquoi devrais-tu faire ce que je peux faire pour toi ?" Teddy chuchote. Il a posé sa main sur sa jambe.

Cette fois, il n'y avait aucun doute sur ses intentions. Il l'a laissée là. Elle ne l'a pas retirée.

"Je sais que ces gens de la bibliothèque n'ont pas toujours été bons avec toi. Je sais qu'ils ont profité de toi et qu'ils ne t'ont pas appréciée. Je veux que tu les quittes. Je veux qu'ils sachent que tu es meilleur qu'eux. Tu gagnes et ils perdent".

Qu'est-ce que c'est ? Nous savions qu'il nous observait, mais là, c'est... extrême...

C'est vrai. Je me demande ce qu'il sait d'autre ?

Ribby prend une grande inspiration.

"Je sais beaucoup, beaucoup de choses sur toi. Sur le monde", avoue Teddy. "Les imbéciles pleurnichards se comptent sur les doigts de la main. Ils ne sont pas faits pour te lécher les bottes. Si quelqu'un t'a fait du mal, signale-le moi et je m'occuperai de lui."

Et un tueur à gages ! Rib, ça prend une tournure complètement loufoque.

Ribby avait enfoncé ses ongles dans la poignée de la porte. Elle l'a relâchée. "Non, non, il n'y a personne comme ça. Je mène une vie assez simple. Je travaille, je vais à l'hôpital, je rentre à la maison, et je n'ai pas vraiment de vie sociale."

Reste calme. Reste calme.

"Tu le feras." Il a levé la main en l'ouvrant, comme s'il avait l'intention de lui faire un high five. Elle suivit sa main pendant qu'elle se levait et qu'il la posait à nouveau à ses côtés. "Quand nous serons ensemble, le monde s'inclinera devant toi et tout le monde t'aimera et souhaitera te plaire."

La description d'une reine ou d'une princesse.

Il regarda Ribby dans les yeux. Son estomac s'est emballé. Elle l'a embrassé.

Ah bon sang, Rib...wtf ?

"Je suis désolé, dit Ribby, dégoûté par ses actes. C'est de ta faute. Je me voyais comme une reine ou une princesse.

Moi aussi, mais nous étions enfermés dans une tour d'ivoire.

"C'était un beau geste", dit Teddy. "Et encore mieux parce que tu as eu l'impulsion de le faire toi-même et que tu l'as suivie. Oui, je vois que nous serons heureux ensemble. Reviens avec moi maintenant. Viens chez nous. Commençons notre vie ensemble dès aujourd'hui."

"Attends, Teddy, attends. Je dois encore mettre certaines choses en ordre."

"Dînons ensemble ce soir. Faisons la fête !"

"Je suis épuisée Teddy et je veux passer un peu de temps avec les enfants de l'hôpital. J'ai besoin de dire au revoir et de régler quelques détails."

Teddy a détourné le regard une seconde lorsqu'elle a fait une pause.

Il est au courant.

Peut-être, mais je l'ai embrassé.

Oui, tu l'as fait. Pourquoi ?

Honnêtement, je ne sais pas.

C'est bizarre.

"Oui, je vois que c'est quelque chose que tu dois faire. Mais tu m'attires. Je veux être près de toi. Je veux que nous soyons ensemble. Laisse-moi te ramener à la maison, Angela", supplie Teddy.

"En fait, j'apprécie l'offre, mais je préfère prendre le bus".

Elle lui touche le dos de la main.

"Où veux-tu qu'on te dépose ?"

"Ici, juste ici, c'est parfait."

Stephen a arrêté la voiture. Avant qu'il ne puisse sortir et ouvrir la porte, Ribby l'a ouverte et est sorti.

"Jusqu'à ce qu'on se retrouve", a dit Teddy en soufflant un baiser dans sa direction et sans rompre le contact avec ses yeux.

Ribby se surprit à l'attraper et à porter ses doigts à ses propres lèvres.

Blech, Rib. Tu vas beaucoup trop loin.

C'était comme si j'étais possédée ou quelque chose comme ça.

C'était une performance digne d'un Oscar. Je veux dire que j'ai dit certaines choses et que j'en ai fait d'autres, mais toi, Ribby, tu remportes la palme.

Mords-moi !

Chapitre 30

RIBBY ARRIVE à la maison et entend sa mère sangloter.

"Qu'est-ce qu'il y a, maman ?"

"C'est ta tante Tizzy. Elle est morte."

"Je n'y crois pas."

Bien joué, Ribby.

"Oui, je n'arrivais pas à y croire moi-même, mais ils ont retrouvé son corps. Elle était dans la camionnette des Greniers-R-Us avec l'un de mes proches."

"Oh."

"C'était un homme étrange", dit Martha.

Tu peux le répéter.

"C'est horrible. Pauvre tante Tizzy."

"Je reviens tout juste de l'identification de son corps. Ils sont en train d'appeler son mari et sa fille. Ils ne devraient pas la voir, pas s'ils peuvent s'en sortir. Ils devraient se souvenir d'elle, de comment elle était. Pas comme je l'ai vue. Toute gonflée et...." Elle est allée au bar et s'est servi une gorgée de whisky pur. Elle l'a avalé.

"Comment, comment est-ce arrivé ?"

Ribby, c'est une autre performance récompensée par un Oscar. Stable. Garde ta voix stable.

"Ils pensent qu'elle est tombée d'une falaise avec sa camionnette après l'avoir poignardé, car il avait un coup de couteau dans le dos. L'équipe médico-légale m'a appelé, ils ont dit qu'elle avait été violée."

"Violée ? Oh, mon Dieu, c'est horrible."

"Attends un peu. Tu te souviens du couteau que j'ai trouvé l'autre jour ? Où est ce couteau ? C'est peut-être l'arme du crime. Qu'est-ce qu'on en a fait ?" dit-elle en secouant Ribby. Puis elle s'est arrêtée et est devenue plus pâle que pâle. "Et monsieur l'anglophone... oh, ce scandale pourrait tout gâcher pour vous !".

"Qu'est-ce qu'il a à voir avec ça ?"

"Je veux dire, à propos de moi. À propos de mes messieurs qui m'appellent. Si ça se sait, ça va ruiner tes chances."

Ribby a giflé Martha avec force.

Encore une fois. Encore une fois.

"Il faut que tu te reprennes, maman. Tout cela n'a rien à voir avec toi, avec nous, et monsieur l'anglophone n'en aura rien à faire. D'ailleurs, le scandale ne lui est pas étranger."

"Tu sais donc ?" demande Martha.

"Oui, je suis au courant pour l'ancienne bibliothécaire qui est morte dans la bibliothèque de l'Anglophone. Tout cela semble très bizarre."

"Les hommes", dit Martha. "Les hommes peuvent le dire, et leurs femmes aussi, et tout le monde saura que ta mère est une pute".

"Oh, s'il te plaît maman, arrête de divaguer. Tu me fais perdre la tête."

"Promets-moi quelque chose, Ribby. Promets-moi d'appeler Teddy et de lui dire que tu veux le rejoindre maintenant. Sors d'ici et quitte la ville. Avant que le scandale n'éclate."

"Mais maman, le domaine anglophone n'est pas loin de la ville. Teddy le découvrirait. Je viens de le quitter. J'ai des choses à régler. Je ne suis pas encore prête à partir."

"Noooooooooooooon !" Martha a crié. "Tu dois sortir de cette maison MAINTENANT !" Martha a monté les escaliers en courant et a commencé à jeter les affaires de Ribby dans une valise.

Ribby l'a suivie.

Elle perd la tête, Rib.

Je vois. Elle est en train de s'effondrer.

Martha a continué à emballer, à plier et à rouler ses affaires. Marmonnant pour elle-même, "Je te sauve. Tu es tout ce qui compte."

Ribby, ne sachant pas quoi faire d'autre, a crié : "STOP !"

Martha est restée immobile comme un cerf pris dans des phares.

Ribby s'explique. "Monsieur l'anglophone m'a offert une armoire remplie de nouveaux vêtements incroyables". Elle a attrapé le sac qu'elle avait emporté avec elle lors des représentations à l'hôpital et l'a jeté sur son épaule.

Tu n'en auras pas besoin !

Peut-être que si, peut-être que non, mais je ne vais pas le laisser ici.

"Oh, je vois", dit Martha en déballant ses affaires. "Rappelle-le. Il ne doit pas être loin. Ma fille, si jamais tu m'as aimée. Si jamais tu pouvais me pardonner et faire ça pour toi, alors s'il te plaît, fais-le MAINTENANT !"

Je pense que tu devrais le faire, Rib.

Je suis d'accord. Quand je ne serai plus là, elle se ressaisira.

Dans l'état où elle est, je ne sais pas.

Il faut qu'elle le fasse.

Ribby appelle Teddy.

"Bien sûr, je ne suis pas loin. Je viendrai te chercher."

Martha et Ribby se sont serrés dans les bras.

Alors que la limousine s'éloignait, Martha a regardé sa fille jusqu'à ce qu'elle ne puisse plus la voir. Elle a fermé la porte d'entrée et s'est mise à genoux. Elle resta là pendant une seconde ou deux, le dos appuyé contre la porte.

La vie de Martha défila devant ses yeux, tout ce qu'elle avait fait de bien et de mal. Il y avait plus de mauvaises choses que de bonnes. Seule Ribby faisait partie de cette dernière catégorie. Elle se souvenait de sa sœur lorsqu'elles étaient proches, il y a des années. Une sœur avec laquelle elle s'était disputée pour un rien. Une sœur qu'elle ne reverrait jamais.

Elle repensa au couteau qu'elle avait trouvé. Elle s'est souvenue que sa fille avait été très prudente à ce sujet et qu'elle avait même plaisanté sur le fait que Tizzy avait tué quelqu'un avec ce couteau. C'est étrange. Sans parler du fait que sa fille n'avait pas parlé du retour de sa sœur. Tout cela était plutôt étrange. Quelque chose ne tournait pas rond. Elle se demanda où se trouvait le couteau à présent. Sa fille était impliquée, cela ne faisait aucun doute.

Elle imagine ce qui aurait pu se passer. Carl Wheeler aurait pu se montrer. Tizzy avait-elle ouvert les stores ? S'ils avaient été ouverts par accident, Carl serait entré comme un invité. Et puis, elle a sursauté. Elle s'est assise, pensant à ce qui aurait pu se passer. Comment sa fille aurait pu entrer... ce qu'elle aurait pu voir...

Elle a couru dans l'escalier jusqu'à la chambre de Ribby. Sa fille cachait des choses dans son placard, elle le faisait depuis qu'elle était petite. Martha a trouvé le couteau enveloppé dans une serviette. Et pas seulement le couteau, mais aussi les vêtements ensanglantés de sa fille.

Elle a sorti le couteau et l'a enterré sous le plancher de la remise avec les vêtements ensanglantés.

Elle est retournée à l'intérieur et s'est servi un autre whisky. Cette fois-ci, un grand whisky. Le téléphone a sonné, mais elle n'a pas répondu. Elle est restée assise là, à siroter, et à siroter jusqu'à ce qu'il sonne lui-même.

Chapitre 31

L E TRAJET JUSQU'à LA maison de Teddy s'est déroulé dans le calme. Dans sa vision périphérique, elle a remarqué que Teddy s'était endormi. Incapable de dormir elle-même, elle décida d'appeler Martha.

Elle sonna plusieurs fois sans obtenir de réponse.

"Décroche maman, décroche. Je sais que tu es là."

"Ah, hum, quoi ?" Teddy dit, se réveillant en sursaut.

"Je suis désolée de te réveiller, Teddy. J'essaie d'appeler ma mère."

"Oh, comment va Martha alors ?"

"Pas de réponse", dit Ribby en remettant le téléphone dans son sac à main.

"Ce n'est pas grave", dit Teddy en tapotant Ribby sur la cuisse. "Tu pourras l'appeler demain matin. Peux-tu me dire, Angela, à quoi tu pensais ?"

"Quand ?" demande Ribby.

"Avant que je ne m'endorme", a remarqué Teddy. "Tu semblais perdue quelque part dans tes pensées".

Ribby commença à dire quelque chose, mais Teddy l'interrompit   "Angela, ce n'est pas une critique à ton égard, mais quand nous sommes ensemble, j'ose espérer que tu ne penses qu'à moi. À nous."

Maintenant, il veut contrôler tes pensées.

Je ne pense pas que ce soit ce qu'il veut dire.

"Depuis que je suis toute petite, maman a dû m'élever toute seule".

"Je le sais, Angela. Martha me l'a dit. Elle a dit qu'elle était souvent une mauvaise mère.   Et pourtant, tu t'inquiètes pour elle. Comme c'est pittoresque !" Il prend sa main dans la sienne.

Sors les violons.

Il s'endormit à nouveau en tenant sa main.

Plus de sieste, c'est bien !

Chapitre 32

L E LENDEMAIN MATIN, IL y a eu du grabuge devant la maison de Martha. Des klaxons. Des pneus qui crissent. Des caméras qui clignotent. Des voix fortes.

Martha a soulevé le coin du store. C'était la pagaille. Une femme portait une pancarte sur laquelle on pouvait lire : "Sors de notre quartier, sale pute !"

"La voilà !" cria quelqu'un, tandis que des appareils photo cliquetaient et clignotaient.

"Elle est rentrée !"

Martha est allée dans la cuisine et a préparé une tasse de thé. Pendant qu'elle sirotait, Scamp s'est assis assez près pour qu'elle puisse le caresser.

Elle appelle John MacGraw et laisse un message. "C'est moi. Ne viens pas aujourd'hui. Fais profil bas pendant les prochaines semaines. Les journalistes, ces salauds, grouillent de partout. Je ne veux pas que tu sois impliqué. Appelle-moi quand tu peux..." Le temps du message s'est terminé par un bip. Martha remit le téléphone en place en espérant qu'il entendrait le message avant sa femme.

Elle s'assit, feuilleta les chaînes de télévision jusqu'à ce qu'on frappe à la porte.

"Martha, c'est moi, Sophia."

Par le trou de la serrure, elle aperçoit sa voisine, Mme Engle.

"Reculez, bande de vautours !" Sophia a crié les poings en l'air. "Cette femme est dans l'intimité de sa propre maison. SHOO ! Bande de minables ! Allez courir après une ambulance ou quelque chose comme ça !"

Martha ouvre la porte. Un journaliste s'écrie : "Pourquoi le type des Greniers-R-Us était-il ici si souvent ? Ils ont trouvé son carnet de rendez-vous, et il vous rendait visite toutes les semaines."

"Pas de commentaire", a dit Martha en refermant la porte derrière sa voisine.

Mme Engle s'est glissée à l'intérieur. "Ouf ! J'ai besoin d'une tasse de thé, Martha, mon amie."

"Tu en as bien besoin. Je viens de m'en préparer une. Et merci Sophia."

"Ce n'était rien. J'ai entendu parler de ta pauvre sœur. Ces vipères devraient te laisser faire ton deuil au lieu de faire des histoires pour des trucs et des bêtises."

"Je suppose que c'est un jour où les nouvelles se font rares", dit Martha en versant le café et en proposant à Sophia du sucre et du lait.

Sophia a repoussé les deux d'un geste de la main. "Où est Ribby ?"

"Elle est partie. Dieu merci. Elle a un nouveau travail, en dehors de la ville."

"Tant mieux pour Ribby. En attendant, je suis sûr qu'un autre événement détournera leur attention de toi. Ces vautours pourraient apprendre une chose ou deux sur les bonnes manières !"

"C'est sûr qu'ils pourraient", dit Martha.

Sophia a composé le 911.

Martha a souri lorsque Sophia a commencé à parler.

"Oui, c'est la police ?" Elle a fait une pause. "Eh bien, vous feriez mieux de tous venir ici ou je vais devoir faire la loi moi-même. Mhmmmm. Des journalistes partout. Ils piétinent mes roses. Ils troublent la paix. Je ne sais pas comment ils osent. Ok, oui, Sophia Engle, 44 Midas Lane. Je suis coincée à côté, au 42 Midas Lane, d'accord. Je le ferai. D'accord. Merci, Monsieur. À tout à l'heure. Louez le Seigneur !"

Martha et Sophia ont attendu l'arrivée de la police.

Cela ne semblait pas si grave maintenant qu'elle avait quelqu'un avec elle.

Chapitre 33

I L ÉTAIT MINUIT LORSQUE la limousine s'est arrêtée devant le manoir anglophone. Il ne faisait pas tout à fait nuit, et une légère lueur de quelque chose ressemblant à une bougie émanait des fenêtres.

La maison ouvrit ses bras et Ribby entra, suivi de Stephen qui trimballait son sac.

Teddy s'arrêta sur le seuil de la porte où se tenait son valet.

Le valet aida son maître à retirer son manteau.

Lorsqu'il jeta un coup d'œil à Ribby, un frisson lui parcourut l'échine. Il a souri, un sourire peu accueillant. Un sourire qui ressemblait encore à celui de quelqu'un qui avait sucé des citrons.

Ce doit être son état habituel.

Ses lèvres froncées se sont transformées en un sourire denté lorsque l'anglophone lui a fait face.

"Voici ta nouvelle maison, Angela. Bienvenue !" dit Teddy, rayonnant. "Stephen, dépose le sac et tu peux y aller. La voiture a besoin d'un nettoyage, à l'intérieur comme à l'extérieur."

"Oui, monsieur", dit Stephen.

Stephen s'est incliné d'abord devant Teddy, puis devant Ribby, et il est parti.

"Voici mon valet, Tibbles. Tu l'as rencontré l'autre jour. Il est responsable de la gestion de la maison. Tibbles, Mlle Angela. J'espère que tout est en ordre ?"

"Oui, Monsieur, tout est prêt pour l'arrivée de votre jeune femme", tandis qu'il ramasse le sac de Ribby et s'éloigne.

Ribby ne sachant pas trop quoi faire, regarda Teddy pour se faire guider.

"La journée a été longue, et je souhaite me retirer, ma chère", dit Teddy en lui baisant la main. "TIBBLES !" hurla-t-il. "S'il vous plaît, montrez à Mlle Angela sa chambre."

Tibbles attendait en haut de l'escalier avec le sac de Ribby.

Ribby monta l'escalier en direction de Tibbles : "Tu ne montes pas ?"

Teddy est resté en bas de l'escalier comme Rhett Butler qui regarde Scarlett O'Hara.

"Mes quartiers sont au rez-de-chaussée. Bonne nuit, mon ange. Dors bien."

Lorsque l'anglophone fut hors de portée de voix, Tibbles poussa un soupir. "Suivez-moi", dit-il en l'entraînant le long du couloir. Quelques portes plus loin, il ouvrit la porte et fit signe à Ribby d'entrer. Il la suivit à l'intérieur et attendit les instructions.

Ribby découvrit ses nouveaux locaux. Sa nouvelle maison. Des fleurs remplissaient chaque espace disponible. Des roses. Des centaines. Tout dans la pièce était rose, joli et magnifique.

" J'espère que tout cela est satisfaisant ", dit Tibbles. Il a laissé tomber le sac sur le sol.

"Oui, oh mon Dieu, oui." Elle s'est retournée et a fait basculer un vase à bourgeons qui s'est écrasé sur le sol. Elle se mit à genoux et commença à ramasser les morceaux, tout en s'excusant.

"Je m'en occupe", dit Tibbles en la poussant sur le côté et en sortant un petit balai et une pelle à poussière de l'intérieur de sa veste. "S'il n'y a rien d'autre, Mlle Angela, puis-je me retirer pour la soirée ?".

"Oh oui, merci et, merci beaucoup. Pour tout."

Tibbles s'incline et sourit presque.

Il a peut-être du gaz.

Ribby rit.

Tibbles a fermé la porte en sortant.

Une fois qu'il fut parti, Ribby ouvrit une porte qui, elle l'espérait, menait à la salle de bains. C'était un placard. Elle a ouvert une autre porte ; c'était une salle d'eau, mais pas de toilettes. Où se trouvait donc la salle de bains ?

"Tibbles ? Ribby l'appelle, mais il est déjà parti. Je suppose que je vais devoir attendre jusqu'au matin.

Il n'y a pas une cloche ou quelque chose que tu peux faire sonner pour le rappeler ?

Je n'en vois pas.

Quand tu seras reine du manoir, on t'en installera une.

Oui, ce sera en tête de ma liste de priorités.

Ribby frissonna dans sa chemise de nuit. Elle alluma la couverture électrique et essaya tant bien que mal de ne pas se sentir comme une princesse qui avait envie de faire pipi.

RIBBY S'EST RÉVEILLÉE AU milieu de la nuit avec des douleurs tout le long de ses flancs. Il fallait qu'elle se lève et qu'elle aille aux toilettes, et le plus tôt serait le mieux. S'avançant sur le tapis en peau d'ours à côté du lit, elle frissonna et chercha une cape. Elle en trouva une attachée à un crochet dans le placard. Elle était à sa taille. Encore une fois, Teddy connaissait les tailles des femmes.

Il pense à tout.

Oui, sauf pour me dire où se trouvent les toilettes !

C'est Tibbles qui aurait dû le faire.

Ribby ouvrit la porte et jeta un coup d'œil dans le couloir pour trouver la salle de bains. Chaque pas qu'elle faisait était douloureux.

Cet homme devrait être licencié.

Non, c'est ma faute   J'aurais dû demander.

Ribby a marché jusqu'au bout du couloir. Elle a commencé à ouvrir les portes. La porte numéro un était une chambre d'amis. La porte numéro deux était une chambre de garçon toute en bleu.

Qu'est-ce que... ?

Il a peut-être un fils ? Et qu'il a laissé sa chambre telle qu'elle était quand il a déménagé ?

Oui, certains parents font des sanctuaires pour leurs enfants.

À la porte numéro trois, Ribby enroula ses doigts autour de la poignée.

"Puis-je vous aider ?"

Ribby se retourna, pour trouver Tibbles, la main sur la hanche, vêtu d'une chemise de nuit, d'un bonnet et portant une bougie. Il ressemblait à un personnage d'un roman de Charles Dickens.

"Euh, je suis désolé de vous déranger, mais il faut que j'aille aux toilettes. Je ne sais pas où c'est."

Tibbles blanchit. "Suis-moi." Il la reconduit le long du couloir, passe devant sa propre porte et, deux portes plus loin, à droite, vers la salle de bains. "Y aura-t-il autre chose ce soir, mademoiselle ?"

"Non, non, Tibbles. Merci beaucoup", dit Ribby en se précipitant à l'intérieur et en se dirigeant vers les toilettes. Faire pipi ne lui avait jamais semblé aussi bon, et elle remarqua que l'acoustique de la pièce était très bruyante. Elle avait envie de dire quelque chose pour voir si cela ferait écho   mais décida de ne pas le faire.

Angela n'a cependant pas pu résister et a commencé à chanter le refrain de "Like A Virgin" de Madonna. Cette acoustique est impressionnante !

Après avoir terminé ses ablutions, elle a regardé autour d'elle dans la salle de bains.

Wow, des serviettes avec "Angela" brodé dessus.

Comment a-t-il pu arranger ça ?

Le serviteur doit probablement faire de la couture. Il a l'air très...

Raide ? Rustaud ?

Oui, et oui.

L'anglophone pense certainement à tout, je veux dire sinistrement.

Oui, il est réfléchi.

Ce n'est pas ce que je voulais dire. Ne t'en fais pas.

Ribby est retourné dans sa chambre et s'est rendormi.

Angela commençait à s'ennuyer du point de vue de Ribby sur tout. Elle avait envie d'un peu d'excitation ; les sorties en boîte et tout ce qui allait avec lui lui manquaient.

Angela s'interroge sur Stephen. Est-il célibataire ? Aime-t-il s'amuser ?

Mais elle ne voulait pas gâcher le concert avec le vieil homme.

Quand le moment sera venu, tout cela sera à moi !

Cue le rire sinistre !

Chapitre 34

LE LENDEMAIN MATIN, RIBBY a ouvert les yeux en entendant quelqu'un frapper à sa porte. Avant qu'elle ne puisse répondre - elle avait une impression de déjà-vu - la personne frappa à nouveau.

""Je sors bientôt", dit-elle en rejetant les couvertures, en s'étirant et en baillant.

" Maître Anglophone attend votre présence, Mademoiselle. Il n'aime pas qu'on le fasse attendre. Dépêchez-vous, s'il vous plaît."

"Je ferai de mon mieux", dit Ribby, puis la femme s'en alla. Ribby se doucha, attacha ses cheveux et arrangea son visage en se pinçant les joues. Elle est retournée dans sa chambre, attrapant la première chose qui lui tombait sous la main dans l'armoire. C'était un tailleur pantalon en daim qui lui allait parfaitement. Elle descendit les escaliers.

"Bonjour, Teddy", dit Ribby, alors que Tibbles ouvrait la voie vers la salle à manger.

"Enfin !" marmonna une préposée sous son souffle.

Tibbles lui jeta un regard dont les yeux lui sortaient presque de la tête, puis à l'Anglophone. Lorsqu'il fut certain qu'Anglophone ne l'avait pas entendue, elle fut congédiée.

"Oui, eh bien, Angela, assieds-toi et savoure le premier des nombreux petits déjeuners que nous partagerons dans cette maison en tant que couple. As-tu bien dormi ? J'ai cru comprendre que Tibbles t'avait assistée à deux heures du matin ?" Teddy frappe dans ses mains. Le personnel commença à servir.

"Euh, oui", dit Ribby en devenant écarlate. Elle a jeté un coup d'œil à Tibbles. Il a regardé ses chaussures.

"Tibbles a été réprimandé pour avoir négligé ses devoirs. Cela ne se reproduira plus."

"Je vous présente mes excuses, mademoiselle Angela", dit Tibbles en s'inclinant bien bas devant Teddy, puis devant Angela.

"Ce n'était pas de sa faute. J'aurais dû demander."

"Je t'assure que c'est toujours la faute de l'aide. Quand on est employeur, on ne devrait jamais avoir besoin de demander."

Ribby se concentra sur son repas. Le serveur est venu à ses côtés et lui a proposé de verser de la crème dans les flocons d'avoine. Ribby la remercie. "Je ne crois pas que nous nous soyons déjà rencontrés ?" Ribby dit à la serveuse qui recula et se couvrit le visage. Ribby a regardé dans la direction de Teddy. Sa lèvre supérieure tremble. Elle se rendit compte qu'elle avait commis une gaffe.

"Madame Haberdash, puis-je vous présenter mademoiselle Angela ?" dit Teddy d'un ton sarcastique. "Maintenant, laissez-nous prendre notre petit déjeuner en paix. Je ne veux pas que vous vous mêliez de ce qui se passe ici. C'est mauvais pour la digestion !"

"Monsieur ?" demande Tibbles.

"Oui, je veux dire vous aussi. Je vous ferai savoir si nous avons besoin de quoi que ce soit."

"Oui, monsieur l'anglophone, monsieur."

Tout est si formel ici, ça me donne la chair de poule.

Oui, ils ont l'air d'avoir peur.

Teddy dirige bien.

Tibbles est plus effrayant.

Anglophone doit bien les payer.

Ribby lève les yeux, se rendant compte que Teddy était en train de parler.

"...N'ayez pas peur de faire des suggestions pour l'avenir, afin que vous puissiez vous approprier la bibliothèque."

"Teddy, avant que tu ne dises quoi que ce soit d'autre, je veux te remercier."

Teddy a rayonné et s'est gonflé la poitrine.

"Toi, mon ange, tu es tout et plus encore. Je veux te donner ce qui m'appartient. Tout ce que tu souhaites, je te le donnerai. Tout ce que tu as à faire, c'est de demander."

Ribby se leva et embrassa Teddy sur le dessus de la tête. Elle le serra dans ses bras. Il l'encouragea à s'asseoir sur son genou. Ils s'embrassent. Ils se sont regardés dans les yeux.

Prends une chambre ! Les domestiques peuvent revenir d'une minute à l'autre !

Teddy se leva et posa ses mains sur les joues de Ribby. Il la regarda dans les yeux, et elle dans les siens.

Il l'emmène par la main.

Je vomis complètement ici.

Le long du couloir, au cœur de l'entrée, en haut des escaliers.

Reprends-toi, Rib ! Il est trop tôt pour se laisser emporter.

Pas de réponse.

Ribby, tu m'écoutes ? Il t'a hypnotisé   ou il te contrôle. Ribby ! Écoute-moi. Reviens vers moi !

Angela a tenté de reprendre le contrôle. De détourner le regard. Rompre le lien était tout ce qu'elle avait à faire, mais elle en était incapable.

Elle a crié le nom de Ribby encore et encore et encore.

Toujours pas de réponse.

Chapitre 35

L ES GROS TITRES CRIAIENT : "Un bordel au milieu de nous". Martha a attrapé le journal sur le pas de sa porte et l'a jeté directement à la poubelle.

Elle l'a ressorti et, malgré elle, a lu l'article. 'Martha Balustrade, 62 ans, tenait une maison close près du centre-ville. (Photo en page 3).'

Martha a feuilleté la photo. Elle a sursauté. Ils avaient utilisé la photo de son mariage. Elle s'est sentie trahie. Une larme a coulé sur sa joue tandis qu'elle déchirait le papier en petits morceaux.

Martha sentait chaque centimètre de vide, comme si sa maison n'était plus sa maison. Elle avait décroché le téléphone et refusé d'allumer la télévision par peur de ce qu'on disait d'elle. Elle aurait préféré ne jamais sortir du lit, mais il fallait qu'elle monte au grenier.

Elle grimpe à l'échelle. Tout au fond, dans un coin, enfouie sous des couvertures, des toiles d'araignée et divers accessoires, se trouvait une commode cadenassée qui contenait des documents privés.

Martha commença à retirer les papiers de la commode un par un, s'arrêtant de temps en temps pour lire. Le voilà. Elle ouvrit le livre et déplia le document à l'intérieur : L'acte de naissance de Ribby. Elle referma le livre et le retourna. Pendant quelques secondes, elle a regardé l'image au dos. Elle a replié le document et l'a replacé à l'intérieur du livre et l'a ajouté à la pile " à jeter ".

Lorsque la nuit est tombée, Martha est descendue, en portant autant qu'elle le pouvait. Elle est remontée et a rempli ses bras, en prenant soin de garder deux piles séparées. Après plusieurs allers-retours dans les escaliers, elle avait tous les documents avec elle. Elle avait l'intention de lire plus attentivement la pile "à conserver" avec un whisky ou deux. L'autre pile serait détruite.

Elle a placé la pile "à jeter" sur le canapé près de la cheminée et la pile "à conserver" à l'autre bout.

Sur le dessus de la pile à jeter se trouvait le livre contenant l'acte de naissance de Ribby. Elle y jette un bref coup d'œil. Elle regarda l'espace vide où le nom du père de Ribby aurait dû se trouver.

Martha se dirigea vers la cheminée et alluma les bûches. Elle y jeta l'acte de naissance de Ribby, puis ouvrit le conduit de cheminée. Le vent descendit immédiatement en faisant trembler les papiers posés sur le canapé. Elle ramassa le livre et le jeta dans le feu. Elle le regarde s'enflammer, puis jette le reste de la pile à jeter.

Lorsque le lot a disparu, Martha a regardé le soleil se lever en crête sur les collines. La pelouse verte contrastait avec le rouge violacé du lever de soleil. Ses yeux se sont égarés sur une petite ombre portée devant la porte. Elle ne voyait personne et se demandait ce que c'était.

Elle s'est approchée de la porte et a regardé par le judas. Elle était certaine qu'il s'agissait d'une bouteille de quelque chose. Du lait ? Non, le laitier n'était pas passé dans le coin depuis une dizaine d'années. Finalement, sa curiosité a pris le dessus et elle a ouvert la porte. C'était une bouteille de vin mousseux, avec un mot disant : "Un toast à toi, tout mon amour".

Cela devait venir de John. Il avait dû passer quand elle était au grenier. Elle décroche le téléphone pour le remercier mais tombe sur son répondeur. Elle raccroche cette fois sans laisser de message.

Martha se sert un verre et avale en même temps quelques somnifères. Elle a continué avec le vin et les somnifères jusqu'à ce que les deux bouteilles soient vides. Puis elle est revenue au Jack Daniels et l'a terminé.

Elle s'est endormie par intermittence.

Une étincelle dans la cheminée s'est connectée au bord de la pile des "choses à garder". Bientôt, la pile est en feu. Puis le canapé.

Martha a continué à dormir.

Mme Engel a appelé les pompiers.

Martha avait pris soin de séparer les deux piles. Finalement, les deux se sont retrouvés au même endroit.

Chapitre 36

TEDDY A CONDUIT ANGELA le long du couloir.

Ribby, qu'est-ce que tu fais ? C'est trop tôt. Tu dors ? Réveille-toi ! Réveille-toi !

Teddy s'est arrêté de marcher et a ouvert une porte.

Ce n'est pas ce à quoi je m'attendais.

Ni à moi !

Enfin, tu t'es réveillé ! Tu m'as vraiment inquiété.

Pourquoi ? Que s'est-il passé ? Qu'est-ce que j'ai raté ?

Tu ne m'as pas entendu t'appeler ?

Non, mais je pouvais entendre l'océan.

Il a dû te faire quelque chose.

Je ne crois pas.

Elle avança en titubant, s'attendant à voir un somptueux boudoir, alors qu'en fait, ce qui se trouvait devant elle n'avait rien à voir. Dans sa maison, il avait créé une réplique exacte de la bibliothèque.

"C'est pour toi", dit Teddy en baisant la main de Ribby. Il resta debout à l'observer pendant qu'elle prenait tout en compte. "C'est ton sanctuaire, ton endroit spécial, Angela, et personne n'en aura la clé, sauf toi. Viens ici pour calmer tes pensées. Pour échapper au monde. De moi si tu le souhaites. Viens ici pour écrire, peindre, tout ce que ton cœur désire. Viens ici souvent. Apprends à connaître chaque livre lis tout car je les ai déjà tous lus et nous aurons beaucoup à discuter. Un jour, nous voyagerons et nous verrons tous les endroits dont tu parles dans ces livres. Je veux tout te montrer."

Ribby se précipita sur lui et l'embrassa. Personne n'avait jamais été aussi attentionné, aussi merveilleux, avec elle.

Ralentis, Ribby. Ralentis !

Il prit son visage dans ses mains et l'embrassa passionnément.

Les genoux de Ribby se dérobèrent.

Tibbles se racle la gorge. "Excusez-moi, Monsieur."

Dieu merci pour Tibbles ! Ribby a quitté le bâtiment. Sors de là, Ribby.

"Qu'est-ce qu'il y a ?" dit Teddy en tapant du pied.

"Une affaire de grande importance, monsieur". La voix de Tibbles tremblait. Il gardait les yeux baissés vers le sol.

"Pas maintenant, Tibbles. Garde-le sous ton chapeau, mon vieux, je ne vais pas tarder à sortir", dit Teddy en caressant le dos de Ribby.

"Mais Monsieur..."

"Très bien alors", cria Teddy en laissant tomber ses mains sur ses côtés et en laissant Ribby debout, seul.

Ribby se sentait chaude, en sécurité et heureuse en regardant les livres de sa propre bibliothèque. Elle se pinça pour vérifier qu'elle ne rêvait pas.

Je ne comprends pas. Pourquoi avoir une réplique exacte de l'autre bibliothèque ici ?

C'est très attentionné, tu ne trouves pas ?

Je pense que ça veut dire qu'il te veut ici, pas là-bas.

Je ne peux pas être bibliothécaire en chef ici. Il n'y a pas de clients. Elle a tremblé.

Oui, tout cela n'a aucun sens.

L'autre bibliothèque avait un bon pressentiment. Il semble faire froid ici.

Il y a un thermostat sur le mur, peut-être qu'il fait moins chaud parce que certains livres sont fragiles, peut-être même anciens ? Regarde cette étagère là-bas. Les reliures ont l'air authentiques. Attends un peu, je viens de réaliser... est-ce que c'est la bibliothèque du rêve ?

Un coup inattendu frappé à la porte la fait sursauter. Elle se leva et l'ouvrit pour trouver Tibbles avec un air grave sur le visage.

"Mon maître a dû quitter la maison pour une affaire urgente. Il ne reviendra que demain. Nous sommes à votre disposition." Il s'inclina bien bas.

"Je vais bien pour l'instant, merci, Tibbles." Elle referma la porte et retourna à sa lecture.

Chapitre 37

"QUAND L'AS-TU VUE POUR la dernière fois ?" Aboie l'anglophone alors que Stephen s'éloigne du manoir en voiture.

"Vendredi. J'étais là vendredi. Elle était désemparée, mais je n'aurais jamais cru qu'elle ferait ça !" dit Stephen en enfonçant ses doigts dans le volant.

"C'est une femme idiote", dit l'anglophone alors que son poing vient s'écraser sur l'accoudoir.

Stephen ne voulait surtout pas lui parler. Mais il n'avait pas le choix puisque "Teddy" payait les factures de l'hôpital où se trouvait sa mère. La mère de Stephen avait changé pour toujours un jour à la bibliothèque de l'Anglophone. Elle a failli mourir. Aujourd'hui, elle n'est plus qu'une coquille de la mère qu'il a connue.

En conduisant, Stephen se souvient que sa mère lui a raconté comment l'avenir de Teddy et le sien s'étaient entremêlés. Bien qu'il soit entré dans la maison de l'Anglophone en tant que bébé, Stephen n'a jamais été traité comme un membre de la famille. Bien sûr, il avait une belle chambre avec tout ce qu'il y avait de bleu, mais un garçon avait besoin de plus.

Stephen a été un enfant solitaire. Un enfant qui avait besoin d'une figure paternelle. L'anglophone s'est fermé à son beau-fils. En fait, il quittait la pièce dès que Stephen y entrait. Stephen se sentait comme une épine dans le pied de cet homme et rien de plus.

Il essuie une larme sur sa joue alors qu'il roule de plus en plus près de l'hôpital psychiatrique. L'infirmière Beemer lui a dit que sa mère avait avalé une bouteille de pilules. Quand il a demandé où elle les avait eues, ils n'étaient pas sûrs. Cela n'a pas d'importance. Ce qui comptait, c'est que sa mère était inconsciente. On lui faisait un lavage d'estomac. Son avenir était plus incertain que jamais. Vivrait-elle ou mourrait-elle ?

"Stupide femme", marmonne l'anglophone. "Stupide, stupide femme".

$***$

Après que Stephen a ouvert la porte à l'anglophone, ce dernier s'est mis à courir devant. Il voulait retrouver sa mère, il fallait qu'il la retrouve immédiatement. Il pouvait entendre Old Lead-foot qui se balançait derrière lui. Il n'a jamais pu comprendre comment sa mère avait pu tomber amoureuse de lui. Mais ce n'était pas le moment.

Stephen s'approcha de l'infirmière. "Ma mère ? Où est-elle ? Comment va-t-elle ?"

"Elle est hors de danger, mais vous l'avez échappé belle, monsieur Franklin. Chambre 208. Au bout du couloir, à gauche." L'infirmière a relâché la sonnerie.

Stephen est entré à l'intérieur. Il était déterminé à parler à sa mère seul à seul. Il s'est mis à sprinter.

L'anglophone le talonna.

Sa mère gisait inconsciente, enlacée par le linge de lit. Des tubes et des fils partaient de sa poitrine et de ses bras, menant à un ensemble de machines.

Stephen l'embrassa sur le front, s'assit et prit sa main molle dans la sienne. Les machines bourdonnent et émettent des bips.

"Elle a l'air bien vu", dit l'anglophone de derrière l'épaule gauche de Stephen.

"Maintenant, lève-toi et laisse le fauteuil à un vieil homme. Et va me chercher une tasse de café", ajoute-t-il en lançant quelques billets à Stephen. "Et des fleurs pour ta mère, des belles, dans un vase".

Stephen fait ce qu'on lui demande.

Une chose que le fait de côtoyer des anglophones tous les jours pendant tant d'années faisait à un homme, c'était de lui faire apprendre à tenir sa langue.

✳✳✳

"**R**OSEMARY, TU M'ENTENDS ?" Teddy chuchote à la femme sur le lit. "Rosemary, c'est Teddy."
La femme n'a pas changé et n'a pas bougé. Teddy se souvient du jour où ils se sont rencontrés pour la première fois. Elle était si vibrante, si vivante. Il y a quelques semaines à peine, elle avait fêté son anniversaire. Il lui avait envoyé des jonquilles, ses préférées.

Heureusement, Rosemary a dit qu'elle ne se souvenait plus de grand-chose depuis l'accident. La nouvelle de sa mort a fait le tour du web. Pendant l'agitation médiatique, Anglophone a demandé à son ami, le coroner, d'envoyer une voiture pour l'emmener. Loin vers cet endroit, où elle a pu guérir au fil du temps.

"Elle n'est plus vraiment vivante maintenant, comme ça", marmonne Teddy pour lui-même alors que des pas s'approchent. Stephen était de retour. Teddy n'avait même pas encore parlé à sa femme. Car oui, puisqu'elle n'était pas morte   Teddy était encore un homme marié. La moitié de tout ce qu'il possédait appartenait à la femme inconsciente et à son héritier.

"Comment va-t-elle ?" Stephen s'agenouilla près du lit de sa mère et prit à nouveau sa main dans la sienne.

"Elle respire, mais ce n'est pas par choix. Il est temps que nous parlions de la laisser partir en paix."

"Mais tu ne peux pas. C'est ma mère, et je ne te laisserai pas faire."

"Baisse d'un ton. Toi, imbécile impertinent !" Teddy a crié.

Rosemary a ouvert les yeux. Elle a ouvert la bouche.

"Elle essaie de parler !" Des larmes ont coulé sur les joues de Stephen. "Maman, je suis là, c'est Stephen. Ton fils Stephen. Si tu m'entends, serre ma main."

Il a attendu, retenant son souffle, mais elle n'a jamais serré sa main.

Au lieu de cela, elle a serré la main de Teddy.

Chapitre 38

D E RETOUR à LA maison, Ribby se sentait seule. Elle voulait se rendre à la bibliothèque mais n'avait pas de clé. Elle envisagea de demander à Tibbles s'il avait un exemplaire quelque part mais décida de ne pas le faire.

Ribby a pris le téléphone dans l'entrée, prévoyant d'appeler Martha.

Tibbles est apparu de nulle part. "Puis-je vous aider, mademoiselle ?"

"Oui. Je voudrais appeler ma mère et il me semble que j'ai égaré mon téléphone portable".

"Aucun appel téléphonique ne doit être passé pendant votre période d'installation, Mademoiselle".

"Mais pourquoi ?"

Sommes-nous retenus prisonniers ?

"Je suis les instructions de mon maître. Maintenant, s'il n'y a rien d'autre..."

"Eh bien, il y a quelque chose d'autre. J'aimerais avoir la clé de la bibliothèque en bas de la rue, pour pouvoir aller jeter un autre coup d'œil."

"Il n'y a pas de clé à votre disposition, Mademoiselle. Vous pouvez vous promener ou profiter des installations de la maison, comme votre bibliothèque personnelle. Le spa est relaxant si vous voulez que je vous montre où il se trouve."

"Non, merci. Je vais attendre le retour de Teddy, euh, de M. Anglophone."

"Je venais vous voir à propos de monsieur l'anglophone. Il a été retenu un jour de plus. J'ai reçu des instructions pour que vous vous sentiez comme chez vous. Faites-moi savoir s'il y a autre chose, mademoiselle."

"Dans ce cas, je vais aller me promener. À quelle distance se trouve le village le plus proche ?"

Tibbles s'est rapproché de Ribby, s'est penché et a chuchoté. "C'est trop loin pour marcher, Mademoiselle, et je crains que la voiture et le chauffeur ne soient avec Monsieur l'Anglophone. Explorez les abords du jardin, faites-nous savoir quand vous voudrez dîner." Il s'éloigne.

"Merci", marmonna Ribby. Elle se retourna et lutta contre l'envie de donner un coup de pied à quelque chose. Au lieu de cela, elle est sortie par la porte.

Maman me manque.

On est mieux sans cette sorcière de toute façon ! Regarde l'endroit où nous vivons, et si nous jouons bien nos cartes, nous pouvons faire quelque chose de notre vie ici. Bien qu'il soit un peu étrange, Teddy t'aime beaucoup. Tout ce que tu as à faire, c'est de jouer le jeu, jusqu'à ce que nous comprenions quel est son jeu.

Que veux-tu dire par son jeu ? Il veut que je sois son compagnon. Il est extrêmement gentil. Je pourrais tomber amoureuse de lui. Si tu arrêtais de faire des insinuations. Pourquoi es-tu si méfiante ?

C'est un sentiment instinctif. Comme s'il avait déjà fait ce genre de choses auparavant.

Il est si doux et tendre.

Il se soucie de toi. Pourtant, après ce qui s'est passé avant qu'il ne te montre la réplique de la bibliothèque, tu sais, quand tu étais à l'écart ? Sois sur tes gardes. Apprivoise-le. Fais en sorte qu'il aille lentement. Fais-le attendre. Devine.

Son toucher est très doux.

Après avoir exploré pendant un moment, Ribby a regardé devant elle, et il n'y avait rien d'autre que de l'eau. Derrière elle, la maison de Teddy. Puis rien sur des kilomètres et des kilomètres.

Elle avait réfléchi à des idées de choses qu'elle aimerait introduire à la bibliothèque. Comme un club pour enfants. Un endroit où les enfants pourraient aller le samedi matin. Pour entendre des histoires leur être lues, pour jouer à des jeux. Ce serait un espace sûr, où les parents pourraient faire une pause. Oui, c'était sa meilleure idée ! Elle voulait aussi parler à Teddy de la reprise de ses représentations à l'hôpital local. Tous ses enfants lui manquaient et elle se demandait comment ils allaient. Sa vie avait tellement changé, et elle se sentait quelque peu dépassée par les événements.

Ce n'est que le début, pensa Ribby alors que la brume des vagues embrassait son visage.

Une voiture s'est engagée sur le boulevard et est passée à toute vitesse devant elle.

Je me demande qui c'est ?

C'était une femme.

Oui. Elle rend visite à Tibbles quand son patron n'est pas là. Intéressant.

Ce n'est peut-être rien, mais encore une fois. S'il prépare quelque chose, Teddy voudra le savoir.

Ce serait amusant de le découvrir.

Allez, on y va !

Chapitre 39

L'ENFER S'EST DÉCHAÎNÉ. APRÈS que la mère de Stephen a serré la main de Teddy, il l'a serrée à son tour. Il pensait le faire discrètement jusqu'à ce que la patiente lui dise : "Teddy, arrête bon sang, tu me fais mal !".

"Maman, oh, maman, tu es réveillée. Je ferais mieux de faire venir quelqu'un." Il a appuyé sur le bouton de l'interphone. "Infirmière, infirmière, venez dans la chambre 208 ! S'il te plaît !" Stephen a essuyé ses larmes et a embrassé sa mère sur ses deux joues.

"Arrête de baver sur moi, mon garçon", dit la maman de Stephen en le regardant. "Je ne sais pas qui tu es. Teddy, dis-lui de s'en aller pour que nous puissions être seuls ensemble. Fais-le sortir d'ici !"

Sa dénégation le transperce. "Mais, maman, c'est moi, Stephen, ton fils." Il a touché sa main, y a déposé quelque chose. "Tu m'as donné ce médaillon de Saint-Christophe. Tu vois ? Il y a ton nom dessus, maman. Lis-le."

Elle a regardé le bijou et a lu à haute voix : "À Stephen, avec l'amour de maman". Hmmfff. Eh bien, je ne me souviens pas de toi. Sors-le d'ici, Teddy !"

Stephen est parti en luttant contre l'envie de frapper ses poings contre les murs de l'hôpital.

Chapitre 40

R IBBY A MONTé LES marches à toute vitesse.

Elle ouvre les portes. Le large dos d'une femme portant une longue jupe imprimée en tournesol apparut. Le vêtement frôlait le sol tandis qu'elle marchait derrière Tibbles. Un grand chapeau mou et un chemisier à manches longues de couleur jade avec des manchettes fluides complétaient son ensemble. Bien qu'elle soit derrière Tibbles, c'est elle qui semble mener la conversation.

Partons d'ici. Elle a l'air plus ennuyeuse que Tibbles.

Non, Teddy m'a dit de faire comme chez moi. Alors, me présenter, sans parler de vérifier et d'accueillir les nouveaux arrivants serait approprié.

C'est le travail de Tibbles.

Ribby décida de les interrompre ; pour attirer leur attention, elle cria : "Bonjour !"

Les deux se tournèrent dans sa direction, Tibbles avec un regard croisé et la bouche de la femme ouverte puisqu'elle était en pleine phrase.

Ribby se précipita vers l'endroit où ils se tenaient bouche bée. En tendant la main à la nouvelle invitée, elle dit : "Je m'appelle Angela. Et vous êtes ?"

La femme ferma la bouche et regarda dans la direction de Tibbles.

"Ah, Mlle Angela. Vous êtes de retour", dit Tibbles. "J'espère que vous avez apprécié votre promenade ?" Il n'attendit pas la réponse et ne chercha pas non plus à présenter les deux femmes. "Le déjeuner est servi dans la bibliothèque. M. Anglophone m'a donné l'ordre de m'occuper de ses invités. Bon appétit. Si vous avez besoin de quoi que ce soit d'autre, faites-le nous savoir."

Tibbles, la main posée sur le dos de la femme, la conduisit le long du couloir et dans son bureau. La porte s'est refermée avec un déclic.

Hmpft ! Il est tellement autoritaire qu'il ne sait rien faire.

Pourquoi voudrions-nous passer du temps avec elle de toute façon ? On dirait qu'elle pourrait transformer n'importe qui en pierre ! Ou les ennuyer à mort.

Tu as sans doute raison.

Voyons ce qu'il y a au menu pour le déjeuner.

Elle se dirigea vers la bibliothèque. Elle souleva le couvercle argenté et découvrit un sandwich au homard, chargé de mayonnaise. Une bouteille de champagne était au frais.

Ribby a englouti son repas, examinant les livres pendant qu'elle mangeait. Un volume a attiré son attention. "La sorcellerie à travers l'âge des ténèbres". Ribby le prend.

Whoa, tu as senti ça ?

Oui, je l'ai senti. Il a respiré. Ribby a tourné les pages. C'est rempli de magie noire. Des sorts et des incantations.

Les pages sont très fragiles. La plupart des images sont dessinées à la main.

Je pense que le papier est fabriqué à partir de peau.

Pas de la peau humaine ?

Je ne peux pas affirmer avec certitude oui, mais c'est possible. L'encre sur les pages pourrait être du sang.

Du sang humain ? Beurk.

Je pense que tu devrais le remettre en place.

J'ai déjà vu beaucoup de vieux livres, mais aucun comme celui-ci. Il me fait trembler les mains. Et puis, ce n'est qu'un livre. Quel mal y a-t-il à cela ?

Il me donne la chair de poule.

Chapitre 41

"J E SUIS Là POUR toi, ma chère Rose", a chuchoté Teddy en lui tenant la main.

"Arrête tes conneries", dit Rosemary. "Mon garçon est hors de portée de voix".

Teddy rit. "Ah, je suis content que tu sois de retour. Continue, s'il te plaît."

"Chaque chose en son temps, Teddy", dit Rosemary. Elle s'est penchée plus près de lui. "Je veux sortir d'ici, aujourd'hui, demain   soon. Je me suis pliée à tes souhaits, pour le bien de notre fils. Je les ai laissés me droguer, me mettre sous   do everything except for a lobotomy   pour que mon fils soit sain et sauf, et maintenant le moment est venu. Stephen est un homme maintenant, et il a besoin de savoir qui est son père, et pourquoi nous ne lui avons jamais dit."

"Rose, notre accord est que notre fils reçoive cinquante pour cent de tout. À une condition. La condition est qu'il ne découvre jamais que je suis son père biologique", a déclaré Teddy. Sa voix s'est terminée par une gouaille presque semblable à un aboiement. "Tu as accepté, après l'incident de la bibliothèque, de t'en aller. De me laisser poursuivre ma vie   en paix   tant que ton fils, notre fils, serait pourvu. J'ai respecté ma part du marché et toi... tu n'as pas d'autre choix que de respecter la tienne. Dans le cas contraire, mon offre sera annulée. C'est dans mon testament. S'il le découvre   il n'aura rien. RIEN !"

Une infirmière qui passait à l'extérieur de la pièce a dit. "Shhhhhhh."

"Oh, désolé", a dit Teddy.

Rosemary a murmuré : "J'étais d'accord, mais je ne peux pas vivre ici, dans cet hôpital... cette prison. Être surveillée vingt-quatre heures sur vingt-sept   comme un animal en cage. Je veux que notre fils ait ce qu'il mérite, mais cela me tue chaque fois que je lui dis que je ne sais pas qui il est. Ça fait mal pour une mère de voir son enfant souffrir."

L'anglophone lui tend son mouchoir.

Elle poursuit : " C'est le seul moyen que j'ai de te parler seule à seule. Pour continuer cette ruse et j'en suis fatiguée. Je veux avoir ma propre vie. Sinon, enterre-moi ici et maintenant pour qu'il n'ait plus à venir me voir. Je n'en peux plus ! Je ne peux plus supporter de vivre ainsi." Rosemary a levé les mains pour se couvrir le visage.

"Alors, c'est pour cela que tu as avalé ces pilules, pour débarrasser le monde de toi-même ! Dommage que tu n'aies pas réussi. Dommage."

"Oui, c'est dommage. J'aurais été heureuse de ne plus jamais te revoir."

L'anglophone se lève. "Je m'en vais maintenant et je vous laisse." Il tourna le dos à son ancienne femme et à son ancien amant et se dirigea vers la porte.

"Si vous partez maintenant, je lui dirai. Je lui dirai."

"Et lui faire tout perdre ?" Il est revenu à son chevet. "Tu ne lui diras pas. Tu as déjà trop sacrifié." Il hésita, tapotant son doigt osseux sur son menton. "Je demanderai à l'infirmière de t'emmener marcher tous les jours, pour que tu puisses prendre l'air, si cela peut t'aider. Et des livres. Je peux t'envoyer des livres. Fais une liste. Ma bibliothèque est ta bibliothèque."

"Merci, Teddy. Merci. Oui, envoie-moi les derniers romans. Les magazines. Des potins. Même les journaux. Ils ne nous laissent pas regarder les informations ici... Je ne sais même pas en quelle année nous sommes."

"Nous sommes en 2016. Nous vous garderons à notre chaîne ici, mais nous allons desserrer le collier. Veillez à ce que vous ne créiez pas une autre scène avec une tentative de suicide. Je respecterai ma part du marché si tu respectes la tienne. Pour l'instant, bonne nuit ma Rose. Je ne reviendrai pas. Je m'arrangerai pour te procurer tout ce dont tu as besoin si tu envoies une lettre à Tibbles portant la mention "confidentiel"."

"Merci, Teddy. Merci", dit Rosemary. Les portes battantes éructèrent la sortie de Teddy et, quelques instants plus tard, le retour de Stephen.

"Ça va, maman ?" demanda Stephen en s'approchant de son lit.

"Je me sens un peu mieux. Désolé de t'avoir fait peur comme je l'ai fait. Bien sûr, je te connais. Tu es Stephen, mon garçon.

"Si tu ne me connaissais pas, plus jamais, je..."

"Tais-toi maintenant. C'était une défaillance due à la drogue. Je suis encore en train de me rétablir."

"Oui. Tu vois les choses différemment à la lumière du jour ?"

"Oui, Stephen, je vois les choses différemment à la lumière du jour, et je vais faire plus d'efforts pour guérir afin de pouvoir sortir d'ici. Je vais recommencer à lire. Peut-être même à écrire à nouveau. Un jour, ils me laisseront sortir d'ici. Tu pourras me montrer ta vie."

"Pour aller mieux maman, tu dois parler de ce qui s'est passé. Il y a toutes ces années. À la bibliothèque."

"Stephen. Stephen. Stephen. Stephen", a continué Rosemary en prononçant son nom encore et encore. Stephen l'a secouée, mais elle n'était plus là.

***

STEPHEN A EU DU mal à se concentrer par la suite.

Dans son esprit, sa mère répétait son nom. Stephen. Stephen. Stephen. Il l'entendait toujours dire cela maintenant. Tous les soirs. Chaque jour.

Elle appelait son nom et ne savait jamais qu'il essayait de répondre.

Chapitre 42

RIBBY S'EST ASSIS LES *jambes croisées sur le sol de la bibliothèque. Un autre livre a attiré son attention : Tout ce que tu as toujours voulu savoir sur la magie noire (mais que tu avais peur de demander). Elle rit du titre et du type en silhouette sur la quatrième de couverture.*

Quel abruti !

Je me demande ce que fait l'anglophone avec ces livres bizarres.

Il a dit que c'était ma bibliothèque.

Oui, c'est bizarre aussi. Pourquoi il les mettrait dans ta bibliothèque.

Il y a beaucoup de livres ici, ce n'est pas comme s'il avait pu savoir lesquels se démarqueraient, me donneraient envie de regarder à l'intérieur.

Ces deux-là t'ont tout de suite attirée. Presque comme s'ils étaient illuminés.

Ah, tu en fais trop. Écoute simplement :

Toi aussi, tu peux devenir un expert en Hexing. Tout ce que tu dois faire, c'est persévérer. Tout d'abord, choisis un sujet sur lequel tu souhaites placer un Hex. Remarque : les hexagones sont des choses négatives. Ne place pas un sort sur quelqu'un que tu aimes (sauf s'il s'agit d'une relation amour/haine ou si cela t'amuse de voir quelqu'un que tu aimes souffrir).

Une fois que tu as choisi ton sujet, commence à collecter ses objets personnels. Les cheveux d'un peigne, d'une brosse ou d'un oreiller. Les ongles des mains. Les ongles d'orteils. (Remarque : les ongles jetés, s'il te plaît !) Bagues. Les montres. Ne sois pas évident à ce sujet. N'oublie pas de les cacher dans un endroit sûr.

Note spéciale : entraîne-toi devant un miroir à répondre lorsqu'on te demandera : "As-tu vu ma montre ?". Surtout si tu n'es pas particulièrement bon menteur. Prépare toujours une réponse. Un alibi. Sois prêt à jeter l'opprobre.

Ribby a tenté de se verser une autre coupe de champagne : la bouteille était vide.

Elle inséra son index dans la page où elle s'était arrêtée. La maison était silencieuse, presque trop à son goût. Elle a volé dans les escaliers comme un vilain enfant et a grimpé dans le lit tout habillé.

Quel poids plume !

***

"**R**ÉVEILLE-TOI, RIBBY. C'EST STEPHEN. Réveille-toi."

Ribby s'est couverte, s'attendant à trouver Stephen, mais il n'était pas là.

C'était un rêve. C'est dommage.

Sa tête battait la chamade. La transpiration a coulé de son front, sur la couverture du livre. Les jambes flageolantes, elle l'a porté dans le couloir jusqu'à la salle de bains. La tache avait déjà pris. Elle a utilisé un gant de toilette pour l'éponger.

Elle a sorti le sèche-cheveux et s'est concentrée sur la zone humide. Elle est retournée dans sa chambre et a mis le livre à sécher sur la table de nuit.

Maintenant qu'elle n'avait plus rien sur quoi se concentrer, la nausée montait et la faisait se balancer d'un côté à l'autre. Elle prit une grande inspiration, essayant de lutter contre l'envie de vomir, mais en vain. Elle courut dans le couloir, arrivant juste à temps. Elle se sentit un peu mieux lorsqu'elle se rinça la bouche et se brossa les dents.

Comme sa tête battait encore la chamade, elle retourna dans sa chambre. Elle est retournée dans son lit et a tiré les couvertures sur sa tête.

Chapitre 43

COMME IL N'ARRIVAIT PAS à dormir dans la suite du motel, Anglophone était obsédé par Angela. Il avait beaucoup à faire et le temps passait vite. Tout d'abord, il devait l'annoncer au monde entier, en tant que nouvelle bibliothécaire et en tant que future épouse. Elle était déjà sous son charme, facile à contraindre et son besoin d'elle grandissait chaque jour.

Pendant des années, il a cherché une partenaire convenable : un ange de la terre. Son Angela correspondait à ce profil. Son altruisme avec les enfants de l'hôpital, sa naïveté à l'égard des hommes. Sans oublier qu'elle était sans aucun doute une vierge de trente-cinq ans. C'est pratiquement du jamais vu à notre époque. Une candidate parfaite à étudier pour son nouveau livre. Et pourtant, après leur mariage, après... il se demandait si elle allait devenir comme toutes les autres.

Il alluma la télévision et passa le reste de la nuit à regarder des rediffusions de Supernatural.

Chapitre 44

L E LENDEMAIN MATIN, LE signal sonore de Stephen retentit. M. Anglophone le convoquait. Stephen a ignoré un bip, mais il y a eu ensuite deux longs bips et enfin trois autres bips. Il savait par expérience que laisser l'Anglophone attendre était mal avisé.

"Beeeeeeeeeeeeeeeeeeeeeeeeeeeep". M. Anglophone perdait patience.

Stephen gémit. Il ne pouvait pas se permettre de perdre son emploi avec tout le reste.

"Oh, d'accord", cria Stephen en refermant la porte de son motel derrière lui. Il a tourné au coin de la rue pour trouver l'anglophone qui l'attendait à côté de la limousine.

"Monsieur, désolé de vous avoir fait attendre, monsieur", dit Stephen.

"Dépêchez-vous, je n'ai pas pu dormir dans ce maudit motel et je veux rentrer chez moi pour dormir dans mon propre lit. Allez, viens. Nous ne pouvons rien faire de plus pour votre mère."

Stephen ouvrit la porte à l'anglophone. Il attendit qu'il attache sa ceinture de sécurité, puis retourna s'asseoir à la place du conducteur. Il a démarré la voiture et s'est éloigné. Il a jeté un coup d'œil à Anglophone dans le rétroviseur. "J'ai appelé l'hôpital il y a quelques instants, maman semble aller mieux. Ils ont dit qu'elle avait passé une bonne nuit de sommeil et qu'elle avait pris un petit déjeuner."

"Elle bénéficie des meilleurs soins", affirme Teddy.

"Merci pour   "

"Il n'y a pas de quoi, Stephen."

Chapitre 45

DES SEMAINES SE SONT écoulées qui se sont rapidement transformées en mois.

L'anglophone était absent la plupart du temps. Lorsque Ribby et lui étaient ensemble, elle demandait des choses, des choses qui, pensait-elle, rendraient son existence plus épanouie.

"J'aimerais apprendre à conduire", demandait-elle pendant le dîner.

L'anglophone se tamponnait le coin de la bouche avec une serviette de table. "Mais tu as déjà un chauffeur à ta disposition".

"Il est parti avec toi la plupart du temps", faisait-elle la moue.

Ne lui demande pas, dis-lui. Dis qu'on s'ennuie à mourir. Dis qu'on...

"Laisse-moi y réfléchir", répondait-il. Il ne le faisait jamais.

Pendant la journée, Ribby passait le plus clair de son temps à la bibliothèque. Elle déplaçait les choses, les réorganisait. Mais c'était un endroit calme et solitaire. Quelque chose dans le fait d'être là, la faisait se sentir encore plus seule. C'était trop silencieux, et elle se languissait des sons apaisants de la fontaine de Toronto.

Ribby ne dit plus rien sur l'apprentissage de la conduite. La prochaine fois qu'il est revenu, elle avait d'autres demandes en tête.

"J'aimerais commander des choses pour la bibliothèque. Je veux dire la bibliothèque principale", demanda-t-elle.

"Tout ce que ton cœur désire", répondait l'anglophone.

"J'achèterai un ordinateur, un portable..."

"Ce n'est pas la peine. Tu peux utiliser l'ordinateur du bureau de Tibbles." Il prit une gorgée de son café. "TIBBLES!" Son valet arrive. "Laissez Mlle Angela utiliser l'ordinateur de votre bureau chaque fois qu'elle souhaite commander des choses pour les bibliothèques."

"Oui, Monsieur", répond Tibbles. Il a jeté un coup d'œil à Ribby, s'est incliné, puis est parti.

Le lendemain, Ribby a demandé à utiliser l'ordinateur et a été introduite dans le bureau de Tibbles. Il se tenait derrière elle tout le temps et elle avait du mal à se concentrer et encore moins à commander quoi que ce soit. Elle finit par abandonner l'idée.

Lors d'un dîner, à une autre occasion, "J'aimerais réserver la voiture pour qu'elle m'emmène à l'hôpital Simcoe afin que je puisse rendre visite aux enfants malades."

"C'est un si petit hôpital, rien à voir avec ce à quoi tu es habituée. En plus, tu as la bibliothèque, et tes responsabilités vont augmenter au fur et à mesure que nous nous préparons à lancer la réouverture", a répondu l'anglophone.

De toute façon, je n'avais pas envie d'y aller.

Triste quand il était absent et triste quand il revenait. Sa nouvelle vie n'était pas tout à fait ce qu'elle était censée être.

Chapitre 46

TIBBLES ATTENDAIT à l'EXTÉRIEUR lorsque l'anglophone est revenu.

Après le départ de Stephen, Anglophone a tenté de se retirer tout habillé.

"Je suis plein de haricots, Tibbles".

"Tu l'es certainement, mais pourquoi ?"

"Oh, les choses s'améliorent. Je te mettrai au courant plus tard."

Tibbles a insisté pour enlever les vêtements de son maître. Il les a remplacés par le pyjama en satin rouge préféré de l'anglophone.

Une fois son maître installé sous les couvertures, Tibbles mit la boîte à musique en action. Un refrain de berceuse et de bonne nuit s'échappa de l'appareil.

Cinq vents devraient suffire, pensa-t-il.

Tibbles ramassa les vêtements de l'anglophone et quitta la pièce. Il regarde sa montre. À la demande de son maître, une nouvelle fille commençait dans quelques heures. Il retourna dans sa chambre.

Chapitre 47

RIBBY BÂILLE ET S'ÉTIRE. Au-dessus d'elle, au plafond, des figures fantomatiques marchaient en cercles sans fin. Elle les observe avec curiosité.

Tu te sens chez toi ici, détendue, mais tu dois rester sur tes gardes. Fais attention, car Teddy n'est pas le prince charmant. C'est plutôt un grand-père charmant.

C'est impoli et tu es paranoïaque.

Ribby renifla ses aisselles puis se dirigea vers la douche. Après s'être habillé et s'être séché les cheveux, Ribby repense à Martha.

Comment peux-tu regretter ce vieux sac ?

Quoi qu'il arrive, elle reste ma mère.

Tu es trop confiant ! Et parfois, tu es un imbécile sentimental.

J'ai envie de lui passer un coup de fil. Elle était certaine que les choses allaient se gâter.

Elle sait où tu es ; si elle a besoin de toi, elle t'appellera.

Ribby est retournée dans la chambre et a regardé par la fenêtre. Elle aperçoit Stephen à côté de la limousine.

Un coup frappé à la porte interrompit ses pensées. "Qui est-ce ?"

"Voulez-vous prendre votre petit déjeuner dans votre chambre ce matin, Mademoiselle ?"

"M. Anglophone est-il toujours absent ?"

"Il est revenu, mais il est indisposé. Puisque vous dînez seule, préférez-vous manger dans le jardin ?"

Ribby ouvre la porte et découvre une jeune fille au visage avenant. "C'est une merveilleuse idée. Vous êtes nouvelle, n'est-ce pas ? Comment t'appelles-tu ?"

"Oui, c'est vrai. Je suis A-Abbey, Mademoiselle. Je m'appelle Abbey."

"Eh bien, Abbey, je suis heureuse de faire votre connaissance", Ribby marqua une pause en entendant quelqu'un s'approcher. C'était Tibbles.

"Puis-je vous aider ?"

"Non, merci. Abbey a tout sous contrôle."

Tibbles a jeté un coup d'œil dans la direction d'Abbey et la jeune fille a tremblé. Il s'est ensuite congédié avec une révérence et a disparu au coin de la rue.

"C'est mon premier jour. Merci, mademoiselle."

"Pour quoi faire ?" demande Ribby avec un sourire. "Puisque nous sommes tous les deux plutôt nouveaux par ici   nous pouvons apprendre ensemble", alors qu'elle invitait la jeune fille à entrer dans sa chambre.

"Je vais tout préparer, mademoiselle. Dans un quart d'heure ?" Abbey fit une révérence. Ses yeux ont souri lorsque Ribby a repris la parole.

"Oui, je serai bientôt là", a dit Ribby en refermant la porte derrière elle. Elle a invité Abbey à s'asseoir et à la rejoindre.

C'est elle qui nous aide, Rib, ne sois pas grotesque.

"Mais, Mademoiselle, je ne peux pas", dit la jeune fille, les yeux se déplaçant d'un côté à l'autre comme si elle s'attendait à voir Tibbles débarquer d'un moment à l'autre.

"Même si c'était un ordre ?" dit Ribby avec un clin d'œil.

Est-ce que tu essaies de faire virer cette fille ?

"Mademoiselle, ce ne serait pas correct. Tibbles est mon supérieur", murmure-t-elle.

"Je comprends. Ce que Tibbles ne sait pas ne lui fera pas de mal, n'est-ce pas ? Demain, apportez le petit déjeuner dans ma chambre si monsieur l'anglophone ne dîne pas."

"Ce serait avec plaisir, dit Abbey soulagée.

Tu ne demandes pas à l'aide de manger avec toi. Quelle idiote. Je ne supporte pas Tibbles non plus, mais c'est le bras droit de l'Anglophone.

Je m'en fiche.

Tout ce que je dis, c'est que ce cher Teddy ne va pas apprécier.

Je traverserai ce pont quand j'y arriverai.

Chapitre 48

APRÈS QUELQUES HEURES DE sommeil, l'anglophone a convoqué Tibbles.

"Une fête ! Ce soir. Ici. Aujourd'hui. Traiteurs. Voici la liste des invités. Dis-leur qu'ils doivent être présents... je veux dire tous ceux qui sont n'importe qui. Envoyez les invitations par courrier ou remettez-les en main propre immédiatement. Mon chauffeur est à ton service. Appelle les dix premiers invités. Ils doivent être présents. Compris ?"

"Oui, ce sera fait. Alors, tu as décidé que c'était la bonne ?"

"J'attendais le bon moment, et c'est ce soir. Je le sens dans mes os. Il est temps d'annoncer à tout le monde la réouverture de la bibliothèque. Nous présenterons par la même occasion notre nouvelle bibliothécaire en chef, ma fiancée."

"Et Mlle Angela, dois-je l'informer de vos projets ?"

"Elle est au courant de mon intention d'annoncer son nouveau poste et nos fiançailles".

Tibbles ébouriffa l'oreiller et le replaça derrière la tête de l'anglophone.

"Je veux lui faire la surprise de tout cela. Dis à l'équipe de mode d'être ici à 17 heures --- ni plus tôt, ni plus tard. La fête commencera à 20 heures précises. Les retardataires ne seront pas autorisés à entrer. Assure-toi qu'ils comprennent que PROMPT signifie PROMPT", dit Teddy. "Pour l'instant, je suis bien trop excité mais j'ai besoin de me reposer. Laissez-moi jusqu'à 15 heures. À ce moment-là, préparez un Afternoon Tea pour Mlle Angela et moi dans le jardin."

"Oui, monsieur", dit Tibbles en s'inclinant. "Voulez-vous que je remonte la boîte à musique, pour vous aider à vous rendormir ?".

"Bien sûr, bien sûr Tibbles. Je vous remercie. Trois tours devraient suffire ; après tout, ce n'est qu'une sieste."

Après avoir remonté la boîte à musique, Tibbles sortit de la chambre en faisant une révérence. Il marmonna pour lui-même en vérifiant qu'il n'y avait pas de poussière sur la rampe en descendant l'escalier.

Il n'y en avait pas.

Tibbles s'assit dans le foyer et passa en revue les détails de la fête. Il s'était déjà occupé du traiteur. Tout se mettait en place.

***

QUELQUE TEMPS PLUS TARD, l'anglophone essayait de dormir. La sonnerie de sa ligne privée retentit. Il a attendu que le répondeur se mette en marche. Comme ce n'était pas le cas, il est sorti du lit pour répondre.

"Bonjour, Teddy", dit Martha. "Je sais que tu as dit que je ne devais t'appeler sur cette ligne qu'en cas d'urgence".

"Je t'écoute."

"J'ai besoin de ton aide."

"Comment ça ?" Teddy demande.

"Je suis en prison, accusé du meurtre de ma sœur et de l'homme qui l'a violée. Je jure que je n'ai rien fait. Je le jure."

"Je comprends, mais je ne sais pas comment je peux t'aider. As-tu besoin que j'engage un avocat ?" L'anglophone fait les cent pas. Le fait d'avoir écourté sa sieste le mettait en colère.

"Je t'appelle parce que je vais tomber pour ça. Je plaide coupable et mon avocat dit que le juge ne tardera pas à me condamner."

"Comment ta situation difficile peut-elle avoir quelque chose à voir avec moi ? Je suis un homme très occupé."

"Il y a trente-quatre ans, vous avez ramassé une jeune fille. Elle était trempée. Elle était bloquée sur la route tard dans la nuit."

"Non, je n'ai pas l'habitude de prendre des passagers dans ma limousine".

"Vous conduisiez. Oh, tu ne t'en souviens pas. Mais je m'en souviens. C'était moi. Tu m'as pris dans tes bras et ensemble, nous... Tu es le père de Ribby."

L'anglophone retomba sur son lit, incrédule. Il se creusa la tête pour essayer de se souvenir. C'était une ruse. Il savait que c'était un piège. "Quel genre de voiture je conduisais ?"

"C'était une Mercedes Benz. Grise."

C'était vrai.

"Cette nuit-là, tu m'as sauvé la vie à plus d'un titre. Tu dois me croire. J'ai besoin de savoir que tu t'occuperas d'elle. C'est ta fille. Le feras-tu pour moi ? Et me promettras-tu de ne jamais lui dire que je suis ici ?".

"Je ne sais pas quoi dire. Je suis sans voix." Il fait les cent pas. "Pourquoi admettre quelque chose que tu n'as pas fait ? Pourquoi empêcher ta propre fille de te rendre visite ?"

"C'est tout ce que je te demande."

"Laisse-moi faire. Laisse-moi y réfléchir. Si c'est ma fille..."

"Elle l'est. Sans aucun doute." Elle marque une pause. "Et merci."

L'anglophone a claqué le téléphone.

Cette impertinente salope. Comment ose-t-elle me faire ça ?

Teddy n'arrivait pas à dormir. Sa tête battait la chamade. Il était sujet aux migraines à certaines périodes de l'année et les nouvelles de Martha lui en avaient donné une sacrée.

Il appela Tibbles.

Tibbles s'est immédiatement rendu compte de l'état de son maître. "Voilà, voilà, dit-il, tout ira mieux dans quelques heures." Il lui propose un verre de whisky et un somnifère. Anglophone l'a avalé d'un trait puis a repoussé le verre vers son valet.

Quand Anglophone fut calmé et assagi, Tibbles remonta la boîte à musique et rangea la pièce.

"Autre chose, monsieur ?"

Anglophone dormait déjà profondément.

Tibbles sourit et referma la porte derrière lui.

***

TIBBLES REVÉRIFIE LA LISTE des choses à faire lors de la fête tout en pensant à sa nouvelle employée, Abbey. Il a remarqué tout à l'heure les deux jeunes femmes qui chuchotaient. Cela pourrait être une bonne ou une mauvaise chose. Il savait qu'il n'était pas populaire et pourtant, son dévouement pour Anglophone n'avait pas de limites.

Abbey était venue, avec de hautes recommandations d'un foyer de la ville. Une fille du quartier qui, il l'espérait, garderait un œil sur Mlle Angela.

Lorsqu'il la trouva dans le jardin, il fut curieux et agité. "Mlle Angela, comment se fait-il que vous preniez votre petit déjeuner dans le jardin aujourd'hui ?"

"C'était m-m-mon idée", admit Abbey en l'interrompant. "C'est une si belle matinée !"

Tibbles lui jeta un regard croisé et continua à s'adresser à Ribby. "Le thé de l'après-midi se déroulera également dans le jardin. Monsieur l'anglophone voulait que ce soit une surprise   alors, s'il vous plaît, ayez l'air surpris. Il se joindra à vous."

"Oh, pardonnez-moi. On ne dîne jamais assez dehors quand il fait beau comme aujourd'hui", dit Ribby en faisant un clin d'œil à Abbey.

"Très bien alors", dit Tibbles en s'excusant.

"Ouf ! On l'a échappé belle", dit Abbey en s'essuyant le front.

"Ne t'inquiète pas, Abbey ; je peux m'occuper de ce bon vieux Tibbles. Continue à trouver des idées. J'en toucherai un mot à M. l'anglophone."

"Merci, Madame", dit-elle, incapable de cacher le frisson dans sa voix.

"Pas de ces histoires de mademoiselle ou de madame Abbey, pas quand nous sommes seuls. Après tout, nous sommes des amies."

"Des amies", disent les deux filles à l'unisson.

Bâillonne-moi avec une cuillère.

Chapitre 49

ANGLOPHONE S'EST RÉVEILLÉ DE sa sieste et a convoqué Tibbles.

Au cours d'une journée normale, l'anglophone tire une fois sur le cordon d'invocation. S'il s'agit d'une urgence, il tire le cordon deux fois. Aujourd'hui, il l'a tiré trois fois.

Tibbles trébucha sur ses propres pieds en se jetant dans le couloir. Il aurait aimé pouvoir voler. Dans ses bras, il portait tous ses plans et ses confirmations pour la fête de la saison. Tout était parfait. Il avait accompli plus que ce qu'il avait prévu de faire. La présence de tous les mondains était confirmée. Il avait hâte de le mettre au courant des détails.

Tibbles frappa, puis passa la tête à l'intérieur. L'anglophone était encore au lit. Les couvertures étaient remontées jusqu'à son cou et il arborait un teint blanc laiteux.

" Tibbles, je ne vais pas bien, pas bien du tout. Ma tête tourne et j'ai peur..."

"Excusez-moi, Monsieur", l'interrompt Tibbles, "Puis-je vous donner d'autres comprimés ?".

"Non, non, Tibbles. Ce n'est pas le genre de mal de tête qui va disparaître de sitôt. Je vais devoir m'absenter pour le reste de la journée. Je veux être seul. Dans le noir."

"Mais ce soir, monsieur", proteste Tibbles. "La fête."

"Annulez-la."

"Mais..."

"J'AI DIT C-A-N-C-E-L !"

"Très bien, Monsieur", dit Tibbles en refoulant la colère dans sa gorge tandis qu'il s'incline hors de la pièce. Il referme la porte et s'en va.

Tibbles appelle Viveca Hartman à la Voix locale. Il lui a demandé de l'aider à faire passer le message.

"Je ferai tout ce que je peux pour vous aider", a déclaré Mme Hartman.

Merci", a répondu Tibbles.

Chapitre 50

V IVECA A MIS FIN à son appel avec le célèbre serviteur de Theodore P. Anglophone, Tibbles. Elle se précipite dans le bureau du rédacteur en chef de la ville, Frank Munson, et lui annonce les dernières nouvelles.

"Alors, tu veux me dire", dit Munson en fumant son stogie. "L'événement de dernière minute organisé par l'Anglophone a été annulé ?"

"L'anglophone est malade."

"Je l'ai vu en ville et il est en pleine forme. Il paraît qu'il s'éclate avec une jeune fille qu'il a ramenée de la ville. Elle vit chez lui. Dieu sait ce qu'Anglophone mijote", dit Munson, avant de souffler un anneau de fumée et de le regarder s'envoler.

"Eh bien, nous devrons attendre pour le savoir. Et quand ils remettront ça, je ne manquerai pas d'y aller et de te donner un scoop. Je vais peut-être aller voir la fille. Je me demande si elle connaît l'histoire de l'anglophone ?"

"Personne n'a pu lui imputer le meurtre de la dernière, mais on le soupçonnait. S'il n'y avait pas eu son argent, à payer tout le monde, ils l'auraient inculpé. Après tout, la femme a été assassinée dans ses locaux. Ils étaient les seuls à avoir les clés de la bibliothèque. Il avait aussi l'air coupable. Pour ma part, j'aimerais bien faire éclater cette affaire et rendre justice à cette femme."

"Mon père avait l'impression qu'Anglophone cachait certainement quelque chose. La vérité ne sera probablement jamais connue", dit Viveca avec remords. "Cette nouvelle fille qui est là-haut avec lui, je n'aime pas ça".

"Cette pauvre fille !" dit Munson, incapable de cacher plus longtemps son excitation face à cette nouvelle information. "Entrons là-dedans et voyons ce que nous pouvons découvrir. Hé, pourquoi ne commences-tu pas à te promener par là, pour voir si tu peux la repérer. Essaie de comprendre la situation. Tu peux faire ça, Hartman ?"

"Je ferai ce que je peux. Je veux que ça reste discret", dit Viveca avec conviction.

"Si quelqu'un peut découvrir ce qui se passe, c'est bien toi", dit Munson en éteignant la partie allumée de son cigare.

"Ta femme les rationne toujours ?" Viveca s'enquiert avec un sourire en coin.

"Oui, mais ce qu'elle ne sait pas ne lui fera pas de mal".

"D'accord." Viveca se dirige vers la sortie.

Munson remit le cigare partiellement fumé dans son emballage en cellophane. "Oh, et fais-moi un rapport à ce sujet une fois par jour   essayons de coincer ce s.o.b.".

"Oui, monsieur", Viveca a refermé la porte derrière elle.

Elle se sentait incroyablement heureuse de sa conversation avec Munson, car il croyait beaucoup en ses capacités. Elle était arrivée sans beaucoup d'expérience, mais avec des relations et un fort désir d'être journaliste. Elle était passée de la correction d'épreuves à la page sociale, mais elle en voulait plus.

C'est ma chance et je ne vais pas la gâcher !

Viveca, qui vivait seule dans un immeuble de deux étages à Port Dover, est montée dans sa voiture et est rentrée chez elle. Elle monte les escaliers en se disant qu'elle est bien contente de vivre seule. Elle avait prévu de passer une soirée tranquille.

Elle ne s'attendait pas à ce que son père l'attende en rentrant à la maison. Son père vivait à Brantford, à quarante-cinq minutes de là.

"Bonjour papa", dit Viveca.

"Viv, c'est bon de te voir. J'espérais que nous pourrions dîner ensemble ce soir", dit Frank Hartman. De derrière son dos, il a dévoilé un gros bouquet de fleurs. "J'ai pensé qu'elles pourraient égayer ta table".

"Des haricots sur des toasts ce soir, papa", dit Viveca. Il s'est levé et elle l'a embrassé sur le sommet de son crâne chauve.

"Oh, c'est un repas gastronomique alors." Frank a ri lui aussi et s'est écarté pour que sa fille puisse passer pour déverrouiller la porte d'entrée. "Tu sais, Viv, si tu donnais à ton cher vieux papa un double de ta clé, je pourrais nous préparer un repas gastronomique et te faire une surprise. Des œufs brouillés sur du pain grillé."

Ils ont ri, heureux d'être en compagnie l'un de l'autre.

"Mais papa, taquine Viveca, et si j'avais un rendez-vous galant ? Tu te sentirais très mal de t'imposer et je me sentirais tellement coupable."

"Ah, si tu avais un rendez-vous, je serais heureux de te voir sortir. Je suis fière de toi, Viv, mais je pense vraiment que tu es gaspillée sur cette page de la société. Tu mérites plus."

"Je sais, je sais, papa", dit Viveca, tout en plaçant les fèves au lard dans un plat à micro-ondes et en réglant la minuterie sur deux minutes. Elle a enfourné deux tranches de pain dans le grille-pain et a poussé le levier vers le bas. "Deux minutes avant le dîner. Cabernet Sauvignon, d'accord ? Ou tu préfères le Chardonnay ?" Lorsque les deux minutes se sont écoulées, elle a remué les haricots, puis les a remis dans le micro-ondes pour trente secondes supplémentaires.

"Une bouteille de bière me conviendrait très bien." Frank s'est ouvert une canette de bière. "De la bière fraîche et des haricots cuits sur des toasts avec de la sauce HP à côté   on ne peut pas faire plus gourmand que ça !".

Viveca beurra les toasts, puis versa les fèves au lard sur les tranches. C'était un plat britannique, le préféré de sa mère. Elle et son père le partageaient souvent. Sans mentionner son nom, c'était comme si sa mère était assise à la table avec eux.

Frank récupéra des couverts dans le tiroir, et ils s'assirent pour manger.

"Alors, quoi de neuf pour toi ?" demande-t-il.

"Pas grand-chose, à part le travail. Je suis sur une nouvelle histoire. Et toi, papa ? Quoi de neuf pour toi ?"

"Ma vie est pareille, pareille, mais cette nouvelle histoire a l'air intéressante. Dis-m'en plus."

"Je déteste parler affaires avec toi, papa. Tu as sûrement quelque chose d'intéressant à me raconter. Que se passe-t-il dans ton jardin ? Est-ce que la vieille dame Warner te poursuit toujours dans le quartier ?"

Frank a posé son couteau et sa fourchette sur le côté de son assiette. Il a avalé quelques gorgées de bière.

"Désolé, maintenant je t'ai mis dans l'embarras." Viveca a versé un peu plus de vin dans son verre et en a bu une gorgée. "D'accord, nous allons parler de moi. De mon travail. Mon histoire, c'est celle de Théodore Anglophone."

"Qu'est-ce qu'il prépare cette fois-ci ?"

"C'est drôle que tu dises ça. Tu le vois encore très souvent, papa ?"

"Pas récemment. Il est plutôt reclus depuis l'incident de la bibliothèque. Il va en ville où il n'est pas très connu. J'ai entendu dire qu'une autre jeune fille vivait avec lui, Viv. C'est vrai ?" Il prend une nouvelle gorgée de bière, les yeux fixés sur le visage de Viv.

"C'est vrai, et mon patron m'a demandé de me renseigner sur elle".

Frank déglutit, manquant de s'étouffer. "Eh bien, tu ne veux pas d'anglophone comme ennemi, pas dans cette ville, Viv. Alors, vas-y doucement. N'oublie pas que tu peux attraper plus de mouches avec du miel qu'avec du vinaigre. C'est un vieux dicton, mais c'est tout à fait vrai." Il toussa pour s'éclaircir les idées, puis prit une autre bouchée de nourriture.

"Je sais, papa. Je ne veux pas non plus risquer cette opportunité. Comme tu l'as dit, j'ai besoin de quitter la page sociale et de passer à autre chose, quelque chose de plus stimulant. Quelque chose de plus MOI." Elle déplaça la nourriture autour de son assiette, ses pensées se perdant dans la perspective d'une nouvelle histoire qui pourrait changer sa vie.

"Je t'aiderai de toutes les façons possibles. Mais j'ai toujours pensé que cette femme qui est morte dans la bibliothèque était une négligence de la part de l'Anglophone. Il y a forcément eu une dissimulation. Ça n'a pas de sens, pourquoi quelqu'un aurait volé une bibliothèque et l'aurait ligotée. Peut-être avons-nous fait du tort à cette femme en le laissant dire ce qu'il a fait à son sujet. Je ne me suis jamais sentie bien à ce sujet, même si l'anglophone et moi nous connaissons depuis des années. Il n'est plus lui-même depuis   running to get women, bringing them back. Les sortir, les faire parader comme des chevaux de concours. C'est carrément honteux", dit-il en reniflant comme si une mauvaise odeur avait envahi ses narines.

"Je sais, papa. Merci pour tes conseils. Maintenant, je suis fatigué et je veux aller me coucher. Tu passes la nuit ici ?"

"Après deux bières, c'est sûr que je ne voudrais pas conduire".

"Alors, c'est la chambre d'amis. Laisse la vaisselle."

"Tu devrais acheter un lave-vaisselle."

"J'en ai déjà un ! Bonne nuit, papa", dit Viveca en embrassant son père sur la joue.

"Bonne nuit, mon amour".

Chapitre 51

EN RETOURNANT DANS SA chambre après le petit déjeuner, le téléphone a sonné dans le couloir et Ribby l'a décroché.

"Stephen ?" Pause d'une voix de femme. "Stephen ?"

Ribby ouvrit la bouche, mais avant qu'elle ne puisse dire quoi que ce soit, Tibbles lui arracha le téléphone des mains.

"Allô ?" Tibbles attend. "C'est la résidence anglophone." Il y avait quelqu'un. Il pouvait les entendre respirer. "Mademoiselle Angela, vous ne devez pas répondre au téléphone dans cette maison. Vous êtes une, une, résidente, et nous sommes le personnel. S'il vous plaît, laissez-nous faire notre travail."

"Excusez-moi, Tibbles."

Tibbles a pris le téléphone dans sa main. "La personne à l'autre bout du fil a-t-elle dit quelque chose ?"

"Rien du tout", dit Ribby en s'éloignant.

"Si vous voulez un peu de compagnie Mademoiselle, Abbey est à votre disposition".

"Non merci. Je souhaite marcher seule."

Une fois qu'elle fut partie, Tibbles porta à nouveau le téléphone à son oreille. Respiration superficielle. "Rosemary ?"

"Oui."

"Je t'ai dit de ne pas appeler ici."

"Je sais, mais je suis désespérée. Il faut que je sorte de cet endroit maudit. Je deviens folle."

Tibbles faisait les cent pas, parlant aussi silencieusement qu'il le pouvait. "Tu dois simplement lui demander de t'aider".

"Je l'ai fait, et il a proposé de m'envoyer des livres. Je n'ai pas besoin de livres pour me distraire, j'ai besoin de partir d'ici. Je pourrais aller à l'étranger. Personne ne me connaîtrait."

"Je ne peux pas t'aider. Je dois y aller." Il lui fait signe de poser le téléphone.

"Attends !" s'exclame Rosemary.

Il a de nouveau déplacé le téléphone vers son oreille. "Tu sais, ce qu'il m'a fait."

Tibbles hésite. "Il faut que je parte. Ne sonne plus ici." Il raccroche.

Tibbles est allé à la fenêtre de devant et a regardé dehors. Ribby était assis dans un fauteuil sur le porche d'entrée. Il est allé dans la cuisine.

Tu penses qu'on devrait parler à Stephen de ce coup de fil ?

Je n'en suis pas sûre.

Peut-être que la personne qui a appelé n'aime pas Tibbles non plus.

Hm, tu as peut-être raison.

Ribby se dirigea vers la limousine. En s'approchant, elle a pu voir Stephen endormi derrière le volant, sa casquette de chauffeur sur les yeux.

Ribby se pencha par la fenêtre ouverte.

Si nous devons le réveiller, faites-le au moins avec un baiser. Personne ne le saura.

Elle s'est éclaircie la gorge. Tu as perdu la tête ?

Regarde un peu ces lèvres. "Réveille-toi, réveille-toi", dit Angela quand Stephen s'agite et enlève le chapeau de son visage.

Stephen a fait un double regard.

"Il y a quelques instants, une femme t'a demandé au téléphone".

"Oh ?"

"Tibbles me l'a pris des mains. Elle a dû raccrocher à ce moment-là."

Stephen s'agrippe au volant.

"Tout ce qu'elle a dit, c'est ton nom."

"Tu lui as dit qu'elle m'avait demandé ?"

"Non."

"Merci de me l'avoir dit." Son bras a effleuré le coude de Ribby. "Oh, désolé."

"Euh, c'est bon." Elle marqua une pause et se pencha, la curiosité prenant le dessus : "Alors, tu sais qui c'était ?".

"Oui, mademoiselle. C'était ma mère."

Chapitre 52

L E SENS DE L'ARAIGNéE de Tibbles, version sévère et rigide, se mettait à picoter. Il était certain qu'Angela avait menti, mais pourquoi ? Il se dirigea vers une fenêtre de la pièce principale alors qu'Angela s'éloignait. Il continue à l'observer. Elle s'est arrêtée pour discuter avec Stephen. C'est intéressant. Depuis quand sont-ils amis ? Ou l'étaient-ils devenus ?

C'est alors qu'il se rendit compte de ce qui se passait. Lorsque Mlle Angela a répondu au téléphone, Rosemary a parlé. En fait, elle avait prononcé le nom de Stephen et maintenant, Mlle Angela était dehors pour transmettre ce message. Encore plus intéressant.

Tibbles a pensé que la meilleure chose à faire était d'occuper le jeune homme. Il a décidé de confier une tâche à Stephen.

L'anglophone avait été très clair. Il ne devait pas être dérangé. Il le mettra au courant en temps voulu. Des éloges ou même une récompense monétaire pourraient même être de mise.

Tibbles continua à parcourir la maison et trouva Abbey en plein travail d'époussetage. Il la supplie de sortir et de tenir compagnie à Mlle Angela pendant sa promenade.

"Si elle est sortie seule monsieur Tibbles, mademoiselle Angela a sans doute envie d'être seule".

"Est-ce qu'elle t'a ordonné de ne pas la rejoindre ?" Tibbles la presse de poser son chiffon à épousseter et d'enlever son tablier.

"Non, monsieur", répond Abbey. Ses pieds traînaient le long de son chemin.

Tibbles s'écrie : "Ramasse tes pieds, petite sotte !"

Il l'a conduite jusqu'à la porte d'entrée et l'a fait sortir.

"Oui, M. Tibbles", dit Abbey.

Incapable de repérer Angela, elle demande à Stephen où elle se trouve.

Stephen l'a montré du doigt. "Je pense qu'elle voulait un peu de temps seule".

"C'est ce que j'ai dit à monsieur Tibbles   il a insisté".

Stephen rit.

***

S TEPHEN A REGARDé ABBEY s'éloigner en pensant à Tibbles. Il n'est pas étonnant que le personnel de la maison ait un tel taux de rotation. Les autres n'étaient pas comme lui. D'autres ne devaient pas tout à Anglophone. Sans Anglophone, il n'aurait jamais pu se permettre de garder sa mère dans un centre de soins aussi coûteux.

Son regard suivit Abbey qui se rapprochait d'Angela qui regardait maintenant l'eau. Alors qu'elle s'approchait du bord, un instinct protecteur le fit craindre qu'elle ne tombe.

Son téléphone a sonné. Une convocation de Tibbles. Il se dirigea vers l'intérieur.

"Stephen, j'ai besoin que tu ailles chercher quelques affaires", dit Tibbles, se plaçant au-dessus de Stephen pour faire respecter son autorité. "Monsieur l'anglophone est indisposé. Voici la liste."

Tibbles la lui tend. Stephen a jeté un coup d'œil à la note avant de la mettre dans la poche de sa veste.

"Cela te donnera quelque chose à faire, puisque tu es inoccupé".

"Pas de problème, monsieur Tibbles." Stephen est sorti. Il irait chercher les affaires et reviendrait tout de suite bien, après avoir pris des nouvelles de sa mère.

Chapitre 53

L E LENDEMAIN, VIVECA A décidé de s'aventurer dans la zone anglophone. Elle prendrait la route panoramique le long du front de mer. Elle a ouvert sa fenêtre et mis ses lunettes de soleil. Le soleil était haut, les nuages peu nombreux. Des fleurs sauvages étaient éparpillées sur le bord de la route, violettes, jaunes et bleues.

Le trajet était assez agréable, avec peu de circulation. Alors qu'elle tournait le coin qui offrait la vue la plus spectaculaire, elle a remarqué une jeune femme qu'elle n'avait jamais vue auparavant.

Ce doit être elle. Elle ralentit pour passer au pas de course.

Une deuxième fille rejoint la première. Plus jeune. Les deux se sont embrassées puis ont marché le long du sentier.

Viveca s'est arrêtée et a garé sa voiture sous un érable très feuillu. Elle marcha sur une certaine distance avec ses chaussures à talons hauts, réduisant l'écart entre elle et les deux femmes. Lorsqu'elle fut assez proche pour qu'elles l'entendent, elle cria "Aïe !" et descendit.

Elles ne l'avaient pas entendue. Elle a réessayé.
"AIDE !"

Les deux filles se sont retournées et se sont dirigées vers elle. Elle a fouillé dans son sac à main et a appuyé sur record. Bon petit, les voilà qui arrivent, alors tu as intérêt à ce que ce soit bien. Elle frotta sa cheville d'une main pour faire remonter le sang à la surface et balaya des larmes de crocodile avec l'autre.

"Tu as besoin d'une ambulance ?" demande Ribby.

"Oh, je suis vraiment une empotée", dit Viveca. Elle a tenté de se mettre debout. "Ma cheville, je crois qu'elle s'est fait une entorse. J'avais des visions d'être coincée ici toute la nuit avec des coyotes hurlant tout autour de moi jusqu'à ce que je vous aperçoive tous les deux."

"Quelle imagination", dit Ribby en se penchant pour jeter un coup d'œil.

Abbey fait de même. Elle avait l'air un peu rouge.

"Je m'appelle Viveca, Viveca Hartman, au fait." Elle a tendu la main.

"Je suis Abbey, et voici Angela. Enchantée de vous rencontrer."

Une mouette tourna autour de la tête de Viveca, l'agaçant par son cri. Elle la repousse.

"Oh, je peux ?" demande Abbey.

Viveca acquiesce.

Abbey se penche et la masse pendant quelques secondes. "Voilà, ça va mieux ?"

"Oui, merci", dit Viveca.

"Où est ta voiture ?" demande Ribby.

"Je l'ai garée là-bas à l'ombre". Abbey aida Viveca à se mettre debout. Quand elle s'est redressée, elle a dit : "Je suis journaliste, tu vois, et je fais un reportage sur les merveilles de la nature. J'ai entendu dire que la vue d'ici est spectaculaire."

"C'est vrai", dit Ribby. "La prochaine fois, tu devrais porter des chaussures plus appropriées".

Oui, comme tu l'as fait quand tu as marché tout le long du chemin du retour de la bibliothèque.

Tais-toi.

Ils ont aidé Viveca à monter dans sa voiture.

"J'ai été ravie de vous rencontrer et je vous remercie beaucoup d'avoir aidé cette demoiselle en détresse. Oh, voici ma carte de visite au cas où vous voudriez me contacter."

"Merci. Tu es sûre de pouvoir conduire, d'accord ?" demande Abbey.

"Oui, merci. Oh, puisque c'est tout près, je me demandais si vous saviez quelque chose sur la bibliothèque. J'ai entendu dire qu'elle allait peut-être rouvrir ?"

"Non, nous ne savons rien à ce sujet", a répondu Ribby.

"Eh bien, elle a été fermée pendant des années. Dans des circonstances suspectes. On se pose des questions sur le nouveau bibliothécaire."

"Qu'est-ce que tu insinues ?" demande Ribby.

"Je me demande seulement si elle, je veux dire la nouvelle bibliothécaire..."

"Qu'est-ce qui te fait penser que le nouveau bibliothécaire est une femme ?" demande Ribby.

"Oh, des rumeurs. J'aimerais bien lui parler. Peut-être même faire une interview pour le journal."

"Désolé, nous ne pouvons pas vous aider. Nous devons rentrer maintenant. Bonne chance pour ton article."

"J'espère que ta cheville ira vite mieux", ajoute Abbey.

"Ah, oui, merci pour votre aide. J'espère vous revoir un jour."

Une fois Viveca dans sa voiture, Abbey et Ribby se sont éloignés.

"Très étrange", dit Ribby en jetant un coup d'œil par-dessus son épaule.

"Je n'y penserais plus", a répondu Abbey.

"Je sais", dit Ribby en fronçant les sourcils. "J'ai l'impression qu'elle savait déjà qui j'étais. Comme si elle était partie à la pêche."

"Tu as raison, mais elle est partie maintenant. Et puis, je parie que Tibbles a hâte de me retrouver là-bas pour m'attendre. Je ne pense pas qu'il s'attendait à ce que je sois hors de la maison aussi longtemps."

"Oh, il voulait que tu me suives à la trace. Tu es sa petite espionne", dit Ribby en passant son bras autour de l'épaule d'Abbey.

"Je ne le ferais jamais", dit-elle, atterrée par cette suggestion.

"Bien sûr, mais il ne sait pas que nous sommes amis".

"Eh bien, je ne lui parlerai certainement pas de ce journaliste".

"Je dirai à monsieur l'anglophone que nous l'avons rencontrée ici. Ce ne sont pas les affaires de Tibbles."

Ils contournèrent l'allée menant à la façade du manoir et entrèrent à l'intérieur.

Chapitre 54

S TEPHEN EST ARRIVÉ à l'hôpital et a demandé à voir sa mère. Sa demande a été refusée. Il s'est agité et a provoqué une scène.

Deux employés costauds de type videur l'ont soulevé du sol par derrière et l'ont fait sortir des locaux.

"Sonnez mon employeur, M. Théodore Anglophone. Appelez-le !"

"Bien sûr, on va faire ça", dit le plus petit des deux hommes alors que le corps de Stephen atterrit avec un bruit sourd sur le macadam.

Ses pneus ont crissé alors qu'il s'éloignait de l'hôpital. Il avait fait tout le chemin jusqu'à la propriété. Il ne se soucie pas du nombre de pierres qui rebondissent sur la voiture en chemin.

***

VIVECA FRAPPE SES MAINS sur le volant. Son plan ne s'est pas bien déroulé. Elle espérait ne pas avoir tout gâché.

Il faut que je prévienne cette fille, alors je vais devoir parler à papa et voir s'il peut m'aider à mettre un pied dans la porte, pensa Viveca. Si je continue comme ça, je ne serai jamais promue.

Elle a réglé son téléphone de façon à ce que tout appel soit automatiquement mis sur haut-parleur. Elle rapproche son siège en sortant de la place de parking située sous l'arbre. Alors qu'elle était presque arrivée au bout de son chemin, son téléphone a sonné et elle a ouvert la ligne.

Une limousine noire qui arrivait a franchi la ligne médiane et s'est retrouvée sur sa voie.

Le conducteur de la limousine a les yeux exorbités et il a donné un coup de volant en même temps qu'elle. Les deux voitures sont passées à un centimètre l'une de l'autre.

"Whoa ! Fais gaffe ! Toi, salaud de fou !" Viveca a crié.

"J'espère bien que ce n'est pas à moi que tu parles", dit Munson.

"Euh non, patron, c'était le chauffeur de l'anglophone. Il a failli me faire sortir !"

"Qu'est-ce qu'il a ?"

"Aucune idée, mais je suis bien content qu'on aille dans des directions opposées".

"Alors, tu l'as trouvée ?"

"Oui."

"Et ?"

"J'ai fait une petite mise en scène. J'ai fait semblant de me fouler la cheville."

"Oh là là. Elle l'a gobé ?"

"Ça m'a semblé assez convaincant."

"Et comment était-elle ?"

"Elle s'appelle Angela. Elle avait l'air gentille, bien que naïve."

"Ce n'est pas une arriviste, alors ? Ou une locale ?"

"Non, pas du tout. Elle est différente. Je pense qu'elle a une trentaine d'années, elle est calme, elle parle doucement. J'espère que je n'ai pas trop insisté et que je ne l'ai pas rebutée."

"Bon sang, Viveca, ta formation en page sociale devrait t'apprendre à gérer les situations délicates. J'espère que tu n'as pas tout gâché et si c'est le cas, corrige-le."

"Bien sûr, patron", dit-elle alors qu'il se déconnecte. Elle a pris le chemin de la maison.

***

DE RETOUR à LA maison, Stephen décide d'aller directement à l'intérieur et de se confesser à Anglophone. S'il faisait face à la musique, s'il admettait son indiscrétion, Anglophone serait compréhensif. Anglophone avait un faible pour sa mère. Il l'aiderait à régler le problème.

Mais s'il mentionnait le coup de téléphone, il trahirait Mlle Angela en lui disant qu'elle était venue le voir et lui avait parlé du coup de téléphone.

Alors, je ne peux pas parler du coup de fil. Je vais devoir lui dire que j'ai eu l'intuition que maman était en danger. Un instinct de fils. Il fallait que j'aille la voir à ce moment-là. L'anglophone pourra sûrement me pardonner.

Stephen est entré à l'intérieur. Il n'y avait personne. Il retourne à son poste.

Chapitre 55

L'ANGLOPHONE S'EST RÉVEILLé ET a appelé Tibbles. Tibbles était dans la cuisine, en train de contre-interroger Abbey. Le son de cloche continu de l'anglophone a détourné son attention.

Tibbles a pointé son doigt vers le visage d'Abbey. "Nous n'avons pas fini ! Ne bouge pas ! C'est un ordre !"

Lorsqu'il arriva devant la porte de l'Anglophone, quelque chose de dur s'écrasa à l'intérieur. Tibbles a poussé la porte et quel spectacle il a vu.

Un anglophone plus impatient qu'à l'accoutumée avait retiré l'appareil de sonnerie du plafond. Il était assis là, le visage rouge au milieu du plâtre et des décombres.

Je suis désolé, Monsieur", dit Tibbles.

L'anglophone lui a jeté un regard noir et a crié. "Bien sûr que tu l'es, Tibbles. Tu es toujours désolé, mais ce n'est pas la question. Maintenant, dis-moi pourquoi l'hôpital m'a appelé sur mon numéro privé pour se plaindre d'un de mes employés ?" Il marque une pause pour faire son effet et devant l'absence de réaction de Tibbles.

"JE, JE..."

"Stephen a causé tout un remue-ménage."

"JE, JE..."

"Toi, Tibbles, qu'est-ce que tu as à dire pour ta défense ? Pourquoi envoyez-vous mon personnel se promener sur mon temps de travail ? Ou bien mon chauffeur a-t-il quitté les lieux de son plein gré ? Explique-toi !"

"Moi, nous avions besoin de certaines choses pour le ménage. Tu étais indisposée. Stephen était inoccupé. Il avait des instructions précises. Je ne me doutais pas qu'il abuserait de ma confiance." Il marque une pause. La transpiration dégoulinait sur son front. "Ta confiance. C'est un impertinent...."

"C'est vrai, mais toi, Tibbles, tu n'es qu'un imbécile ! Maintenant, tu vas réprimander Stephen. Mets-le au travail pour couper l'herbe pendant les quinze prochains jours et trouve-moi un autre chauffeur pour le remplacer. Et une réduction de salaire. Il aura cinquante dollars de salaire en moins, et en tant que son complice, toi aussi. Fais venir quelqu'un ici et répare ce truc... et n'oublie pas les somnifères. Maintenant, va-t-en avant que je n'en fasse cent !"

***

QUELQUE TEMPS PLUS TARD, Ribby dormait profondément sur le sol de la bibliothèque de la maison, des livres ouverts encadrant sa forme.

Les somnifères que l'anglophone avait demandé à Tibbles de placer dans son thé avaient été efficaces. Il ne lui manquait plus que quelques minutes pour obtenir un échantillon pendant qu'ils remettaient sa chambre en état et il saurait alors si Angela était sa fille.

L'anglophone se tenait au-dessus d'elle, la regardant, la désirant tellement qu'il en avait mal. Il ne pouvait pas être le père de cette fille. C'était impossible. La simple idée qu'il puisse être attiré par sa propre chair et son propre sang...

Alors qu'il la contemplait, un souvenir de Martha lui revint en mémoire. Elle avait dit la vérité. Ils s'étaient déjà rencontrés. Pourquoi, jusqu'à ce qu'elle le mentionne, ne s'était-il pas souvenu d'elle ? Les souvenirs étaient comme ça en vieillissant, ils allaient et venaient sans rime ni raison.

Il caressa les cheveux de Ribby, s'interrogeant. Il continua à effleurer le dos de sa main, tout en remontant la manche de son chemisier.

La fiole attendait, et l'aiguille était prête.

Réveille-toi, Ribby. Réveille-toi ! Le vieux salaud est là. Il est....

"Ma chère Angela", murmura l'anglophone en enfonçant la pointe de l'aiguille dans sa veine. Le sang s'est écoulé dans la fiole. Il a regardé sa blessure et s'est penché sur elle, léchant la plaie ouverte avec sa langue. Le sang avait un goût sucré, comme celui d'Angela. Il pouvait sentir le raidissement de son pantalon et savait qu'il devait sortir de là. Il détestait la voir si mal à l'aise sur le sol toute la nuit.

Il a ramassé l'échantillon et mis les étiquettes sur le flacon. Il a décroché son téléphone qui était posé sur la table.

Tibbles se tenait devant la porte alors que l'anglophone sortait. "Le véhicule que vous avez commandé attend les instructions".

"Un instant", Anglophone a fixé les échantillons dans le sac isotherme. Il les tend à Tibbles. "Dites au chauffeur de se rendre directement au laboratoire. J'ai déjà informé mon contact au laboratoire qu'il s'agit d'une priorité absolue. J'attends une réponse immédiate." Il marque une pause. "Quand vous aurez terminé, montez-la dans sa chambre. Oh et," il tendit son téléphone à Tibbles. "Mets-le en lieu sûr jusqu'à ce que je te dise le contraire".

Tibbles acquiesça. "Je l'ai déjà caché, de temps en temps, comme tu me l'as demandé, mais là, ce sera plus permanent." Puis il se dirigea vers l'avant de la maison.

L'anglophone retourna dans sa chambre. Il avait faim, mais le thé de fin d'après-midi dans le jardin arrangerait les choses. En attendant, il n'aurait pas un instant de tranquillité tant qu'il ne saurait pas avec certitude s'il était amoureux de sa propre fille.

Chapitre 56

FATIGUÉ D'ATTENDRE QUE LA hache tombe, Stephen a claqué la portière de la voiture et, après avoir attrapé le sac de choses qu'il avait acheté pour Tibbles, il est entré en trombe à l'intérieur. Il s'est arrêté à mi-chemin lorsqu'il a rencontré Tibbles.

Tibbles a beuglé : "Te voilà, imbécile ! Entre dans mon bureau, MAINTENANT !"

"Pas maintenant, espèce de fanfaron, dégage de mon chemin. Je dois voir l'anglophone."

Tibbles a levé la main pour gifler le visage de Stephen.

Stephen a bloqué le coup et les deux hommes se sont regardés dans les yeux. Stephen s'est accroché à la main de Tibbles pendant quelques secondes puis l'a lâchée.

Les deux hommes se tenaient les yeux dans les yeux, les nez se touchant presque dans une bataille pour savoir qui céderait le premier.

"Désolé, Tibbles", dit Stephen.

"Je devrais le dire. Excuses acceptées. Maintenant, entrez dans mon bureau et attendez-moi. J'ai d'abord des affaires à régler, puis nous pourrons régler tout ça."

Tibbles quitta la maison. Il s'est penché à la fenêtre ouverte de la voiture qui attendait, transmettant les instructions de l'anglophone. La voiture est partie en trombe. Tibbles est retourné à son bureau.

"Asseyez-vous, Stephen, s'il vous plaît." Tibbles fait les cent pas pendant quelques secondes avant de prendre la parole. "M. Anglophone est extrêmement agité. Premièrement, il m'en veut parce que je t'ai laissé te promener sur son temps libre. Deuxièmement, il t'en veut parce que l'hôpital s'est plaint de la scène que tu as causée. Qu'est-ce qui t'a pris ?"

"J'avais l'impression que maman n'allait pas bien. Je devais vérifier. Pour voir si elle allait bien."

"Des mensonges, que des mensonges", dit Tibbles sous sa respiration. "Je sais que mademoiselle Angela t'a parlé de l'appel téléphonique. Oserais-tu le nier ?"

Stephen regarde ses pieds.

"Ton comportement en dit long ! Alors, quand je t'ai demandé d'aller chercher quelques affaires, tu avais l'intention d'abuser de ma confiance."

"Je suis désolé Tibbles. Je le suis, mais je devais y aller."

"Eh bien, monsieur l'anglophone t'a suspendu pour deux semaines. Comme j'ai placé ma confiance en vous, il a retenu mon salaire également. De plus, tu seras un corps de chien par ici   couper la pelouse, faire toutes les tâches qui te sont attribuées. Il faut que j'engage un autre chauffeur. Avec un peu de chance, le nouveau ne sera pas aussi impertinent que toi !"

"Je suis désolé que ton salaire ait été retenu. Je ne pense pas que ce soit juste. Je peux lui en parler."

"Vous ne le ferez pas."

"Retenez mon salaire, mais s'il vous plaît, ne me laissez pas sans véhicule. Laissez-moi aller lui parler. Je le supplierai de me pardonner."

"Monsieur l'anglophone dit qu'il ne souhaite pas vous parler avant quinze jours. Si tu le vois, continue à travailler. Montre-lui ton dévouement. Montre-lui tes remords. Nous avons de la chance qu'il ne nous ait pas licenciés. Avec le temps, les choses reviendront à leur état normal."

Tibbles a décroché le téléphone et a ignoré la présence de Stephen.

Stephen, incertain de ce qu'il devait faire maintenant, mit sa tête entre ses mains. Tibbles bavardait au téléphone. Dépité, il s'est levé et a quitté le bureau. Il s'est aventuré dehors, les poings serrés au fond de ses poches.

Il marcha pendant des heures, admirant la vue et réfléchissant à tout ce qu'il pouvait faire.

Il devait trouver un moyen de faire sortir sa mère de cet endroit.

Il devait trouver un moyen d'être indépendant de l'anglophone.

Il devait prendre sa vie en main. Si seulement il pouvait trouver comment.

Chapitre 57

RIBBY A OUVERT LES yeux. Au début, elle ne savait pas où elle était. La dernière chose dont elle se souvient, c'est d'avoir lu dans la bibliothèque.

Elle a essayé de s'asseoir, mais sa tête lui faisait mal et la pièce tournait. Elle s'est serrée dans ses bras et a remarqué une grosse ecchymose violette sur son bras. Elle a essayé de se souvenir d'une occasion où l'ecchymose aurait pu se produire. Elle n'y est pas parvenue.

Angela ne se souvenait de rien non plus. Quelque chose la tracassait. Un faible souvenir, inaccessible.

Comment cela a-t-il pu se produire ?

Tu es probablement tombée sur quelque chose. Ce ne serait pas la première fois.

C'est vrai, je peux être maladroite.

Ne t'inquiète pas pour ça. Tu as d'autres chats à fouetter.

Ribby a senti l'odeur du poisson en train de frire et a couru dans le couloir jusqu'à la salle de bains pour se faire vomir. Elle s'est lavé le visage et a bu quelques gorgées d'eau.

Ça va mieux maintenant ?

Je pense que oui, merci.

Où est Teddy au fait ? C'est presque comme s'il se désintéressait du sujet. Tu le tenais dans la paume de ta main.

C'est un homme très occupé.

Ribby s'est nettoyé et s'est brossé les dents.

En plus, il ne va pas très bien.

Quelque chose continue de tracasser Angela. Quelque chose dont elle était près de se souvenir, mais qui lui échappait.

Mais c'est un homme et tu dois continuer à l'intéresser. Flirte un peu. Ajoute un peu de sex-appeal. Laisse-le deviner et espérer. Attention, je ne te suggère pas d'aller jusqu'au bout de la démarche de sitôt. Joue avec lui.

Je n'ai pas beaucoup d'expérience dans le domaine des hommes.

Je pense que c'est un vieil homme excité dans l'âme.

Il veut que quelqu'un soit là pour lui. Quelqu'un sur qui il peut compter.

Il pourrait faire son choix avec tout cet argent. Alors, ne gâche pas tout gamin   ou si tu le fais, fais en sorte qu'il compte ! !!

Tu es vraiment dégoûtant.

" Mademoiselle Angèle, Mademoiselle Angèle ", appela Abbey en frappant à la porte.

"Monsieur l'anglophone vous attend dans le jardin".

"Entre, Abbey. Je ne me sens pas d'attaque pour un Afternoon Tea."

"Il le faut."

Ribby s'est assise sur le lit en se tenant la tête entre les mains.

"Dites à M. Anglophone de me retrouver dans une heure, s'il vous plaît."

"Comme vous voudrez, Mlle Angela."

"Dès que vous aurez terminé, revenez m'aider à me préparer".

"Bien sûr, Mlle Angela. Je reviens tout de suite."

Quelques instants plus tard, Abbey est revenue dans la chambre de Ribby.

"J'espère que monsieur l'anglophone n'était pas fâché contre moi", dit Ribby.

"Non, Mlle Angela. Il comprend que nous prenons plus de temps pour nous rendre présentables", dit-elle en riant. "Maintenant, assieds-toi ici et laisse-moi t'aider".

Abbey bavarde, tandis que Ribby se laisse dorloter. "Voilà", dit-elle.

"Merci, Abbey."

"Tu es magnifique !" dit Abbey alors qu'elles se dirigeaient vers le couloir et l'extérieur, dans le jardin.

Ribby a repéré Teddy dont le visage était caché derrière un journal. Elle s'est tranquillement assise à côté de lui. Il ne l'avait pas entendue. Elle sourit.

Tibbles s'approcha en trombe de la table et annonça : "Bonjour, Mlle Angela."

Teddy faillit faire tomber le journal en se levant. "Depuis combien de temps es-tu assis là ?"

"En fait, ça n'a duré que quelques instants. Je t'ai manqué ?" Ribby a chuchoté en prenant sa main dans la sienne.

L'anglophone a retiré sa main et a dit : "J'étais très, très malade."

Le teint de Ribby s'enflamma.

Qu'est-ce que c'est que ça ?

"Mais j'ai souvent pensé à toi."

"Et qu'est-ce que tu as pensé à moi ?"

"J'ai pensé à toi et à la bibliothèque."

"Exactement, et j'ai quelques idées dont j'aimerais discuter avec toi".

"Où est passé Tibbles ? TIBBLES !"

Tibbles revient. Abbey suivait derrière. Ils portaient des plateaux remplis de nourriture et de boissons. L'assiette de l'Anglophone fut bientôt remplie de nourriture, tandis que Ribby choisissait une tasse de thé bien corsé.

"J'ai réfléchi", dit Ribby en remuant son thé. "J'aimerais faire la lecture aux enfants et jouer pour eux à la bibliothèque. J'aimerais organiser une journée des enfants."

"Et qu'est-ce que cela impliquerait ?"

"Les auteurs pourraient faire des lectures de livres."

"Hmmm, intéressant, intéressant", dit Teddy.

"Aussi, j'aimerais que nous fassions don de livres aux hôpitaux".

"Oui, j'aime bien ces idées, mon Ange, cela demandera un peu de réflexion, d'organisation. Pour l'instant, nous devrions nous concentrer sur la bibliothèque. Une fois que nous serons opérationnels, peut-être dans un an ou deux, tu pourras mettre en œuvre ces autres idées. Vas-y doucement, Angela. N'oublie pas que nous ne sommes pas dans une grande ville. Nous parlons d'une autre race de personnes ici."

"Les familles sont partout."

"Je vois où tu veux en venir", dit Teddy en tapotant la main de Ribby comme un enfant qu'il doit supplicier.

"Excusez-moi", dit un homme, casquette à la main, depuis l'entrée.

"Oui ?" "Oh, je vois, vous êtes le nouveau chauffeur".

Tibbles entra en claquant des talons. "Je vous ai dit de m'attendre dans la cuisine".

Mes excuses, dit le nouvel homme en donnant un coup de chapeau d'abord à l'anglophone, puis à Tibbles. Il est sorti de la pièce en reculant.

"Stephen est-il malade ?"

"Non. Il ne l'est pas." Teddy a pris une bouchée de quiche. "Il a abusé de ma confiance. Il est dans la niche pour les quinze prochains jours."

"Je suis désolée d'entendre ça." Elle a bu une gorgée de thé. "J'aimerais appeler ma mère, et il me semble que j'ai égaré mon téléphone portable".

"Certainement. Utilise le téléphone qui se trouve dans l'entrée. Pendant ce temps, nous allons jeter un coup d'œil pour voir si nous pouvons trouver ton téléphone."

Ribby était si heureuse qu'elle se leva, laissant tomber sa serviette par terre, et se précipita vers Teddy. Elle a volé vers lui, remplie de passion, a passé ses bras autour de son cou, et l'a embrassé sur les lèvres. Elle a ouvert les yeux. Il la regardait en retour. Il était froid comme la pierre.

Il l'a repoussée et s'est mis debout. Son visage était rouge.

Ribby sortit de la chambre en courant et monta les escaliers. Elle s'est jetée sur son lit et a pleuré jusqu'à ce qu'elle s'endorme.

Tu trouves ça sexy ?

Chapitre 58

L E LENDEMAIN MATIN, QUAND Ribby s'est réveillée, elle a ouvert les portes du balcon. Elle s'étire et bâille. La lumière du soleil réchauffait sa peau, et elle ressentait une forte envie de se rapprocher du bord de l'eau. Elle s'habilla, se doucha, puis jeta son chapeau, se pinça les joues et se dirigea vers la sortie du manoir.

Sur le chemin, elle aperçoit Stephen. Il lui tournait le dos, mais elle pouvait entendre le bruit des cisailles. Il était en train de tailler les rosiers.

"Stephen", dit Ribby.

Il a redressé le dos et a tenu sa main en l'air pour ombrer les rayons du soleil de ses yeux.

"Je me demandais si tu pouvais me conduire quelque part".

Il n'a pas répondu. Au lieu de cela, il a fait demi-tour et a repris ses tâches de jardinage. Il a attendu qu'elle s'éloigne, a continué à couper et à tailler. Au bout d'un moment ou deux, il a dit : "Pourquoi moi ? Demande au vieux. Je ne peux pas t'aider. Je ne peux même pas m'aider moi-même."

"Mais je n'ai personne, Stephen." Elle lui a touché l'épaule. "Je veux rentrer chez moi."

Il s'est brusquement tourné vers elle, manquant de lui faire perdre l'équilibre. "Je ne peux pas t'aider. Bon sang ! J'aimerais bien, honnêtement, j'aimerais bien, mais je... Il y a d'autres personnes qui dépendent de moi. Je ne peux pas t'aider. Maintenant, va-t-en !"

Ribby recula, luttant contre l'envie de pleurer. "Je pensais seulement... Je suis désolé de t'avoir dérangé".

Stephen l'a laissée partir. Il la laissa s'éloigner de plus en plus avant de l'appeler. Ribby l'a ignoré. Il a couru après elle.

"Ecoute, je suis désolé. Ses yeux rencontrèrent les siens. "C'est juste que j'ai été rétrogradé et que je déteste vraiment le jardinage."

Ribby prit connaissance de ses traits adoucis.

Il jeta un coup d'œil nerveux vers la maison lorsqu'une voiture passa à toute allure à côté d'eux. Le conducteur en sortit et courut jusqu'à l'escalier où Tibbles ouvrit la porte. Quelques instants plus tard, la voiture passa à côté d'eux en sortant.

Ribby s'est installé chez Stephen.

Stephen s'est rapproché de Ribby.

Ils se sont rencontrés quelque part au milieu.

Chapitre 59

TIBBLES A REMIS L'ENVELOPPE à Anglophone puis est retourné à ses occupations.

Anglophone était à la fenêtre, observant sa fille et son fils, maintenant confirmés, qui se faisaient des yeux de biche. Il pouvait sentir l'alchimie entre eux jusque dans sa chambre. Il riait en les regardant chuchoter et échanger des regards.

Il sonna la cloche et Tibbles revint dans les secondes qui suivirent.

"Tibbles, dit Teddy, je vais en ville aujourd'hui. J'ai quelques petites choses à régler là-bas. Prévenez le chauffeur Je reviendrai demain.

"En attendant, surveillez Stephen et Mademoiselle Angela pour moi. Vois ce qu'ils font, mais ne leur fais pas savoir que tu les surveilles." Il se toucha le nez avec son index. "Discrétion, mon cher Tibbles, discrétion."

"Bien sûr, monsieur l'anglophone." Tibbles sortit de la pièce en s'inclinant.

Chapitre 60

"COMMENT PUIS-JE VOUS AIDER ?" Stephen dit, entraînant Ribby à l'écart de l'allée principale. "Comme je l'ai dit, je ne peux même pas m'aider moi-même. J'ai des responsabilités."

Tibbles se concentre sur eux alors que l'anglophone s'apprête à partir.

"Est-ce que ça a un rapport avec ta mère ?"

"Je ne peux pas te le dire. Moins tu en sais, mieux c'est. Pourquoi veux-tu partir ? Est-ce qu'il t'a fait quelque chose ?"

"Je ne sais même pas ce que je fais ici", dit Ribby. "Je veux dire, pourquoi moi ?"

La limousine est partie en trombe.

"Je me demande où il va."

"Il a un nouveau chauffeur."

"Je sais, mais ce n'est que temporaire", dit Stephen. "Si tu as besoin de t'enfuir, fais-le maintenant."

"Comment pourrais-je ? Je n'ai pas de voiture."

Ribby, tu es complètement paniqué. Calme-toi.

"Tu dois sûrement connaître quelqu'un ici qui pourrait t'aider."

"J'ai rencontré une journaliste hier, Viveca Quelque chose."

"Oui, appelle-la. Demande-lui."

"Et si elle ne vient pas ?"

"Fais-moi confiance, elle viendra", dit Stephen.

"Comment le sais-tu ? Pourquoi se soucierait-elle de moi ?"

"Elle ne t'a pas posé un tas de questions sur l'anglophone ?".

"Pas vraiment", répond Ribby. "Elle a dit qu'elle écrivait une histoire sur les merveilles naturelles".

"Tu peux penser cela, mais crois-moi, c'est toi l'histoire. En plus des journalistes, tu peux garantir que la police garde aussi un œil sur la situation."

"Je ne comprends pas. Pourquoi ?"

"Tout ce que je peux vous dire mademoiselle, c'est de l'appeler. Laissez le journaliste vous expliquer. Mais ne dites rien sur moi, j'ai déjà assez d'ennuis. Et pour l'amour de Dieu, ne sonnez pas depuis la maison. Il te faut un téléphone portable, ou mieux encore, peux-tu faire confiance à Abbey ? Je veux dire, vraiment faire confiance à Abbey ?"

"J'avais un portable, mais je l'ai perdu. En ce qui concerne Abbey, oui, je pense que oui", dit Ribby. "Je suis presque sûr que je pourrais lui confier ma vie".

"Alors utilise-la. Demande-lui d'aller sonner le journaliste. Je te laisserais bien faire le mien, mais Tibbles l'a probablement mis sur écoute. Faites-le aujourd'hui, Mademoiselle."

"Merci", dit Ribby en lui touchant la main.

"D'accord, à tout à l'heure", dit Stephen. Il jeta un coup d'œil à la fenêtre, remarqua les rideaux qui bougeaient. Tibbles. Il se remit à tailler les roses.

Quelles jolies fesses !

Tu ne penses jamais à autre chose ?

Stephen s'est retourné, a regardé Ribby, puis s'est remis au travail.

Ribby a cherché Abbey.

Lorsqu'ils se sont presque heurtés dans le couloir principal, Abbey a dit : "Tibbles a dit que je devais te trouver, IMMÉDIATEMENT. Je ne sais pas ce que c'est que cette histoire. C'est juste parce que monsieur l'anglophone est absent pour un jour ou deux."

"Oui, j'ai vu sa voiture à l'instant."

"Je vais être ton ombre."

Ribby et Abbey sont sortis par la porte et ont continué à avancer. Quand ils furent assez loin du manoir, Ribby dit : "Je veux partir d'ici et j'ai besoin de ton aide."

"Si Tibbles l'apprend, il sera très fâché. Il pourrait même me renvoyer."

"J'ai besoin que tu appelles quelqu'un. Cette femme que nous avons rencontrée hier, tu sais, la journaliste ?" Abbey acquiesce. "J'ai besoin que tu ailles sur un téléphone, pas ici, n'importe où ailleurs qu'ici, et que tu l'appelles. Prends rendez-vous pour que nous nous rencontrions. Tu veux bien le faire ?"

"Je peux le faire", dit Abbey après quelques hésitations. "En fait, je vais à la ferme Fairfield, en bas de la route, pour acheter du fromage. Le chauffeur devait m'emmener, mais maintenant je dois marcher. Je pourrai la sonner de là."

"Tu es une star", dit Ribby. "Maintenant, je vais retourner à l'intérieur. Amuse-toi bien à la ferme Fairfield."

"Quand dois-je l'organiser ? Je veux dire la rencontre avec toi et Viveca ?"

"Je pense qu'elle saura à quel point cela peut être difficile pour moi. Dis-lui cependant que monsieur l'anglophone est absent, et que le plus tôt possible serait le mieux."

"C'est un plan."

***

À FAIRFIELD FARM, ABBEY a composé le numéro de Viveca Hartman au journal. "Euh, bonjour, c'est moi, Abbey".

"Abbey qui ?" dit Viveca d'un air contrarié. "Vous avez ici Viveca Hartman du Local Times".

"Oui, je sais, euh, comment va ta cheville ?"

"Ma cheville ? I..." Viveca a compris. "Abbey, oh oui. Qu'est-ce que je peux faire pour toi ? C'est Angela ? Elle va bien ?"

"Oui," dit Abbey, "et je me suis fait un sang d'encre pour toi, d'être si malade et de te fouler la cheville comme ça."

"D'accord", dit Viveca, "il y a quelqu'un d'autre, c'est bien ça ?".

"Oh, mon oui", a dit Abbey, "il faut vraiment que tu te ménages et que tu te tiennes à carreau".

"Abbey," dit Viveca, "je, ne sais pas ce que tu veux ou comment je peux t'aider. Euh, est-ce qu'elle veut me voir ? Est-ce qu'Angela veut que je vienne là-bas ?"

"Oui", dit Abbey, "monsieur l'anglophone est parti en ville. Le plus tôt possible serait le mieux. Je suis à la ferme Fairfield en ce moment, je suis allée chercher du fromage."

"D'accord, Abbey, dit Viveca, et demain, entre 10 et 11 heures ?"

"Nous essaierons de nous échapper. S'il te plaît, attends-nous à la ferme Fairfield, même si nous sommes en retard."

"Je le ferai", répond Viveca.

Chapitre 61

À 21 HEURES, LA limousine de l'anglophone tournait le coin de la rue en direction de la maison de Martha. C'était son moment préféré de l'année, quand il faisait encore clair dans la soirée. Certes, elle était en prison, mais il voulait voir s'il pouvait obtenir des informations auprès des voisins. Il était encore furieux que Martha soit revenue dans sa vie. Il avait ouvert sa bibliothèque et son cœur et maintenant...

La maison de Martha avait disparu. Totalement anéantie. Tout ce qui restait, c'était un tas de gravats brûlés. Il sortit de la voiture pour aller voir de plus près. Le chauffeur se tient à ses côtés.

Une femme âgée déambulait sur le trottoir. Elle portait une robe de chambre défraîchie. Elle s'est approchée de l'anglophone. Le chauffeur a mis son corps entre lui et la femme.

"Putain de honte", a dit la femme en essayant de se rapprocher d'Anglophone. "Une si bonne femme et partir comme ça. C'est tellement triste. Et sa pauvre fille. Personne ne sait où elle est et maintenant, tout ce scandale. Je ne sais pas. Je ne sais pas." Elle tamponne ses yeux avec le coin de sa manche en jetant un coup d'œil vers la limousine.

"Es-tu en train de suggérer que la femme qui vivait ici, Martha, est morte ?"

"Non, elle n'est pas morte. Sa voisine, Mme Engle, a senti de la fumée. Elle a sorti les corps de Martha et de Scamp de là. Elle leur a sauvé la vie même si Martha ne voulait pas vivre. Scamp a été adopté par Mme Engle." Elle a pointé du doigt la maison.

"Comment ça, elle ne voulait pas vivre ?"

"Elle était pleine de pilules et d'alcool".

"Continue, s'il te plaît."

"La maison s'est enflammée comme une poudrière. Nous n'avons jamais été amies. Cette femme avait des hommes qui allaient et venaient tout le temps. C'était comme si sa maison avait une porte tournante." La femme se gratte, comme si elle avait des puces. "Je ferais mieux de rentrer avant d'attraper la mort. Bonsoir, Monsieur." Elle s'éloigne.

"Attendez, restez. Viens à l'intérieur de ma voiture et je te donnerai une gorgée de whisky pour te réchauffer", a dit l'anglophone.

La femme s'est arrêtée. Elle s'est tournée vers lui. Elle a hésité, puis s'est éloignée.

"J'apprécierais vraiment votre aide", a appelé Anglophone. "Je ferai en sorte que cela en vaille la peine."

"Euh, mais je, je ne vous connais pas d'Adam", dit la femme. "Vous pourriez être l'un des amis dégénérés de Martha. Vous voulez un morceau de tout ça." Elle agite les bras et sourit, révélant un rictus édenté.

"Eh bien, je suis Theodore Anglophone, une vieille amie de Martha. Nous nous connaissons depuis longtemps." Il lui a glissé un billet de vingt dans la paume.

"Elle est en prison."

Il agita un cinquante devant son visage, qu'elle tenta d'attraper.

"Du calme, mon ami", dit l'anglophone. "Dis-moi quelque chose qui vaut cinquante dollars. Je travaille dur pour mon argent."

"Je peux te dire des choses ; des choses qui te feraient tourner la tête".

Anglophone se rapprocha et l'odeur âcre du chou lui fit couvrir son nez avec sa main. "Votre voiture vous attend."

La femme âgée se mit à rire tandis que le chauffeur lui ouvrait la porte.

Une fois qu'ils furent à l'intérieur, Teddy remplit un verre de whisky puis le tendit à la femme. Elle le renverse. Il le remplit à nouveau.

"Eh bien, Martha et Ribby vivaient ici, et Martha était une prostituée, même si d'après ce que j'ai entendu, elle n'était pas très bien payée." Elle rit. "Nous le savions ; tous ses voisins le savaient, c'est-à-dire. Nous avons fermé les yeux. Tant qu'elle restait à l'écart de nos maris, on vivait et on laissait vivre. Puis les journaux l'ont découvert et sont venus ici pour vérifier le bordel. Ribby n'était pas là à l'époque, que son âme soit bénie. Pauvre petite fille. Ce qu'elle a dû voir avec les hommes qui allaient et venaient quand elle grandissait."

"Oui, va à l'essentiel, pour gagner les cinquante dollars", exige l'anglophone.

"Quand la maison a brûlé, ils ont trouvé...Quelque chose...Dans la remise...Plus tard...Pendant que Martha se remettait à l'hôpital...".

"Allez-y."

La femme tendit son verre. Lorsqu'il fut plein, elle poursuivit. "C'est là qu'ils l'ont trouvé, un couteau".

"Oh là là", dit Teddy en se penchant plus près de la femme. Il remplit à nouveau son verre.

"Alors, elle était là, la pauvre Martha, sans sa fille, sans une âme, et ils l'ont inculpée au premier degré. Deux meurtres. Sa sœur et l'un de ses Johns   je crois que c'était celui de jeudi. C'était dans tous les journaux. C'était la folie par ici."

"Thursday's ?" Teddy dit d'un ton révolté.

La femme hésite : "Gros, très, très, gros. Pas ton genre de graisse ordinaire. Très peu attirant. Et mariée en plus."

"Continue l'histoire. Alors, que s'est-il passé ?" Teddy demande avec impatience.

"Il est mort. Poignardé dans le dos. Les journaux ont estimé que les sœurs s'étaient battues pour lui." La femme gloussa comme une poule qui pond un œuf devant l'étonnement de voir des femmes se battre pour un tel prix.

"Elle est au pénitencier et attend que le juge la condamne. Ils pensent qu'elle a tué l'homme et sa sœur. Puis elle les a précipités du haut d'une falaise. Ils ont trouvé le couteau et une de ses robes couverte du sang de Carl Wheeler enterrés dans le hangar à l'arrière." Elle s'arrêta et attendit en espérant que son récit avait été suffisant pour gagner les cinquante.

"Tu as été très utile. Voici cent autres pour votre temps, et vous pouvez aussi emporter le reste de la bouteille."

Comme la femme ne semblait pas intéressée par la sortie, le chauffeur ouvrit la porte. L'anglophone la bouscule un peu.

"Là, vous n'aviez pas besoin de pousser ! Toi, toi !" s'exclame la femme en reculant de la voiture.

"Allez-y", dit monsieur Anglophone au chauffeur lorsqu'il a regagné son siège. "Conduisez-moi au pénitencier."

"Oui, monsieur Anglophone."

Teddy s'est penché en arrière et a fermé les yeux.

Chapitre 62

L E LENDEMAIN MATIN, RIBBY et Abbey ont rencontré Viveca à la ferme Fairfield.

"Tu es sensationnelle !" dit Abbey.

"Merci, Ang", a répondu Viveca. "Je me sens assez bien pour sauter sur l'un de ces chevaux aujourd'hui et faire une promenade. À condition que tu choisisses une âme douce, l'équitation me conviendrait parfaitement."

"Abbey connaît tous nos chevaux", dit Mme Fairfield. "Je déteste me précipiter, mais j'ai quelques corvées à faire en ville. Alors, faites comme chez vous. Servez-vous de tout ce dont vous avez besoin. Je devrais être de retour à l'heure du déjeuner, si vous voulez rester ?"

"Non, merci", dit le trio à l'unisson.

"Occupé, occupé, occupé", a dit Ribby, et Abbey et Viveca ont hoché la tête en signe d'assentiment.

Après que Mme Fairfield a quitté la maison, Viveca a demandé : "Qu'est-ce qu'il y a ?"

Abbey a répondu : "Je vais aller faire un tour pendant que vous discutez toutes les deux".

"Merci, Abbey. Tu es une perle", dit Ribby en regardant Abbey fermer la porte derrière elle. Ribby a ensuite porté son attention sur Viveca, qui semblait aussi anxieuse qu'elle.

"Comment puis-je t'aider ?" demande Viveca.

"Tout d'abord, merci d'être venue si rapidement. Je ne sais plus où j'en suis dans la maison avec monsieur l'anglophone. Je veux rentrer chez moi."

"Et il ne te laisse pas faire ? Tu es retenue prisonnière ?"

"Pas exactement. Il a été gentil avec moi, jusqu'à il y a quelques jours   même si je me sens très isolée puisqu'il est toujours en déplacement. Il y a quelques jours, oh, je ne sais pas comment l'expliquer si ce n'est que j'ai voulu partir. En plus de cela, mon téléphone a disparu. Je sais qu'il veut que je reste pour ouvrir la bibliothèque, mais je soupçonne qu'il me cache quelque chose. Je ne sais pas pourquoi il a besoin que je sois bibliothécaire. Je veux dire, moi en particulier. Ce n'est pas comme si j'avais répondu à une annonce pour le poste. Très franchement, j'ai peur."

"D'abord, dis-moi ce que tu sais."

"Je pense que tu ferais mieux de commencer par le tout début".

"L'anglophone a une réputation auprès des dames. Pour dire les choses simplement, il se fait des idées. Avec tout cet argent, sans parler du pouvoir qu'il exerce, il est capable de faire des choses qu'un homme normal ne pourrait pas faire. Par exemple, il a plusieurs membres du Conseil dans sa poche arrière. C'est un fait connu, il graisse les paumes, mais il est si puissant que personne ne peut obtenir de preuves contre lui. Comme ce qui s'est passé à la bibliothèque. Je veux dire, la mère de Stephen a été ligotée et laissée pour morte."

"Cette femme, c'était la mère de Stephen ?"

Mais la mère de Stephen n'est pas morte...

"Tu veux dire que tu es au courant de ce qui s'est passé à la bibliothèque ?"

"Oui, j'ai lu ça sur internet avant de venir ici".

"Mais dans les journaux, ils n'ont pas raconté toute l'histoire. Par exemple, quand les journalistes sont arrivés les premiers et l'ont trouvée, elle était dans un sacré état. Les journalistes parlent et bien, ils disent qu'elle était nue, attachée à une chaise avec des brûlures sur le corps et qu'il y avait beaucoup de sang. Les médecins légistes ont découvert plus tard qu'il s'agissait de sang d'animal. Certains disent que l'anglophone faisait de la magie noire. Des choses bizarres."

Ribby s'est souvenu de l'homme silhouetté au dos du livre sur la magie.

Cela n'a pas de sens. Stephen lui rend visite.

Et elle lui a téléphoné.

Viveca poursuit : " Oui, mais il y a plus. Certains disent qu'elle était l'amante de l'anglophone. Elle était certainement la seule personne à qui il a confié sa bibliothèque."

Cela devient de plus en plus étrange.

"Mon père remonte très loin avec Anglophone, et Stephen y vit depuis qu'il est enfant."

"Alors, avec moi, pourquoi moi ?"

"Je ne sais pas, mais je ne te reproche pas de vouloir rentrer chez toi. Tu n'as pas de famille ?"

"Si, répond Ribby, ma mère est en ville. Il faut que je l'appelle. Je vais l'appeler d'ici tout de suite." Ribby décroche le téléphone.

"Je suis désolé, le numéro que vous appelez n'est plus en service. Veuillez raccrocher et recomposer le numéro."

Ribby a recomposé le numéro, avec le même résultat.

"Je peux peut-être la contacter pour toi ? Faire en sorte qu'elle vienne te chercher avec des renforts, c'est-à-dire des flics. Comment s'appelle-t-elle ?"

"Martha, Martha Balustrade."

"Oh mon Dieu !" Viveca s'exclame. "Tu n'es pas la fille de Martha Balustrade !"

Oh, oh, qu'est-ce que maman chérie a encore fait ?

Chapitre 63

TEDDY EST ARRIVé AU pénitencier. Martha est détenue en isolement. Il demande à la voir. Il a prétendu être son avocat.

Une femme au bureau était en train de mélanger des papiers. L'anglophone a tapé du poing sur son bureau, réitérant ses demandes. "Appelez Frederick Schmidt. Appelez le maire Brown. Ils me connaissent. Ils me permettront de voir mon client, IMMÉDIATEMENT", a beuglé Anglophone.

Des appels téléphoniques ont été passés. Anglophone attendit encore pendant des heures.

"Puis-je vous offrir une tasse de thé ?"

"Non, merci", dit Anglophone, "voir mon client, c'est tout ce que je veux faire".

Chapitre 64

"TU CONNAIS MA MÈRE ?"

"Il t'a gardé à l'écart", dit Viveca. "Tout le monde sait pour ta mère, avec toute la presse ces derniers temps. Je veux dire, quand quelqu'un avoue les meurtres de deux personnes dont sa propre sœur, ça fait la une même ici. Sans parler de ses autres manigances. La première page de la ville, Angela !" Elle regarda le visage de Ribby devenir blanc comme un linge. "Je suis désolée, c'est ta mère, après tout".

"Une meurtrière ? Tu dois te tromper." Elle marqua une pause. "Au fait, mon vrai nom est Ribby Balustrade."

"Alors pourquoi ?"

"C'est un truc d'anglophone."

"Il t'a fait changer de nom ?"

"Non, Angela est plus jolie que Ribby."

"Viveca n'est pas tout à fait courant ni joli non plus alors je vois ce que tu veux dire. Mais revenons à ta mère et aux meurtres. Tu ne penses pas qu'elle l'a fait ?"

Nous savons qu'elle ne l'a pas fait parce que nous l'avons fait.

Nous en avons fait un ; l'autre était un suicide. Ribby n'a rien dit.

"Écoute, je sais que l'anglophone t'a gardé isolé ici. On pourrait penser qu'il aurait au moins la décence de te dire que ta mère est en prison."

"J'ai passé tout mon temps à lire et à remettre en état la bibliothèque. Pendant ce temps, ma mère a été... Oh mon Dieu, il faut que j'aille la voir, maintenant. Peux-tu m'emmener ? Tu dois m'aider. Il le faut !"

Abbey passe la tête au coin de la rue et entend l'appel de Ribby. "Qu'est-ce qui se passe ? Pourquoi est-elle si bouleversée ? Angela, qu'est-ce qui ne va pas ? On dirait que tu as vu un fantôme !"

"Il faut que j'aille en ville, aujourd'hui. Aujourd'hui. Viveca va m'y emmener."

"Mon père peut probablement nous faire monter dans un avion, et nous y serons en un rien de temps. Une seconde, je vais l'appeler et lui expliquer. Il connaît bien le charabia juridique, alors je vais voir s'il peut se joindre à nous."

"Il y a un aéroport tout près ? Pourquoi Teddy ne prend-il pas l'avion pour Toronto alors ? Il peut sûrement se le permettre ?"

"Peur de l'avion", dit Viveca, juste au moment où son père décroche le téléphone à l'autre bout. Elle lui a tout expliqué. Il a accepté de les retrouver à l'aéroport. "Ok mesdames, on y va alors !"

"Attendez, dit Ribby, on peut passer prendre Stephen aussi ? Je voudrais qu'il soit là."

"Bien sûr, on passera et s'il veut venir, plus on est de fous, plus on rit. Et toi, Abbey ? Tu te joins à nous ?"

"Non, je ne peux pas me permettre de perdre mon travail en ce moment. Tibbles serait tout simplement sur le toit si je disparaissais toute la journée." Abbey a regardé sa montre et a commencé à s'inquiéter. "Je suis déjà partie trop longtemps."

"Monte et je te raccompagne."

"Mais, et Tibbles ?" demande Abbey. "S'il me demande quelque chose ? Je ne suis pas une bonne menteuse."

"Alors ne dis rien. Il faut qu'on se mette en route, qu'on prenne de l'avance."

"D'accord, allons-y", a dit Ribby. Elle était folle d'inquiétude au sujet de Martha. Elle se demandait comment cela avait pu arriver. Elle se sentait tellement coupable.

À la maison, Stephen est monté sur le siège arrière de la voiture et ils ont démarré en trombe, laissant Abbey debout dans un nuage de poussière.

Chapitre 65

DANS LA SALLE D'ATTENTE froide et humide, Teddy faisait les cent pas comme un père en attente. Son humeur montait à chaque fois qu'on le faisait attendre. Soixante minutes. Quatre-vingt-dix minutes. Cent vingt minutes. Aucun signe d'elle. Aucun signe de qui que ce soit.

Des heures plus tard, Teddy entendit un cliquetis tandis que la gardienne des clés s'approchait de la porte. "Excusez-moi", dit-il brusquement alors que la femme passe à côté de lui, "ça fait des heures que j'attends ici".

"Monsieur euh, Anglophone. À votre demande, j'ai sollicité une dérogation. Elle a été refusée. Suivez-moi, je vais vous ramener à l'accueil."

Il s'est braqué et lui a dit : "Comment ça, ça a été refusé ?".

"Mme Balustrade attend d'être condamnée", a-t-elle soufflé. "Maintenant, je suis une femme occupée et il est tard, alors suivez-moi s'il vous plaît".

Il a fait ce qu'on lui a dit, mais ça ne l'a pas enchanté.

***

TEDDY ÉTAIT ENCORE FURIEUX lorsqu'il est monté dans la limousine. Il a appelé l'hôtel Four Seasons et a réservé une suite, puis a ordonné à son chauffeur de l'y emmener.

Sur le chemin, il a composé un numéro abrégé de Tibbles.

"Tibbles ! J'ai besoin que tu mettes Angela en ligne et pronto !"

"Elle est sortie se promener avec Abbey. Euh, attends un instant." Tibbles a mis sa main en coupe sur le téléphone quand il a vu Abbey entrer. Il lui a demandé où se trouvait Angela. Abbey a répondu qu'elle et Angela s'étaient séparées il y a plusieurs heures.

"Monsieur l'anglophone, apparemment mademoiselle Angela n'est pas encore rentrée".

"Eh bien, TROUVEZ LA. Rappelle-moi dès que tu sais où elle se trouve." Il s'est déconnecté.

"Pourriez-vous demander à Stephen de venir à Abbey ? C'est urgent." dit Tibbles.

"Je n'ai pas vu Stephen."

"Jetez un coup d'œil à la propriété. Dis-lui de me faire un rapport immédiatement."

Abbey a regardé dans les parties communes de la maison. Elle a erré en perdant du temps, aussi bien à l'intérieur qu'à l'extérieur. Une demi-heure plus tard, elle est revenue sans Stephen. À ce moment-là, Tibbles était sur le point de péter les plombs.

"Où est-il ?"

"J'ai regardé partout. Il est introuvable."

"Fais tout toi-même. Fais tout toi-même", marmonne Tibbles. Son épaule s'est connectée à la sienne alors qu'il la frôlait. "Si je le trouve là-bas, je réduirai ta paie de cinquante dollars et la prochaine fois, tu regarderas quand je te le demanderai !".

"Mais, Monsieur", Abbey a commencé à en dire plus, mais Tibbles a claqué la porte derrière lui.

Tibbles a également regardé partout. Aucun signe de Stephen. Aucun signe de Mlle Angela. Il est retourné à la maison et a appelé l'anglophone.

"Tibbles ?"

"Oui Monsieur, c'est moi. Je ne trouve ni Stephen ni Mlle Angela."

"Sont-ils ensemble ?"

"Je n'en ai aucune idée."

"Mais cette fille doit sûrement le savoir. Tu m'as dit qu'elle devait être l'ombre d'Angela. Passe-la-moi au téléphone."

"Elle n'est pas à portée de main."

"Pourquoi je te paie ? Trouve-la et passe-lui ce maudit téléphone." Tibbles décrocha le téléphone et l'emporta avec lui. Lorsqu'il entendit du mouvement au-dessus, il monta à l'étage.

Abbey était en train de ranger la table de nuit de Mlle Angela. Elle prit un livre dont le dos était orné d'une silhouette en ombre chinoise.

Tibbles est entré et a poussé le téléphone dans la main d'Abbey. Elle laissa tomber le livre qui tomba par terre.

"Bonjour", dit-elle timidement.

"Abbey, dit l'anglophone, j'ai besoin de ton aide pour retrouver mademoiselle Angela. C'est une affaire urgente. Où est-elle ?"

"Je l'ai laissée se promener tout à l'heure. Elle voulait être seule."

"Et Stephen. As-tu vu Stephen ?"

"Il était en train de tailler les rosiers tout à l'heure." Ses mains tremblaient et sa voix aussi.

"Remettez Tibbles en place", a exigé l'anglophone.

"Elle ment", dit l'anglophone à Tibbles. "Trouve ce qu'elle sait et rappelle-moi".

"Mais comment ?"

"Je me fiche de savoir comment. Par n'importe quel moyen. Trouve-le et MAINTENANT !" Anglophone a crié sur la ligne.

Tibbles serra les poings et se leva. Il traversa le sol et lorsqu'il se retrouva face à Abbey, il lui donna un coup de poing dans le dos.

Le coup inattendu a fait voler Abbey en arrière et elle a atterri sur le lit de Ribby. Il grimpa dessus, la chevauchant et lui tenant les mains et les jambes. Le cirage noir de ses bottes éraflait la couette.

"Dis-moi !" lui cria-t-il au visage. Comme elle ne répondait pas, il a maintenu l'oreiller contre son visage et l'a laissée se débattre. Il l'a enlevé à nouveau. Ses yeux. Doux, comme ceux d'une biche. "Dis-moi !" Il a de nouveau poussé l'oreiller vers le bas et elle s'est débattue. Quand il a soulevé l'oreiller, elle a enfin avoué, et il l'a laissée s'asseoir et reprendre son souffle.

Il appela l'anglophone qui laissa échapper une acclamation à l'autre bout du fil. "Bien joué, Tibbles. Ta loyauté sera récompensée."

Tibbles raccrocha le téléphone, puis se retourna pour faire face à la jeune fille.

Abbey était restée sur le lit, le fixant de ses yeux. "Arrête de me regarder !" cria-t-il en lui enfonçant l'oreiller dans le visage. Elle s'est d'abord un peu débattue, puis elle a capitulé. Il a continué à enfoncer l'oreiller pendant que le temps s'arrêtait.

Lorsqu'il l'a retiré, les yeux de la jeune fille étaient grands ouverts. Elle avait l'air paisible. Comme un ange.

Tibbles a commencé à trembler. Il s'agrippa à la table de nuit et remarqua un livre sur le sol. Il le ramassa et reconnut immédiatement les yeux de la silhouette ombragée au dos. Ils appartenaient à son maître. Il resta un moment assis, fixant la couverture de Tout ce que vous avez toujours voulu savoir sur la magie noire (mais que vous n'avez jamais osé demander).

Tibbles ouvrit le conduit de fumée et alluma un feu. Il y jeta le livre et le regarda brûler.

Il enroula Abbey dans la couette de Ribby, la mit en bandoulière et transporta son corps dans le jardin. Il a creusé une tombe peu profonde sous les rosiers. Une fois qu'elle fut enterrée, il remit les rosiers en place et vaporisa un peu d'eau dans le jardin. C'était un beau lieu de repos.

De retour à l'intérieur, Tibbles se doucha et se mit en ordre. Puis il s'occupa de la chambre de Mlle Angela. Il refit le lit avec des draps frais, des taies d'oreiller et une nouvelle couette. C'est parfait.

Lorsqu'il eut accompli toutes ses tâches, le silence devint assourdissant. Même ses propres pas résonnaient bruyamment à ses oreilles.

Au bout d'un certain temps, il ne supportait plus le bruit de sa propre respiration. Cela lui paraissait si fort, si bruyant.

Il retourna dans sa chambre et enfila la robe de chambre que l'anglophone lui avait un jour offerte. Il a fouillé dans son tiroir du bas et en a sorti une arme de poing.

Assis sur sa chaise préférée, dans sa veste de smoking préférée, il s'est fait sauter la cervelle.

Personne n'était à la maison pour entendre le coup de feu.

Seuls les oiseaux ont été effrayés par ce bruit peu naturel.

Chapitre 66

Rosemary Franklin, la mère de Stephen, était partie depuis longtemps. Elle avait imaginé s'échapper du sanatorium, en avait rêvé tant de fois. Lorsque l'occasion s'est présentée, elle a foncé et est montée à l'arrière de la camionnette Clean-it-4-U. Il était 4 heures du matin et elle était en route.

La camionnette a roulé pendant un bon moment avec elle cachée à l'arrière. Dès qu'ils ont franchi les portes de l'hôpital, elle a enfilé une tenue qu'elle avait volée. Elle avait aussi soulevé une bague en diamant et quelques pièces de monnaie.

À son premier arrêt, Gus, le chauffeur, est descendu. Rosemary l'a regardé entrer dans le restaurant. Une fois la voie libre, elle a ouvert la porte et s'est enfuie. Elle s'est cachée à côté du mur extérieur entre les bâtiments. De là, elle pouvait regarder Gus se nourrir le visage et attendre qu'il parte. Elle a senti l'arôme agréable du café frais et du bacon qui grésillait à l'intérieur. Rien que d'y penser, elle en avait l'eau à la bouche. C'était tellement plus tentant que l'odeur nauséabonde de la nourriture de l'hôpital à laquelle elle s'était habituée.

Une porte a grincé et elle a frissonné alors que le soleil se frayait un chemin dans le ciel. Gus monta dans la camionnette, tripota la radio, mit ses lunettes de soleil et s'éloigna.

Rosemary est restée cachée quelques instants de plus. Mieux vaut prévenir que guérir. Lorsque la camionnette a été clairement hors de vue, Rosemary s'est brossé les cheveux avec les doigts. Elle est entrée dans le restaurant où elle a commandé une tasse de café qu'elle a avalée. Le goût du café fraîchement préparé au bord de la route n'était rien de moins que divin. La serveuse est venue tout de suite la remplir. Elle a savouré la deuxième tasse.

Lorsqu'elle fut prête à partir, Rosemary laissa tomber quelques pièces sur la table. Elle savait qu'elle n'en avait pas assez, mais elle espérait que la serveuse lui accorderait un passe-droit. Rosemary fondit en larmes, sanglotant de façon incontrôlable dans sa main.

La serveuse est revenue : "Tout va bien, ma chère ?"

Rosemary a menti. "Mon mari me frappe. Je me suis enfuie. Ce changement est tout ce que j'ai. Je dois disparaître. S'il me trouve, il me traînera en arrière".

La serveuse lui tend un mouchoir en papier. "Avez-vous un endroit sûr où aller ? Ou dois-je appeler la police ?"

"Oui, j'ai un fils, Stephen. Tout ce dont j'ai besoin, c'est de le retrouver. Si vous pouviez appeler un taxi et expliquer la situation, je vous en serais reconnaissante. J'ai besoin d'aide pour m'enfuir."

"Pourquoi je ne vous donnerais pas mon téléphone pour que vous puissiez appeler vous-même ?"

"Parce que mon mari appellera toutes les sociétés de taxis de la province. S'ils ont mon nom, il me trouvera." Elle a encore sangloté dans le mouchoir en papier.

La serveuse lui a dit qu'elle avait appelé un taxi et qu'il arriverait tout de suite.

"Puis-je vous demander encore une faveur ?" Lorsque la fille a hoché la tête, Rosemary a demandé quelques cigarettes et un paquet d'allumettes. Avec un sourire, la jeune fille lui a rendu service.

Lorsque le taxi est arrivé, Rosemary a remercié la serveuse. "J'amènerai mon fils ici un jour pour qu'il vous rencontre, ma chère". La jeune femme a souri et a fait un signe de la main, que Rosemary lui a rendu.

"Pour aller où, madame ?", a demandé le chauffeur.

"Le domaine de Théodore Anglophone."

Il l'a regardée dans son rétroviseur et a hoché la tête.

"En chemin, je me demande si vous pourriez m'emmener chez un prêteur sur gages. J'ai quelque chose que j'aimerais vendre. Bien sûr, tu peux faire tourner le compteur", a dit Rosemary.

"C'est ton argent, madame. Il y a un prêteur sur gages par ici à une vingtaine de minutes. Je te dépose et je vais me chercher une tasse de thé et une part de tarte aux cerises à la mode."

"Merci beaucoup, Jimmy", dit-elle après avoir jeté un coup d'œil à sa photo d'identité affichée sur le tableau de bord.

Jimmy a de nouveau regardé dans son rétroviseur. Lorsqu'elle a rabattu ses cheveux en arrière, la lumière du soleil a rebondi sur la pierre de son doigt. Il a fait un écart pour éviter une voiture qui arrivait en sens inverse. "C'est un sacré caillou, madame".

"Merci", dit Rosemary en regardant au loin.

"Nous sommes arrivés", a-t-il dit.

Chapitre 67

L'AVION ARRIVE BIENTÔT à Toronto.

"J'ai besoin de voir ma mère", dit Ribby.

Viveca a appelé le pénitencier, expliquant qu'elle avait la fille de Martha Balustrade avec elle.

L'accès lui a été refusé.

"La sentence sera rendue demain au palais de justice. Prenons une chambre d'hôtel et passons une bonne nuit de sommeil", propose Viveca.

"Pourquoi ne me laissent-ils pas la voir ?"

"Tout ce qu'ils m'ont dit, c'est que le prisonnier n'avait pas le droit de recevoir de visiteurs ce soir", dit Viveca. "Quel est l'hôtel le plus proche du palais de justice ?" demande-t-elle au chauffeur.

"Le Hilton est accessible à pied."

Viveca a appelé à l'avance et a réservé trois chambres. "J'utiliserai ma note de frais", a-t-elle dit.

Ils se sont inscrits à l'hôtel, convenant de se retrouver dans le hall. De là, ils se rendront ensemble au palais de justice.

***

L E LENDEMAIN MATIN, STEPHEN et Viveca ont essayé de faire manger quelque chose à Ribby. Ils ont réussi à lui faire avaler une tasse de thé, mais rien de plus.

"Je suis si contente que tu puisses venir me soutenir moralement, Stephen", dit Ribby.

Angela lui fait un clin d'œil.

Viveca grimace devant le comportement déplacé de Ribby. Elle a remarqué que cela mettait Stephen mal à l'aise. Elle a payé l'addition et ils ont quitté l'immeuble. Le bruit dans la rue était assourdissant.

"C'est le chaos dans la circulation. Je suis content qu'on puisse y aller à pied. Bienvenue en ville", dit Stephen.

Ils se sont dirigés vers le palais de justice.

Chapitre 68

ANGLOPHONE AVAIT PASSÉ UNE nuit agitée sans que Tibbles soit là pour le gérer. En son absence, Anglophone avait appelé la maison. Il l'avait déjà fait à maintes reprises. Tibbles était trop heureux de l'aider en remontant la boîte à musique et en la tendant vers le téléphone. Mais cette fois-ci, il n'a pas répondu.

La prochaine fois qu'il le verrait, Tibbles aurait intérêt à avoir une sacrée bonne explication. Il aimait bien cet homme, mais il pouvait parfois être d'une négligence exaspérante.

Alors qu'il restait éveillé pendant des heures, il se posait des questions sur son fils et sa fille. Où étaient-ils ? Ils doivent être quelque part en ville. Il se souvenait qu'ils se regardaient tous les deux avec des yeux de biche. Sans savoir qu'ils étaient frères et sœurs. Lui aussi avait été attiré par sa propre fille   avant de savoir qui elle était, bien sûr.

L'espace d'un instant, l'anglophone a imaginé avouer sa paternité à sa progéniture. Il alla plus loin, imaginant des mariages, puis des petits-enfants courant dans sa maison, criant, le poursuivant. Il détestait les enfants. Dépenser tout son argent. Il se secoua la tête, ramassa la lampe moche à côté de son lit dans la chambre d'hôtel, et la jeta contre le mur. Elle s'est brisée, l'ampoule a fait une étincelle puis s'est éteinte. Il n'y avait aucune chance qu'ils l'entendent un jour. Pas de sa bouche en tout cas. Il n'était pas un père de famille. Il ne le serait jamais. Les liens familiaux ne créent que des complications.

Il réfléchit à la situation difficile dans laquelle se trouvait Martha. Elle avait demandé son aide.

Le matin, il prit son petit déjeuner dans sa chambre. Le café n'était pas très appétissant. Il convoqua son chauffeur et ils se rendirent au palais de justice.

Chapitre 69

ROSEMARY A MIS LA bague en gage. Ensuite, elle s'est rendue dans une papeterie où elle a acheté un stylo, du papier et une enveloppe. En se rendant au domaine de l'anglophone, elle a écrit une lettre. Lorsqu'elle a terminé, elle a scellé l'enveloppe et a écrit au recto : "À Stephen Franklin. Privé et confidentiel." Elle n'a pas indiqué d'adresse de retour.

Au manoir de l'Anglophone, Rosemary a demandé à Jimmy de placer l'enveloppe dans la boîte aux lettres. Elle ne voulait pas risquer de tomber sur Tibbles.

"Où allons-nous maintenant, madame ?"

"La bibliothèque. Je veux dire la bibliothèque de l'anglophone. Tu sais où c'est ?"

Il tourna la tête. "Je peux vous y conduire."

"Merci."

Ils sont arrivés à la bibliothèque peu de temps après. Au début, Rosemary est restée sur la banquette arrière du taxi avec le compteur en marche, incapable de bouger.

Jimmy a demandé : "Est-ce que tout va bien ?"

Rosemary a croisé ses bras autour d'elle en ayant peur de sortir. Peur d'être de retour. Peur de ce qu'elle avait l'intention de faire. "Je vais bien", dit-elle.

Jimmy a allumé la radio. Il chantonne sur Elvis.

Rosemary a ouvert sa porte. Elle a déposé quelques billets dans ses mains : "Merci, Jimmy. Tu as été merveilleux   et tu as aussi une assez bonne voix de chanteur."

"Merci, il n'y aura jamais d'autre Elvis." Il est remonté dans son taxi et a démarré en trombe.

Une fois qu'il fut hors de vue, Rosemary profita pleinement de la vue sur la bibliothèque. C'était autrefois son endroit préféré. Son sanctuaire. Et l'air extérieur sentait toujours aussi bon. Les pins, oh les pins. Elle avait l'impression d'être enfin libre.

Ce sentiment n'a pas duré longtemps. Très vite, les mauvais souvenirs ont recommencé à tourbillonner dans sa tête. L'anglophone se tient au-dessus d'elle. La torturer. La magie noire. Le sang d'animal versé sur elle. Tout ça pour ce fichu livre.

Ses mains tremblent lorsqu'elle fouille dans sa poche et en sort une cigarette tordue. La serveuse avait été très gentille en la lui donnant. Elle l'alluma et tira une longue bouffée. Elle tousse mais continue à tirer des bouffées supplémentaires jusqu'à ce que ses mains se calment à nouveau.

D'autres souvenirs refirent surface. Des souvenirs qu'elle cachait se sont déclenchés comme un orage d'été. L'anglophone l'a utilisée comme cobaye. Elle a menacé d'aller voir la police. Lui menaçant de tuer leur fils. Il fallait que cela cesse, qu'il la torture. Elle menaçait de dire à Stephen qui il était.

C'est alors qu'un plan a été élaboré. Un compromis. Rosemary disparaîtrait à toutes fins utiles et un certificat de décès serait délivré. Comme ils s'étaient mariés en secret, personne ne saurait qu'elle avait changé de nom. Stephen aurait un emploi à vie, mais il ne saurait jamais qui était son père. Il ne saurait jamais qu'il est l'héritier de la fortune d'Anglophone. En échange, Rosemary recevrait les soins dont elle a besoin. Ses brûlures guériraient et toutes les dépenses seraient couvertes. Pour protéger son fils, elle acceptait d'être enfermée jusqu'à la fin de ses jours. En théorie, cela semblait faisable à l'époque.

Après avoir demandé à Anglophone de la libérer et qu'il avait refusé, elle n'a pas eu d'autre choix que de s'échapper. De plus, Stephen méritait de connaître la vérité. Rosemary devait être celle qui la lui dirait. Elle s'assit sur les marches entre les arches de la bibliothèque et imagina son fils trouver la lettre et la lire. Son intuition de mère lui disait qu'elle faisait le bon choix.

Rosemary s'est levée et a laissé tomber la cigarette sur le sol. Elle a passé un peu de temps à rassembler du matériel. Des bûches, des bâtons, tout ce qu'elle pouvait trouver d'inflammable. Tout ce qu'elle pouvait transporter. Elle a posé le petit bois sur l'entrée principale et l'a enflammé, puis a ajouté les plus gros morceaux. Elle se tenait entre les arches de bois, les bras grands ouverts, et attendait que les flammes l'engloutissent.

La fumée aurait été visible à des kilomètres et des kilomètres à la ronde, mais tous ceux qui auraient pu être assez dérangés pour le remarquer étaient soit absents, soit morts.

Les arches de bois s'effondrèrent avant que le feu n'atteigne Rosemary. Tandis que les flammes dansaient dans sa vision périphérique, les lourdes poutres qui s'effondraient lui fracassèrent le crâne. Plus de souffrance. Plus de douleur.

Chapitre 70

AU PALAIS DE JUSTICE, Viveca a utilisé son laissez-passer pour la presse afin qu'ils puissent s'asseoir à l'avant, même si la salle d'audience était pleine à craquer. Sur le chemin de leurs sièges, Ribby remarque quelques visages familiers, y compris des voisins. Elle déteste l'idée que sa mère soit jugée et encore plus qu'elle aille en prison.

Allons fumer dehors.

Non, maman va bientôt arriver.

Ce n'est pas grave. Elle ne va nulle part.

Ha. Ha.

L'atmosphère dans la salle d'audience était incontrôlable. Les commères faisaient des commérages. Ceux qui n'avaient rien d'important à dire ajoutaient quand même leur grain de sel. Lorsque Martha a été amenée, tout le monde s'est arrêté et a regardé fixement.

La prisonnière était négligée. Le tailleur gris qu'elle portait ne lui allait pas du tout. Elle avait perdu du poids. Ribby trouvait que son visage marqué par les flammes ressemblait à un cadavre ambulant.

Bon sang, même moi, j'ai un peu pitié d'elle.

Ribby sanglote.

Martha a levé les yeux vers sa fille et a presque souri, mais elle a détourné le regard.

"Que tout le monde se lève", dit le bailli. "Le tribunal de cette province est maintenant en session. Le très honorable juge Delvecchio préside."

Le juge reconnut toutes les personnes présentes et s'assit. L'huissier a indiqué que toutes les personnes présentes dans la salle d'audience devaient faire de même.

Ribby regarda la femme qui tenait le destin de sa mère entre ses mains. Elle avait des yeux bienveillants, même à cette distance, et Ribby espérait que cette femme ferait preuve de pitié.

"Martha Balustrade, je vous déclare coupable de tous les chefs d'accusation".

Il y eut un véritable pandémonium dans la salle d'audience.

Le juge Delvecchio se leva et cria : "Silence !" Elle est retombée dans son siège. "Je suis prête à prononcer la sentence maintenant." Elle marqua une pause. Toutes les personnes présentes ont retenu leur souffle.

"Martha Balustrade, vous êtes condamnée à vingt ans de prison".

Martha est restée silencieuse.

Ribby s'est levé et a dit : "Mais ce n'est pas elle qui l'a fait".

"De l'ordre, de l'ordre !" Delvecchio a dit en faisant claquer le marteau. "Silence ou je fais évacuer cette salle d'audience !"

Tais-toi Ribby ! Tais-toi !

Lorsque le silence se fit, le juge s'adressa à Ribby. "Et vous, qui êtes-vous ?"

Pour l'amour de Dieu, Ribby ferme sa gueule.

"Votre Honneur, je m'appelle Rebecca Balustrade, mais tout le monde m'appelle Ribby. Je suis la fille de Martha."

Des voix s'élèvent. Plus de chaos. La juge a menacé de faire évacuer la salle une fois de plus. Elle a fait signe à Ribby de continuer.

L'anglophone est entrée.

"Ma mère est innocente, et je sais que c'est vrai".

Ribby, s'il te plaît.

"Et comment le savez-vous ?" demande le juge Delvecchio.

Il y eut un silence pendant un ou deux instants, tandis que Ribby serrait et desserrait les poings comme Angela le lui avait appris.

Ribby disparut et Angela prit le relais. Elle fouilla dans son sac à main, en sortit une cigarette et l'alluma. Elle tira une bouffée, laissa tomber la cigarette sur le sol et l'écrasa. Elle a regardé en direction du juge Delvecchio.

"Elle, Ribby, ne sait rien du tout. Elle est tellement immature qu'elle m'a créé son ami imaginaire et elle a la trentaine. Elle a dû faire face à beaucoup de choses dans sa vie, y compris vivre avec cette pauvre excuse de mère." Angela s'est retournée et a pointé Martha du doigt.

Les larmes ont roulé sur les joues de Martha.

Angela. Non.

Angela a continué : " Alors, j'ai fait les choses qu'elle n'était pas capable de faire. Toutes."

Tout le monde s'est penché en avant. Elle avait toute leur attention. Le public était suspendu à chacun de ses mots. Elle se sentait investie d'un pouvoir, comme si elle était dans une pièce de Shakespeare en train d'interpréter un soliloque. Elle n'avait jamais été une fan du Barde, mais Ribby le lisait. Il l'ennuyait à mourir.

"En ce qui concerne la personne de Wheeler, elle était en train de violer tante Tizzy. Je n'avais pas le choix. Je devais l'éloigner d'elle. Il était en train de la tuer."

Angela s'est arrêtée de parler. Elle tourna son regard d'abord vers l'anglophone, puis vers Martha avant de se retourner vers le juge.

Son auditoire avait attendu suffisamment longtemps. "J'ai décidé de me débarrasser du corps. Le plan était de le conduire du haut de la falaise dans sa camionnette. Bon débarras. Il ne valait plus rien. Tizzy était censée sauter de la camionnette avant qu'elle ne bascule, mais elle ne l'a pas fait. Elle est passée par-dessus, elle aussi."

Martha s'est levée. Elle a tenté de parler, mais son avocat l'a réduite au silence puis l'a tirée vers le bas dans son siège.

"Ordonnez ! Ordonnez !" Le juge Delvecchio hurle. "Je vais faire évacuer cette salle d'audience si tout le monde ne se tait pas".

Angela se dirigea vers la table de Martha. Elle s'est servi un verre d'eau. Elle en a bu une gorgée et a jeté un coup d'œil vers le juge qui lui a dit : "Nous attendons."

"D'habitude, je n'ai pas l'occasion de parler beaucoup", a dit Angela. "Pas à haute voix en tout cas. C'est un travail qui donne soif."

Il y eut quelques rires dans la salle d'audience. Le juge Delvecchio, qui commençait à s'impatienter, a fait claquer son marteau à plusieurs reprises. Elle s'est levée et a ouvert sa bouche....

Angela l'a interrompue. "J'avoue aussi le meurtre d'un videur à l'autre bout de la ville. En état de légitime défense, je l'ai tué parce qu'il avait essayé de me violer."

Quoi ? Angela ?

Tu ne sais rien, Ribby.

Angela marque une pause. "Alors, je me tiens devant vous. Coupable de tout. Je ne te mens pas. J'ai fait ces choses, mais Rebecca, je veux dire Ribby Balustrade, est innocente. Tu vois, depuis le début, je pouvais la bloquer. Je pouvais complètement prendre le dessus sur elle. Donc, si vous voulez poursuivre quelqu'un, vous devez me poursuivre. Le problème, c'est que je n'existe même pas. Je ne suis pas Ribby. Je suis Angela."

L'anglophone se lève.

Angela dit : "Elle a même perdu sa virginité sans le savoir. Elle ne le sait toujours pas."

Ribby a crié.

Anglophone a poussé le long de sa rangée, dehors et dans l'allée centrale. Il a levé sa canne en l'air et a été immédiatement désarmé et plaqué au sol. Alors qu'il était traîné hors de la procédure, il a crié : "Je suis Théodore Anglophone !"

Tout le monde s'en moque.

"De l'ordre au tribunal ! J'ai dit ordre !" La juge Delvecchio a crié en martelant le marteau à plusieurs reprises. Quand tout le monde s'est tu, elle a dit : "À la lumière de ces nouvelles informations, affaire classée. Martha Balustrade, vous êtes libre de partir. Un nouveau procès commencera immédiatement après une évaluation psychiatrique. Officiers, veuillez emmener Mme Balustrade en cellule en attendant la suite de l'enquête."

Martha est restée debout, des larmes coulant sur son visage : "Mais je plaide coupable. J'accepte la sentence. Enfermez-moi, s'il vous plaît. Laissez ma fille partir."

"Trop peu, trop tard, maman chérie."

Le marteau s'abattit à nouveau et le juge déclara : "C'est un tribunal et nous jugeons ici des meurtriers, pas de mauvaises mères. Je pourrais vous condamner pour outrage au tribunal. Je pourrais vous infliger une amende pour avoir fait perdre du temps au tribunal. Pour parjure. Pour avoir hébergé un meurtrier. Pour obstruction à la justice. Comprends-tu l'essentiel ? Je vous conseille de partir et de laisser le tribunal faire ce qu'il doit faire. Cette séance du tribunal est maintenant ajournée. Faites évacuer la salle d'audience, huissier." Le juge Delvecchio se lève. Tous les autres l'ont suivie et l'ont observée pendant qu'elle disparaissait dans son cabinet.

Martha regarda sa fille pendant que les officiers lui passaient les menottes et l'emmenaient. Angela a jeté un coup d'œil à Martha par-dessus son épaule et a souri. C'était presque comme si ce regard avait arrêté le cœur de Martha, ou du moins c'est ainsi qu'ils ont raconté l'histoire par la suite. Martha est tombée par terre et a expiré avant que l'ambulance n'ait eu le temps d'arriver.

Chapitre 71

M ARTHA BALUSTRADE A été enterrée en présence de sa fille. Ribby était gardée par deux officiers et vêtue de sa tenue grise de prisonnière, les mains et les pieds liés. Les gardiens lui ont mis des fleurs dans les mains. Elle les a jetées sur le cercueil en faisant son dernier adieu.

N'est-ce pas la limousine de l'anglophone ?

Oui. Je me demande pourquoi il n'en sort pas.

Après sa prestation dans la salle d'audience, c'est surprenant qu'il soit ici.

Il connaissait à peine ma mère.

Je n'ai toujours aucune idée de ce qu'il essayait de faire.

Il a eu de la chance qu'ils ne lui aient pas tiré dessus.

L'anglophone était présent mais a choisi de rester dans sa limousine. Il a envisagé de sortir quelques fois pour présenter ses respects. Il a aussi envisagé de tout avouer. Plutôt que d'affronter les choses, il a ordonné à son chauffeur de le ramener chez lui.

Il a dormi un peu pendant le trajet et lorsque la voiture s'est approchée de la façade de la maison, il a remarqué une enveloppe orange vif qui dépassait de la boîte aux lettres. Après l'avoir lue, il l'a déchirée en lambeaux.

L'anglophone a rappelé son chauffeur. "Emmène-moi à la bibliothèque".

Le temps qu'Anglophone arrive, le feu s'était éteint de lui-même.

Anglophone a regardé les décombres noircis. Tout ce qui restait de Rosemary. Il réalisa que c'était la raison pour laquelle Stephen n'avait pas été autorisé à voir sa mère. Pourquoi il avait été obligé de faire tant de bruit à l'hôpital. Ces idiots l'avaient laissée s'échapper. Il s'en voulait presque de lui avoir retiré son salaire. Presque. Il fallait qu'il appelle l'hôpital, qu'il les fasse venir pour rassembler ses morceaux. Ils étoufferaient l'affaire, puisqu'il était leur plus gros donateur. Ils n'en parleraient pas dans les journaux. Personne ne s'en rendrait compte. Après tout, Rosemary était déjà morte. En se suicidant, elle avait en fait fait en sorte que Stephen ne puisse jamais savoir qui était son père.

L'anglophone a été secoué lorsque le chauffeur l'a déposé chez lui. Il s'attendait à ce que Tibbles soit là, pour le saluer, le réconforter   mais il n'y avait aucun signe de son serviteur de confiance.

"Tibbles !" beugla-t-il.

Sa voix résonna dans toute la maison, mais il n'y eut pas de réponse. L'anglophone était trop épuisé pour essayer de le retrouver. Il alla dans sa chambre, remonta la boîte à musique et s'endormit un peu.

Lorsqu'il s'est réveillé, il a senti une terreur traverser son âme et il a crié pour appeler Tibbles. Il tira et tira sur la cloche tant de fois qu'elle tomba à nouveau du plafond. Mais personne ne vint.

Il se sentait très seul, et il l'était.

Sauf Tibbles qui était mort dans sa propre chambre et Abbey qui était enterrée sous les roses.

Chapitre 72

APRÈS UNE ÉVALUATION PSYCHIATRIQUE approfondie, le procès de Ribby a été rapide. Elle a été condamnée à vingt ans de prison. Dix ans pour chaque meurtre, moins le temps passé en prison. La mort de Tizzy a été considérée comme un suicide.

Ribby a pleuré sans arrêt pendant des jours qui se sont transformés en semaines. Elle n'arrivait pas à faire face à cet environnement hostile. Elle survivait sur le fil du rasoir.

"Elle se parle à nouveau à elle-même", dit Shona, la compagne de cellule de Ribby. Shona avait été condamnée pour les meurtres de son mari et de ses deux enfants.

Le gardien de la prison est venu évaluer la situation. Il a vu Ribby se vêtir et se balancer sur son lit. Il a réprimandé Shona et lui a dit d'arrêter de crier, sinon il la mettrait à l'isolement.

"Oh allez", dit Shona. "Je n'ai rien fait."

"Un mot de plus et tu descends à l'unité d'isolement", a dit le gardien.

Shona a tiré la langue en signe de défi alors que le garde lui tournait le dos et s'éloignait. Elle est restée à le regarder pendant quelques secondes avant de se retourner et de faire face à Ribby. "Je te regarde, salope !"

Ribby a tourné son visage vers le mur.

"Ne me tourne pas le dos, salope !" dit Shona en lui donnant une poussée.

Angela s'est levée et a attrapé Shona par la gorge. Elle l'a poussée contre le mur du fond avec une force qui a surpris sa compagne de cellule. La tête de Shona s'est renversée en arrière. Elle s'est fissurée en entrant en contact avec les briques froides.

Les mains autour du cou de Shona, elle dit : "Laissez-moi clarifier certaines choses. Premièrement, tu ne me parleras pas. Deuxièmement, tu ne me toucheras pas. Et numéro trois, si tu fais l'une des deux choses que je viens de mentionner, je te tuerai."

Les yeux de Shona nageaient dans leurs orbites. Elle essaya de répondre, mais haleter pour respirer était tout ce qu'elle pouvait faire. La femme acquiesça d'un signe de tête.

Angela retourna à son lit, mais avant de s'allonger sur le mince matelas, elle attrapa de l'eau et la jeta au visage de Shona. Cette action a fait sortir la compagne de cellule de son état d'hébétude.

Shona a fait connaître Ribby. C'était une dure à cuire avec laquelle il ne fallait pas compter. Quelques autres ont essayé, mais Angela les a fait taire. Elle en avait assez des pleurnicheries de Ribby et de son statut de victime pour toute une vie.

Les années passent. Les compagnons de cellule se succèdent.

Angela gardait le contrôle. Elle était à la fois respectée et crainte. Avec le temps, elle s'est approprié l'endroit. C'était sa prison maintenant et elle avait le contrôle sur elle et sur Ribby. La vie était vivable.

Chapitre 73

APRÈS QUELQUES ANNÉES, ANGLOPHONE a fait une visite inattendue au pénitencier. Il n'a pas rendu visite à Ribby. Au lieu de cela, il a rencontré le nouveau directeur de la prison, J. B. Bedford. Bedford était le petit-fils d'une vieille connaissance qui lui devait une faveur.

"J'aimerais financer une bibliothèque ici", lui dit Anglophone. Anglophone est maintenant imberbe. Son corps tremblait tout le temps et il ne pouvait pas rester debout longtemps.

"C'est très généreux de ta part", a répondu Bedford. "Même si, pour être honnête, les détenus auraient bien besoin de dons de nombreux objets. Je veux dire, avant les livres."

L'anglophone se pencha tout près de Bedford. "Fais une liste et fais-la moi parvenir. L'argent n'est pas un problème, mais une bibliothèque est indispensable et rapidement. Je suis un vieil homme."

"Bien sûr", dit Bedford. "Si tu as l'argent, on lui donnera même ton nom".

"Non", dit l'anglophone. "Je ne veux pas de reconnaissance. Cependant, j'aimerais que tu impliques l'une des détenues. Elle peut aider à la création et à l'entretien de la bibliothèque elle-même. Elle s'appelle Ribby Balustrade. C'est une bibliothécaire qualifiée. Bien sûr, je ferai don de cartons remplis de livres."

Bedford connaissait Ribby Balustrade. C'était une briseuse de balles qui, au cours de son séjour jusqu'à présent, s'était hissée au sommet en tant que nouvelle reine de la meute des détenues. Bedford n'a pas feint la surprise en disant : "Elle n'a vraiment pas l'air d'être du genre bibliothécaire."

"Ribby Balustrade est en effet du genre bibliothécaire. On est d'accord ?"

"Bien sûr", a répondu Bedford.

"Oh, et une dernière chose", a ajouté l'anglophone. "Elle ne doit jamais être au courant de mon implication. Je veux dire, jamais."

"J'ai compris", dit Bedford.

***

QUAND ANGELA A ENTENDU *la nouvelle de la nouvelle bibliothèque, elle n'a pas été amusée. Les bibliothèques et les livres, c'est nul. Elle avait beaucoup travaillé sur sa réputation. Elle voulait conserver son statut dans la prison. Il fallait qu'elle garde son profil. Pour entretenir la peur. Sans la peur, elle perdrait tout ce pour quoi elle avait travaillé si dur. Elle ne pourrait pas protéger Ribby si elle était toujours en train de se balader dans la bibliothèque.*

La lecture, c'est positivement dullsville et si tu veux que je te protège, il faut que je sois responsable ici.

Quand les prisonniers auront une bibliothèque, ils auront quelque chose à faire. Ça ira mieux.

Oh mon Dieu, Ribby, peux-tu être aussi stupide ? Vraiment ?

Avant l'idée de la bibliothèque, la personnalité de Ribby avait été heureuse de passer au second plan. Maintenant, elle refait surface. Ribby se sentait presque heureux.

Je vais pouvoir aider les autres. Leur faire découvrir les livres. Et en prime, je pourrai lire tout ce que je veux.

Tout le temps du monde pour nous ennuyer à mourir et nous mettre une cible sur le dos.

Tout ira bien. Je le sais.
Réveille-moi quand ce sera fini.

***

R IBBY SE TENAIT AU centre de la pièce inutilisée. Elle sera bientôt transformée en bibliothèque. Elle était assez spacieuse, mais les chevrons de bois nus du plafond étaient laids. Il en était de même pour les murs froids en briques et les sols en ardoise. Elle pouvait arranger les murs en les recouvrant d'étagères et les sols de moquette. Le plafond, par contre, était un tout autre problème.

Des caisses arrivaient tous les jours, remplies de vieux livres et de nouveaux livres. Quelques-unes des caisses ont dû être ouvertes à l'aide d'un pied-de-biche. À l'intérieur des boîtes, les livres étaient classés par catégories à l'aide d'une corde. Ribby remplit les étagères, mettant tout en ordre.

Lorsque la nouvelle bibliothèque fut terminée, Ribby se tenait aux côtés du directeur Bedford. Les détenus se sont rassemblés pour l'inauguration. Une cérémonie d'inauguration a eu lieu.

Ses codétenues sont entrées par petits groupes. Ribby a montré l'endroit. Elle était fière des tables et des chaises, des tapis. Et les livres, tellement de livres ! Sans oublier les échelles coulissantes pour faciliter l'accès. Une chose qu'ils ne pouvaient pas changer cependant, c'était les poutres en bois au plafond. Elles étaient toujours aussi laides, mais l'éclairage permettait de les dissimuler.

La plupart des détenues ont réagi positivement à la bibliothèque. À l'exception d'Angela.

Ribby, ces femmes sont extrêmement dangereuses. Ce n'est qu'une question de temps avant qu'elles ne s'en prennent à nouveau à nous.

Ne sois pas ridicule. Cette bibliothèque va changer la donne.

L'obsession de Ribby pour la nouvelle bibliothèque donnait à Angela toutes les raisons de se tenir de plus en plus à l'écart.

Un après-midi, Ribby a parlé au directeur de la prison de la création d'un club de lecture. Il pensait que c'était une bonne idée, mais comme ils n'avaient qu'un seul exemplaire de chaque livre, il serait difficile d'organiser un club de lecture traditionnel. Ribby a demandé si elle pouvait contacter les librairies locales et demander des exemplaires supplémentaires. Bedford lui a donné quelques pièces pour le téléphone public. Il lui a fallu quelques jours pour obtenir un oui, puis un don de vingt-cinq livres est arrivé. Le tout premier livre du club de lecture de la prison sera Crime et châtiment de Fiodor Dostoïevski.

Une fois les vingt-cinq premiers exemplaires disponibles, les détenus ont parlé du livre. Ils voulaient aussi le lire. Le concept de club de lecture mensuel s'est transformé en club de lecture hebdomadaire. Les détenus faisaient la queue pour y participer.

Quand allons-nous enfin nous amuser ?

C'est amusant et nous faisons la différence. Regarde les autres prisonniers. Nous faisons quelque chose de bien ici.

Tu es vraiment un bon à rien.

Merci.

Tu as mis le mot ennuyeux dans le mot ennuyeux.

Alors, va-t'en. Je n'ai plus besoin de toi.

Le directeur a remarqué une énorme différence dans le comportement de ses détenus. Il a appelé Ribby dans son bureau. Il la remercie pour ses suggestions. En tant que nouveau directeur, il tenait à laisser sa marque, et Ribby l'a aidé à se démarquer.

Il lui a demandé si elle avait d'autres idées pour améliorer la situation de ses codétenus. Ribby a suggéré des lectures d'auteurs. Le directeur a dit qu'il connaissait quelqu'un qui connaissait un auteur populaire du Maine. Ribby a envoyé une lettre par l'intermédiaire de l'ami du directeur, dans laquelle elle mentionnait que le club de lecture lirait bientôt Stand By Me. Bientôt, des auteurs du monde entier donnaient des livres et demandaient à venir à la prison pour discuter de leurs livres.

Le directeur de la prison a de nouveau convoqué Ribby et lui a demandé si elle avait d'autres idées. Elle a parlé d'une journée des familles où les détenus pourraient faire la lecture à leurs enfants. Elle a souvent observé des familles réunies dans la salle de réunion, entourées de gardiens de prison. Les enfants avaient l'air trop effrayés pour parler. C'était inefficace pour toute la famille. Elle a suggéré de délimiter une partie de la bibliothèque, où une famille à la fois pourrait lire ensemble. Le directeur de l'établissement a trouvé l'idée excellente et a proposé de l'essayer. Le bouche à oreille a permis d'obtenir davantage de dons de la part des librairies. Ils ont ajouté une section pour enfants.

La prochaine suggestion de Ribby : apprendre aux détenus qui ne savent pas lire à le faire.

Ensuite, elle a demandé des dons pour mettre en place un coin emploi. Des ordinateurs sont arrivés et ont été connectés au WI-FI pour que les détenus puissent travailler sur leur CV avant leur libération.

La nouvelle s'est répandue dans tout le système pénitentiaire. Le directeur Bedford a reçu des éloges et des récompenses. Il ne manque jamais de mentionner la contribution de Ribby.

UNE BOÎTE DE LIVRES devait encore être déballée. Ribby l'ouvre. Sur la quatrième de couverture, se trouvait une silhouette d'homme.

Anglophone.

Tu crois que c'est lui qui a fait tout ça ? Et pourquoi n'avons-nous pas remarqué que c'était lui avant ?

Je ne suis pas sûr, cela semble évident maintenant. Je me demande cependant pourquoi, pourquoi il a fait ça ?

La culpabilité ? Le remords ?

L'amour ?

Ribby était en haut de l'échelle, quand Angela a tendu la corde autour du chevron en bois. Elle fit un nœud coulant et y plaça sa tête. Lorsqu'elle fut prête, elle commença à psalmodier :

Goody Two-shoes, Goody Two-shoes !

Ribby a tenu bon. Elle retira la corde de son cou.

Non.

Angela s'est efforcée de prendre le contrôle, d'attraper la corde et d'y placer une fois de plus sa tête. Alors qu'elle se poussait de l'échelle, Ribby a réussi à tenir le premier échelon d'une main. La corde étant toujours attachée autour de son cou, Ribby s'accroche pour survivre.

Angela tente à nouveau de s'élancer, tout en fredonnant l'air. Sous l'effet de la force, la main de Ribby s'est détachée.

Ribby et Angela restèrent suspendus un instant, puis semblèrent voler vers la lumière. Mais la corde n'était pas assez longue. Ils pendulèrent, puis se heurtèrent à l'échelle. Celle-ci a été projetée sur le côté et poussée vers le mur le plus éloigné où elle a atterri avec un bruit sourd.

Une ambulance est arrivée trop tard.

Épilogue

Q UELQUES ANNÉES PLUS TARD, une lettre est arrivée de l'avocat d'Anglophone, adressée à Stephen.

La vérité y est révélée : Stephen était le fils d'Anglophone et son unique héritier.

"Quelque chose d'intéressant ?" demande sa femme, Viveca.

"Pas du tout", répond Stephen en jetant la lettre au feu.

L'heureux couple s'est assis ensemble sur le canapé pendant que leur fille Rebecca lisait un livre.

Citation

"La mairesse s'est plainte que le potage était froid ;
'Et tout le temps de ton violon,' dit-elle.
'Pourquoi, alors, Goody Two-shoes, qu'est-ce que c'est ?
Tiens-toi bien, si tu le peux, à ton petit jeu, dit-elle.
CHARLES COTTON

Mot de l'auteur

Merci d'avoir lu Le secret de Ribby. J'espère que tu as pris autant de plaisir à le lire que j'en ai eu à l'écrire !

Le secret de Ribby a d'abord commencé sous la forme d'une nouvelle en 2011. L'histoire s'est terminée lorsque Ribby a craché dans le verre de Martha.

Il ne s'est pas passé beaucoup de temps avant qu'Angela ne commence à me parler. Je l'ai ignorée en lui disant que le projet était terminé, mais elle a persisté.

C'est alors qu'est arrivé Théodore Anglophone.

Huit ans plus tard, nous y voilà.

J'aimerais remercier mes relecteurs et mes bêta-lecteurs - au fil des ans, ils ont été nombreux. Enfin et surtout, merci à mes éditrices finales LF et MC - vous deux, mesdames, ROCK !

Merci aussi à mon mari et à mon fils, qui ont toujours été là pour moi.

Comme toujours, bonne lecture !

Cathy

A propos de l'auteur

L'auteure primée à plusieurs reprises, Cathy McGough, vit et écrit en Ontario, au Canada, avec son mari, son fils, leurs deux chats et leur chien.
Si tu souhaites envoyer un courriel à Cathy, tu peux la joindre ici :
cathy@cathymcgough.com
Cathy adore recevoir des nouvelles de ses lecteurs.

Également par :

FICTION
L'enfant de tous
13 histoires courtes (qui comprennent :
*Le parapluie et le vent
*La révélation de Margaret
*Le vin de pissenlit (FINALISTE DU PRIX DU LIVRE
PRÉFÉRÉ DES LECTEURS))
Interviews With Legendary Writers From Beyond (2ND
PLACE BEST LITERARY REFERENCE 2016 METAMORPH
PUBLISHING)
La déesse des plus grandes tailles
NON-FICTION
103 idées de collecte de fonds pour les parents
bénévoles auprès des
Écoles et équipes (3EME PLACE MEILLEURE
RÉFÉRENCE 2016 ÉDITION MÉTAMORPH.)

Milton Keynes UK
Ingram Content Group UK Ltd.
UKHW010858080524
442402UK00001B/52